ein Ullstein Buch

ein Ullstein Buch
Nr. 2719
im Verlag Ullstein GmbH,
Frankfurt/M – Berlin
Aus dem Englischen übersetzt
von Heinz Kotthaus

Gesammelte Werke
in Einzelausgaben
Herausgegeben von Nino Erné

Umschlagentwurf:
Hansbernd Lindemann

Printed in Germany 1987
Gesamtherstellung:
Ebner Ulm
ISBN 3 548 02719 9

September 1987
67.–69. Tsd.

Vom selben Autor
in der Reihe der
Ullstein Bücher

Der Hund von Baskerville (2602)
Sherlock Holmes' Abenteuer (2630)
Studie in Scharlachrot (2655)
Im Zeichen der Vier (2744)
Die brasilianische Katze (2779)
Sherlock Holmes und sein erster Fall (20004)
Sherlock Holmes und der verschwundene Bräutigam (20012)
Sherlock Holmes und der bleiche Soldat (20020)
Sherlock Holmes und die gefährliche Erbschaft (20028)
Sherlock Holmes und der Einbrecher im Frack (20037)
Sherlock Holmes und die Spuren im Moor (20048)
Sherlock Holmes und der Teufelsfuß (20057)
Die Sherlock-Holmes-Romane (20725)

Sir Arthur Conan Doyle

Das Tal der Furcht

Roman

Herausgegeben
von Nino Erné

ein Ullstein Buch

»Man könnte denken . . .«, fing ich an.
»In der Tat, man sollte es tun«, bemerkte Sherlock Holmes sarkastisch.
Ich habe für gewöhnlich eine Engelsgeduld, aber diese Unterbrechung ärgerte mich.
»Wirklich Holmes«, sagte ich, »du beanspruchst viel Nachsicht.«
Er war zu sehr in seine Gedanken vertieft, um auf meinen Vorwurf zu antworten. Er saß am Tisch, vor sich das noch unberührte Frühstück, und starrte auf den Papierstreifen, den er gerade dem Umschlag entnommen hatte. Dann ergriff er den Umschlag selbst, hielt ihn gegen das Licht und prüfte sorgfältig seine Außenseite und die Gummierung.
»Das ist Porlocks Handschrift«, sagte er nachdenklich. »Es gibt kaum einen Zweifel daran, obwohl ich seine Handschrift bisher nur zweimal gesehen habe. Die griechische Form des ›e‹ mit dem Schnörkel oben ist sehr charakteristisch. Aber wenn das von Porlock stammt, ist es von größter Bedeutung.«
Er sprach mit sich selbst, aber das Interesse, das seine Worte weckte, war stärker als meine Verstimmung.
»Wer ist denn Porlock?« fragte ich.
»Porlock, mein lieber Watson, ist ein Pseudonym. Dahinter verbirgt sich eine sehr wendige und zweideutige Persönlichkeit. In einem früheren Brief schrieb er mir ganz offen, daß es nicht sein wirklicher Name sei, und er warnte mich nachdrücklich, ihn unter den Millionen dieser Riesenstadt ausfindig zu machen. Porlock ist wichtig, das heißt weniger er selbst als vielmehr der große Mann, mit dem er in Verbindung steht. Stell dir den Lotsenfisch in Verbindung mit dem Hai vor, den Schakal in Verbindung mit dem Löwen – irgend etwas Unscheinbares verbunden mit etwas Ernstzunehmendem. Nicht nur ernst zu nehmen, Watson, sondern bedrohlich – in höchstem Maße bedrohlich. So kommt er in meinen Wirkungskreis. Habe ich dir von Professor Moriarty schon einmal erzählt?«

»Du meinst den gelehrten Verbrecher, der unter Gaunern so berühmt ist...«

»...wie dem Publikum unbekannt. Aber, Watson, wenn du Moriarty einen Verbrecher nennst, dann äußerst du nach dem Wortlaut der Strafbestimmungen eine Verleumdung. Denn das ist das Erstaunliche: Er ist der größte Intrigant, der abscheulichste Drahtzieher des Verbrechens, der Gott der Unterwelt – ein Kopf, der ganze Nationen zum Ruhm führen oder in den Abgrund stürzen könnte. Aber er ist so über jeden Verdacht erhaben, seine Maske der Unschuld ist so vollkommen, daß er dich wegen der Worte, die du geäußert hast, ohne weiteres vor Gericht zitieren und eine Summe in Höhe deiner Jahrespension als Schadenersatz für die Beleidigung verlangen könnte und auch erhalten würde. Schließlich ist er der berühmte Verfasser der ›Dynamik eines Asteroiden‹ – eines Buches, das sich in solchen Höhen der Mathematik bewegt, daß sich auch nicht ein einziger Fachmann fand, der das Werk in einer wissenschaftlichen Zeitschrift besprechen konnte. So ein Mann sollte verleumdet werden? Du würdest eine klägliche Rolle spielen, Watson! Moriarty ist eben ein Genie. Aber sei gewiß, auch seine Stunde wird einmal schlagen, wenn mich bis dahin nicht die kleineren Schurken zur Strecke bringen.«

»Was Gott verhüten möge!« rief ich. »Aber du sprachst von Porlock.«

»Ja. Dieser Porlock ist ein Glied in der Kette, ein Stück von ihrem großen Anfang entfernt. Unter uns: kein besonders kräftiges Kettenglied, dieser Porlock, genauer gesagt: das einzige schwache Glied in der Kette, soweit ich das nachprüfen konnte.«

»Aber keine Kette ist stärker als ihr schwächstes Glied.«

»Genau, mein lieber Watson. Deswegen ist Porlock so wichtig. Er besitzt noch eine geringe Spur von rechtlichem Empfinden, und da er auch für den feinen Reiz ihm gelegentlich übersandter Zehnpfundnoten nicht unempfänglich ist, hat er ein- oder zweimal Informationen ausgespuckt – von besonderem Wert, weil sie Verbrechen zuvorkamen und sie verhinderten, statt sie herbeizuführen. Wenn wir den Schlüssel zu dieser Mitteilung hätten, würde sie sich zweifellos ebenfalls als eine derartige Warnung erweisen.«

Holmes strich die Mitteilung auf seinem unbenutzten Teller glatt. Ich erhob mich, beugte mich über seine Schulter und sah folgendes merkwürdige Schriftstück:

534 Sp2 13 127 36 31 4 17 21 41
Douglas 109 293 5 37 Birlstone
26 Birlstone 9 127 171

»Was soll das sein, Holmes?«

»Offenbar ein Versuch, eine geheime Nachricht zu übermitteln.«

»Aber was hat es für einen Sinn, eine chiffrierte Mitteilung ohne den Schlüssel zu senden?«

»In diesem Fall gar keinen.«

»Warum sagst du ›in diesem Fall‹?«

»Weil es viele chiffrierte Texte gibt, die ich genauso leicht lesen kann wie die Kleinen Anzeigen mit ihren vielen Abkürzungen in den Tageszeitungen. Solche primitiven Chiffrierungen erheitern einen intelligenten Menschen, ohne ihn anzustrengen. Diese Mitteilung ist aber von anderer Art. Sie besteht zweifellos aus den Wörtern auf einer Seite eines Buches. Solange ich nicht weiß, um welches Buch es sich handelt, bin ich hilflos.«

»Aber warum ›Douglas‹ und ›Birlstone‹?«

»Sicherlich weil es sich um Wörter handelt, die auf der betreffenden Seite nicht vorkommen.«

»Und warum hat er das Buch nicht bezeichnet?«

»Der dir angeborene Scharfsinn, mein lieber Watson, die dir eigene Schlauheit, die das Entzücken deiner Freunde ist, hätte gewiß auch dich davon abgehalten, die chiffrierte Mitteilung und den dazugehörenden Schlüssel in den gleichen Umschlag zu stecken. Geriete er in falsche Hände, wärest du verloren. So aber müßten beide Briefe in die gleiche falsche Hand fallen, damit etwas schiefgeht. Die zweite Post muß gleich da sein, und es würde mich sehr wundern, wenn wir nicht einen Brief mit der Erklärung oder, was wahrscheinlicher ist, das fragliche Buch selbst erhielten.«

Holmes' Vermutung erwies sich als richtig, als uns nach wenigen Minuten der Brief gebracht wurde, auf den wir warteten.

»Die gleiche Handschrift«, bemerkte Holmes, als er den Umschlag

öffnete, »und sogar mit Unterschrift!« fügte er hinzu, als er den Brief entfaltete. »Wir kommen voran, Watson!«
Er runzelte jedoch die Stirn, als er die wenigen Zeilen überflog.
»Mein Gott, das ist aber enttäuschend! Ich fürchte, Watson, unsere Erwartungen erfüllen sich nicht. ›Sehr geehrter Mr. Holmes‹, schreibt er, ›ich möchte in dieser Sache nicht weitergehen. Es ist zu gefährlich. Er hat mich im Verdacht. Er überraschte mich, als ich schon diesen Umschlag an Sie adressiert hatte, um Ihnen den Schlüssel zu schicken. Ich konnte noch rasch etwas auf den Umschlag legen. Wenn er ihn gesehen hätte, wäre ich erledigt gewesen. Aber argwöhnisch war er trotzdem. Bitte, verbrennen Sie meinen ersten Brief, der nun wertlos für Sie ist. Fred Porlock.‹«
Holmes drehte den Brief zwischen seinen Fingern hin und her, während er stirnrunzelnd in das Kaminfeuer starrte.
»Im Grunde«, sagte er, »braucht gar nichts an der Sache zu sein. Vielleicht ist es nur sein schlechtes Gewissen. Nur weil er weiß, daß er einen Verrat begeht, mag er den Vorwurf in den Augen des anderen gelesen haben.«
»Der andere ist vermutlich Professor Moriarty?«
»Gewiß. Wenn einer dieser Leute von ›ihm‹ spricht, weiß man, wer gemeint ist. In ihren Augen existiert nur ein großer ›Er‹.«
»Aber was kann er denn tun?«
»Hm. Das ist die große Frage. Wenn man einen der größten Köpfe Europas gegen sich hat, hinter dem alle Mächte der Finsternis stehen, gibt es allerlei Möglichkeiten. Wie dem auch sei, unser Freund Porlock ist vor Angst fast um den Verstand gebracht. Vergleiche bitte einmal die Handschrift des Briefes mit der auf dem Umschlag, den er, wie er schreibt, vor dem unverhofften Besuch beschriftet hat. Die eine Schrift ist klar und fest, die andere kaum lesbar.«
»Warum hat er überhaupt geschrieben? Warum hat er es nicht auf sich beruhen lassen?«
»Weil er Angst hatte, ich könnte dann nach ihm forschen und ihn dadurch in Schwierigkeiten bringen.«
»Das mag sein«, sagte ich. »Aber der Gedanke macht mich verrückt, daß in dieser chiffrierten Mitteilung etwas sehr Wichtiges

enthalten sein kann, und wir sind nicht in der Lage, sie zu lesen.« Sherlock Holmes hatte das Frühstücksgedeck beiseite geschoben und sich die Pfeife angezündet, deren Rauch ihn während seiner Gedankenarbeit einzuhüllen pflegte.

»Sind wir es wirklich nicht?« Er hatte sich zurückgelehnt und starrte zur Decke empor. »Vielleicht gibt es einige Details, die deiner Beachtung entgangen sind. Laß uns den Fall einmal rein theoretisch betrachten. Porlock nimmt auf ein Buch Bezug. Davon gehen wir aus.«

»Ein etwas unbestimmter Ausgangspunkt.«

»Dann wollen wir doch mal versuchen, ob wir ihn nicht genauer bestimmen können. Wenn ich mich darauf konzentriere, scheint mir die Sache nicht gar so schlecht zu stehen. Welche Anhaltspunkte haben wir für das Buch?«

»Keine.«

»Komm, komm, so schlimm ist es nicht. Die chiffrierte Mitteilung beginnt mit der Zahl 534, nicht wahr? Wir können zunächst einmal annehmen, daß die Zahl 534 die Seite bezeichnet, die wir benutzen sollen. Damit ist aber unser Buch zu einem dicken Buch geworden, was schon ein Fortschritt ist. Was können wir weiter über das Buch aussagen? Das nächste Zeichen lautet Sp 2. Was entnimmst du daraus?«

»Spalte 2 . . .?«

»Glänzend, mein lieber Watson! Heute funkelst du vor Geist, es ist ganz erstaunlich. Siehst du, nun steht uns ein dickes Buch vor Augen, zweispaltig gedruckt, und die Spalten müssen eine beträchtliche Länge haben, denn eins der Wörter der Mitteilung ist als das zweihundertdreiundneunzigste bezeichnet. Haben wir damit die Grenzen dessen erreicht, was uns der Verstand liefern kann?«

»Ich fürchte ja.«

»Du bist ungerecht gegen dich, Watson. Noch einen Geistesblitz, mein Lieber! Wenn es ein seltenes Buch gewesen wäre, hätte er es mir geschickt. Statt dessen hatte er die Absicht – die dann durchkreuzt wurde –, mir den Schlüssel in einem Brief zu nennen. So schrieb er. Er muß also angenommen haben, daß es mir keine Schwierigkeiten machen würde, mir das Buch selber zu beschaffen.

Er besaß es und glaubte, auch ich würde es haben. Kurz gesagt, es ist ein sehr verbreitetes Buch, Watson.«

»Was du sagst, klingt einleuchtend.«

»Damit haben wir unsere Suche auf ein großes Buch zu beschränken, das zweispaltig gedruckt und weit verbreitet ist.«

»Die Bibel!« rief ich triumphierend.

»Gut, Watson, gut! Aber doch nicht ganz zutreffend. Ich muß doch sagen, daß es meiner Ansicht nach kaum ein Buch geben dürfte, das sich mit geringerer Wahrscheinlichkeit im Besitz von Moriartys Kollegen befindet. Außerdem gibt es so viele Ausgaben der Heiligen Schrift, er kann kaum damit rechnen, daß auch nur zwei davon dieselbe Paginierung aufweisen. Nein, als Schlüssel dient ein Buch, bei dem er sich darauf verlassen kann, daß seine Seite 534 genau mit meiner Seite 534 übereinstimmt.«

»Aber nur ganz wenige Bücher erfüllen diese Forderung.«

»Das ist es. Darin liegt unsere Rettung. Jetzt beschränkt sich unsere Suche auf Bücher, die es nur in einer Ausgabe gibt und bei denen man annehmen kann, daß jedermann sie besitzt.«

»Das Kursbuch.«

»Das hat seine Schwierigkeiten, Watson. Das Kursbuch ist eine aufregende Lektüre, aber sein Wortschatz ist doch sehr beschränkt. Es eignet sich deshalb kaum zur Auswahl von Wörtern, die für eine allgemeinere Mitteilung geeignet sind. Das Kursbuch können wir ausscheiden. Wörterbücher kommen auch nicht in Frage. Was bleibt noch an Möglichkeiten?«

»Ein Almanach.«

»Ausgezeichnet, Watson! Ich müßte sehr irren, wenn du es jetzt nicht getroffen hast. Ein Almanach! Betrachten wir die Vorzüge von Whitakers Almanach. Er ist in England sehr verbreitet. Er hat die erforderliche Seitenzahl. Und er ist zweispaltig. Wenn er auch anfangs etwas wortkarg ist, wird er, wenn ich mich recht erinnere, gegen das Ende ganz beredt.« Er nahm den Band zur Hand. »Hier ist Seite 534, Spalte zwei, ein langer Text, der sich mit dem Handel und den Rohstoffquellen von Britisch-Indien befaßt. Notiere einmal die Wörter, Watson. Nummer dreizehn ist ›Mahratta‹. Kein sehr guter Anfang. Nummer hundertsiebenundzwanzig ist ›Regierung‹, was wenigstens einen Sinn hat, wenn es auch im Zusammenhang mit uns und Professor Moriarty unwahrscheinlich wirkt. Versuchen wir mal weiter! Was tut die Regierung von Mahratta? Ha, das nächste Wort ist ›Schweinsborsten‹! Das kommt also nicht in Frage. Wir sind auf dem Holzwege, mein lieber Watson.«

Er sprach scherzend, aber das Zucken seiner buschigen Brauen verriet seine Enttäuschung und seine Gereiztheit. Ich sah betrübt in die Flammen, bis die lange Stille durch einen plötzlichen Ausruf von Holmes unterbrochen wurde, der aufgesprungen war. Eine Sekunde später hatte er einen zweiten Band der gleichen Art in der Hand.

»Wir waren zu aktuell, Watson!« rief er. »Wir eilen wieder einmal unseren Zeitgenossen voraus und erleiden die üblichen Nachteile. Heute ist der siebente Januar, und deshalb haben wir den neuen Almanach genommen. Wahrscheinlich hat Porlock seine Mitteilung nach dem alten zusammengestellt. Sicherlich hätte er es uns in dem erklärenden Brief geschrieben. Versuchen wir, was uns jetzt die Seite 534 verrät! Nummer dreizehn ist ›Es‹, was schon sehr vielversprechend klingt. Nummer hundertsiebenundzwanzig lautet ›besteht‹ – ›Es besteht‹«, Holmes' Augen leuchteten, und seine dünnen nervösen Finger zuckten erregt, als er die Wörter abzählte – »›Gefahr‹. Ha, das ist ausgezeichnet! Schreib es auf, Watson. ›Es besteht Gefahr – sehr – bald.‹ Dann kommt der Name ›Douglas‹ – ›reich – Land – jetzt – in Birlstone – House – Birlstone – Überzeugung – dringend‹. Na, Watson, was sagst du nun? Wenn unser Kaufmann mit Lorbeerkränzen handelte, würde ich mir einen kommen lassen!«

Ich starrte die Mitteilung an, die ich nach seinem Diktat auf ein Stück Papier notiert hatte.

»Was für eine merkwürdige und umständliche Art, sich auszudrücken!«

»Im Gegenteil, ich finde, er hat es höchst geschickt gemacht. Wenn man als Quelle der Wörter bloß so eine Spalte zur Verfügung hat, darf man kaum erwarten, alles so zu finden, wie man es braucht. Es bleibt einem gar nichts anderes übrig, als sich auch auf die Intelligenz des Lesers zu verlassen. Der Sinn ist klar: Jemand führt etwas gegen einen Douglas im Schilde, der reich ist und auf dem Lande wohnt, und zwar in Birlstone. Der Absender dieser Mitteilung ist überzeugt – das Wort ›Überzeugung‹ ist das nächstbeste Wort, das er dafür fand –, daß es sich um eine dringende Sache handelt. Das ist unser Ergebnis, und ich muß sagen, daß ich recht zufrieden damit bin.«

Holmes empfand die reine Freude des Künstlers an seiner wohlgelungenen Arbeit, auch wenn sie unter dem gewohnten Niveau seiner Leistungen lag. Er genoß noch seinen Triumph, als die Tür aufging und Inspektor MacDonald von Scotland Yard eintrat.

Damals hatte Alec MacDonald noch nicht die Höhen des Ruhms erreicht, auf denen er jetzt wandelt. Er war ein junges, aber schon angesehenes Mitglied der Beamtenschaft der englischen Kriminalpolizei und hatte sich in verschiedenen ihm anvertrauten Fällen ausgezeichnet. Seine große, sehnige Gestalt verriet ungewöhnliche Körperkraft, während sein gewölbter Schädel und die glänzenden tiefliegenden Augen unter den kräftigen Brauen auf hohe Intelligenz schließen ließen. Er war ein wortkarger Mensch und sprach mit einem harten schottischen Akzent. Schon zweimal hatte ihm Sherlock Holmes in schwierigen Fällen zum Erfolg verholfen, wobei sein einziger Lohn das geistige Vergnügen war, das ihm die Lösung des Problems gewährte. Aus diesem Grunde hegte der sehnige Schotte große Zuneigung, gemischt mit Respekt, für seinen Amateurkollegen. Dies kam in der Offenheit zum Ausdruck, mit der er Holmes bei jeder Schwierigkeit um seine Meinung fragte. Eine mittelmäßige Begabung erkennt nur sich selbst als höchste Autorität an, ein wahres Talent aber huldigt dem Meister. MacDonald besaß genug berufliches Talent, um zu erkennen, daß es nicht demütigend ist, die Hilfe eines Mannes in Anspruch zu nehmen, der an Begabung und Erfahrung als der erste in Europa galt. Holmes neigte nicht zu Freundschaften, hatte aber den großen Schotten recht gern und lächelte, als dieser unser Zimmer betrat.

»Sie sind ja früh unterwegs, Mac«, sagte er. »Ich fürchte, das deutet auf irgendein Verbrechen, und Sie haben schon die Spur aufgenommen.«

»Wenn Sie ›ich hoffe‹ statt ›ich fürchte‹ gesagt hätten, wären Sie wohl der Wahrheit nähergekommen«, antwortete der Inspektor mit einem Lächeln. »Na, ein kleiner Schluck wäre gut gegen die Morgenkälte. Nein, danke, ich rauche nicht. Ich muß gleich wieder gehen, denn die ersten Stunden nach der Entdeckung eines Verbrechens sind die wichtigsten, was niemand besser weiß als Sie selbst. Aber – aber . . .«

Die Stimme des Inspektors erstarb, als er mit der größten Verblüffung ein Blatt Papier auf dem Tisch anstarrte. Es war das Blatt, auf das ich die dechiffrierte Mitteilung geschrieben hatte.

»Douglas!« stammelte er. »Birlstone! Was ist das, Mr. Holmes? Wie, um alles in der Welt, sind Sie zu diesem Namen gekommen?«

»Das war eine chiffrierte Mitteilung, die Dr. Watson und ich glücklicherweise entschlüsseln konnten. Aber warum sind Sie so erstaunt – was ist mit diesem Namen?«

Der Inspektor sah uns ganz benommen an.

»Eine ganze Kleinigkeit. Mr. Douglas vom Birlstone Manor House wurde in dieser Nacht auf entsetzliche Weise ermordet.«

Sherlock Holmes doziert

Es war einer der dramatischen Augenblicke, für die mein Freund lebte. Es wäre eine Übertreibung, zu behaupten, daß er nach dieser Mitteilung erschüttert oder auch nur erregt gewesen sei. Er war gewiß nicht grausam, aber er war abgehärtet. Und wenn auch seine Empfindungen abgestumpft waren, seine geistigen Regungen blieben stets lebendig. Auf seinen Zügen war keine Spur des Entsetzens zu erkennen, das ich bei dieser unvermuteten Mitteilung empfand, sondern sie zeigten die ruhige und interessierte Miene etwa eines Chemikers, der Kristalle aus einer übersättigten Lösung ausfallen sieht.

»Höchst bemerkenswert«, sagte er.

»Sie scheinen gar nicht überrascht.«

»Interessiert, Mac, aber kaum überrascht. Warum sollte ich überrascht sein? Ich erhalte eine anonyme Mitteilung von einer nicht zu unterschätzenden Seite, daß einer bestimmten Person Gefahr drohe. Innerhalb der nächsten Stunde erfahre ich, daß diese Gefahr tatsächlich eingetreten ist und daß diese Person nicht mehr lebt. Das ist interessant, aber es hat mich, wie Sie bemerkten, nicht überrascht.«

Mit wenigen Worten unterrichtete er den Inspektor über den Brief und seine Entschlüsselung. MacDonald stützte das Kinn in die Hand und runzelte die Stirn.

»Ich wollte heute morgen nach Birlstone fahren«, sagte er. »Und ich wollte fragen, ob Sie mitkommen – Sie und Ihr Freund hier. Aber nach dem, was Sie mir erklärt haben, sieht es aus, als ob wir hier in London mehr erreichen könnten.«

»Das glaube ich nicht«, sagte Holmes.

»Mr. Holmes!« rief der Inspektor. »Morgen oder übermorgen werden die Zeitungen voll sein von dem Birlstone-Rätsel, aber was ist das schon für ein Rätsel, wenn ein Mann in London lebt, der den Mord vorausgesagt hat? Wir brauchen uns nur diesen Mann zu greifen, dann ergibt sich alles andere!«

»Zweifellos, Mac. Aber wie lautet Ihr Vorschlag, diesen sogenannten Porlock zu erwischen?«

MacDonald drehte den Briefumschlag um, den ihm Holmes gegeben hatte.

»Aufgegeben in Camberwell – das nützt uns nicht viel. Der Name, sagen Sie, ist falsch. Dann haben wir keine besonderen Anhaltspunkte. Sagten Sie nicht, Sie hätten ihm Geld geschickt?«

»Zweimal.«

»Und wie?«

»Geldscheine im Brief, postlagernd Camberwell.«

»Haben Sie nie versucht, festzustellen, wer die Briefe abholte?«

»Nein.«

Der Inspektor sah überrascht und etwas schockiert aus.

»Warum nicht?«

»Weil ich immer Wort halte. Ich hatte ihm, als er den ersten Brief schrieb, versprochen, nicht nachzuspüren.«

»Sie glauben, daß er mit jemand in Verbindung steht?«

»Ich weiß es positiv.«

»Es ist der Professor, den Sie mal erwähnt haben?«

»Richtig.«

Inspektor MacDonald lächelte, und ich merkte, wie es in seinen Augenwinkeln zuckte, als er mir einen Blick zuwarf.

»Ich will Ihnen nicht verhehlen, Mr. Holmes, wir in Scotland Yard glauben, daß dieser Professor eine fixe Idee für Sie ist. Ich habe selbst einige Nachforschungen angestellt. Er macht den Eindruck eines durchaus ehrenwerten und respekteinflößenden Gelehrten.«

»Ich freue mich, daß Sie wenigstens die gelehrte Seite seiner Persönlichkeit erkannt haben.«

»Sie war ja nicht zu übersehen. Nachdem ich Ihre Ansicht über ihn gehört hatte, suchte ich ihn auf, um einen persönlichen Eindruck zu gewinnen. Wir sprachen über Eklipsen – ich habe keine Ahnung, wie er das Gespräch darauf gebracht hat; er nahm eine Lampe und einen Globus zu Hilfe, und in einer Minute machte er mir alles klar. Er hat mir ein Buch geliehen, aber ich muß gestehen, daß es ein bißchen über meinen Horizont ging, obwohl meine Schule in Aberdeen bestimmt sehr gut war. Er wäre ein guter Pfarrer geworden mit seinem durchgeistigten Gesicht, dem grauen

Haar und seiner feierlichen Redeweise. Als ich mich verabschiedete, legte er mir die Hand auf die Schulter, wie ein Vater, der seinen Sohn in die kalte, grausame Welt hinausschicken muß.«
Holmes kicherte und rieb sich die Hände.
»Großartig«, sagte er, »einfach großartig. Sagen Sie mal, lieber Freund, fand diese freundliche und rührende Begegnung im Arbeitszimmer des Professors statt?«
»Ganz recht.«
»Ein schönes Zimmer, nicht?«
»Sehr schön und behaglich, Mr. Holmes.«
»Sie saßen vor dem Schreibtisch?«
»Ganz recht.«
»Die Sonne schien Ihnen ins Gesicht, und sein Gesicht lag im Schatten?«
»Nein, es war abends. Aber die Lampe war mir zugekehrt.«
»Ich dachte es mir. Haben Sie ein Bild über dem Kopf des Professors bemerkt?«
»Mir entgeht selten etwas, Mr. Holmes. Vielleicht habe ich das von Ihnen gelernt. Ja, ich habe das Bild gesehen – eine junge Frau, den Kopf auf die Hände gelegt. Sie guckt einen seitwärts an.«
»Es ist ein Gemälde von Jean Baptiste Greuze.«
Der Inspektor bemühte sich, interessiert auszusehen.
»Jean Baptiste Greuze«, fuhr Holmes fort, legte die Fingerspitzen seiner Hände gegeneinander und lehnte sich in seinem Stuhl zurück, »war ein französischer Maler, dessen Blütezeit zwischen 1750 und 1800 lag. Ich meine die Zeit seiner beruflichen Erfolge. Nach heutiger Ansicht war das hohe Ansehen, das er zu Lebzeiten genoß, mehr als berechtigt.«
Der Inspektor bekam einen abwesenden Ausdruck.
»Sollten wir nicht lieber . . .«, sagte er.
»Wir tun es schon«, unterbrach ihn Holmes. »Alles, was ich sage, steht in einer direkten und wichtigen Beziehung zu dem, was Sie das Birlstone-Rätsel nannten. Es kann sogar in gewissem Sinne der Kern genannt werden.«
MacDonald lächelte hilflos und sah mich beschwörend an.

»Ihre Gedankensprünge sind etwas zu rasch für mich, Mr. Holmes. Sie lassen ein oder zwei Glieder aus, und ich kann den Zwischenraum nicht überbrücken. Was in der Welt kann eine Verbindung zwischen diesem toten Maler und der Sache in Birlstone herstellen?«

»Alle möglichen Kenntnisse sind für einen Detektiv nützlich«, bemerkte Holmes. »Selbst die scheinbar belanglose Tatsache, daß vor einigen Jahren auf einer Versteigerung das Bild ›Jeune Fille à l'agneau‹ von Greuze nicht weniger als viertausend Pfund erbrachte, könnte eine Reihe von Überlegungen auslösen.«

Es war offensichtlich, daß gerade das geschah. Der Inspektor sah jetzt ehrlich interessiert aus.

»Ich darf Sie vielleicht daran erinnern«, fuhr Holmes fort, »daß sich das Gehalt des Professors aus verschiedenen zuverlässigen Nachschlagewerken ermitteln läßt. Es beträgt siebenhundert Pfund im Jahr.«

»Wie konnte er dann das Bild kaufen?«

»Eben. Wie konnte er?«

»Das ist ja interessant. Sprechen Sie weiter, Mr. Holmes. Das ist ja hochinteressant!«

Holmes lächelte. Wirkliche Bewunderung versetzte ihn immer in gute Laune – das ist die kindliche Seite des wahren Künstlers.

»Und was ist mit Birlstone?« fragte er.

»Wir haben noch Zeit«, entgegnete der Inspektor, indem er auf die Uhr sah. »Ich habe eine Droschke vor der Tür, und wir sind in ein paar Minuten am Victoria-Bahnhof. Aber noch zu diesem Bild – ich glaube, Sie erzählten mir einmal, Sie hätten Professor Moriarty nie gesehen.«

»Habe ich auch nicht.«

»Woher wissen Sie dann in seinem Arbeitszimmer Bescheid?«

»Das ist etwas anderes. Ich bin schon dreimal in seiner Wohnung gewesen, wobei ich zweimal unter verschiedenen Vorwänden wartete und ging, ehe er kam. Und einmal – aber das kann ich einem Kriminalbeamten kaum erzählen. Bei dieser Gelegenheit nahm ich mir übrigens heraus, in seinen Papieren zu stöbern, was ein höchst unerwartetes Ergebnis hatte.«

»Sie fanden etwas Kompromittierendes?«
»Im Gegenteil, absolut nichts. Das war es, was mich wunderte. Aber Sie haben ja das mit dem Bild eingesehen. Es zeigt, daß er ein sehr wohlhabender Mann ist. Wodurch hat er den Reichtum erworben? Er ist unverheiratet. Sein jüngerer Bruder ist Stationsvorsteher in Westengland. Er hat ein Gehalt von siebenhundert Pfund im Jahr. Aber er besitzt einen Greuze.«
»Und?«
»Na, das ist doch klar.«
»Sie meinen, er hat große Einnahmen auf ungesetzliche Weise?«
»Natürlich. Ich habe allerdings noch andere Gründe, das anzunehmen – Dutzende von Spuren, die alle in das Zentrum des Netzes führen, wo diese giftige Spinne lauert. Den Greuze habe ich nur erwähnt, weil dadurch die Sache in den Bereich Ihrer eigenen Beobachtungen gerückt wird.«
»Nun, Mr. Holmes, ich gebe zu, das ist sehr interessant, was Sie sagen. Es ist mehr als interessant. Aber erklären Sie sich doch etwas deutlicher, wenn möglich. Handelt es sich um Falschmünzerei? Einbrüche? Woher kommt das Geld?«
»Haben Sie mal von Jonathan Wild gelesen?«
»Der Name klingt vertraut. Er kommt in einem Roman vor, nicht wahr? Ich halte nicht viel von Detektiven in Romanen. Sie tun immer die unwahrscheinlichsten Dinge und lassen einen nie dahinterkommen, wie sie es anstellen. Bei denen ist immer alles Eingebung und keine solide Arbeit.«
»Jonathan Wild war kein Detektiv, und er kommt nicht in einem Roman vor. Er war der König der Verbrecher, und er hat um 1750 gelebt.«
»Dann nützt er uns nichts. Ich bin ein Mann der Praxis.«
»Mac, das Praktischste, was Sie je im Leben tun könnten, wäre, daß Sie sich für drei Monate einschließen und täglich zwölf Stunden die Geschichte des Verbrechens studieren. Alles ist schon einmal dagewesen, selbst Professor Moriarty. Jonathan Wild war die verborgene Kraft hinter den Londoner Verbrechern. Er stellte ihnen seinen scharfen Verstand und sein Organisationstalent für einen fünfzehnprozentigen Anteil zur Verfügung. Wie gesagt, alles

schon dagewesen. Ich kann Ihnen ein paar Dinge über Moriarty erzählen, die Sie interessieren werden.«
»Das glaube ich gern.«
»Ich weiß zufällig, wer das erste Glied in der Kette dieses Napoleons der Unterwelt ist. Am anderen Ende der Kette hängen hundert Desperados — Taschendiebe, Erpresser und Falschspieler, die sich auch alle anderen Arten von Verbrechen haben zuschulden kommen lassen. Sein Stabschef ist Oberst Sebastian Moran, ein Mann, ebenso unantastbar und beschützt von der Macht des Gesetzes wie Moriarty. Was glauben Sie, was der Moran zahlt?«
»Das würde ich gern von Ihnen hören.«
»Sechstausend pro Jahr. Damit wird ein Gehirn bezahlt — amerikanisches Geschäftsprinzip. Ich erfuhr diese Einzelheit ganz zufällig. Das ist mehr, als der Ministerpräsident bekommt. Es gibt Ihnen einen Begriff von Moriartys Gewinnen und von dem Maßstab seiner Arbeitsweise. Und noch etwas. Ich habe mich letzthin bemüht, ein paar von Moriartys Schecks zu verfolgen — ganz gewöhnliche und unschuldige kleine Schecks, mit denen er seine Haushaltsrechnungen bezahlt. Sie waren auf sechs verschiedene Banken gezogen. Macht das Eindruck auf Sie?«
»Einen merkwürdigen, gewiß. Aber was schließen Sie daraus?«
»Er will nicht, daß sich sein Reichtum herumspricht. Kein einziger Mensch soll wissen, wie groß sein Vermögen ist. Sicher hat er zwanzig Bankkonten und den Hauptteil seines Vermögens im Ausland, auf der Deutschen Bank oder vielleicht beim Crédit Lyonnais. Wenn Sie mal ein oder zwei Jahre Zeit übrig haben, empfehle ich Ihnen, sie Professor Moriarty zu widmen.«
Inspektor MacDonald war immer mehr beeindruckt, je länger Holmes sprach. Er hatte alles andere vergessen. Nun aber brachte ihn sein praktischer Verstand auf die näherliegende Sache zurück.
»Das hat jedenfalls Zeit«, sagte er. »Sie haben uns mit dieser interessanten Sache abgelenkt, Mr. Holmes. Worauf es im Augenblick ankommt, ist Ihre Bemerkung, daß eine Beziehung zwischen dem Professor und dem Verbrechen in Birlstone bestehe. Das erfuhren Sie aus der Warnung von Porlock. Können wir nach dem gegenwärtigen Stand noch weitere Schlüsse ziehen?«

»Wir können versuchen, uns eine Vorstellung von den Motiven des Verbrechens zu verschaffen. Es ist, wie ich aus Ihren anfänglichen Bemerkungen entnahm, ein unerklärliches oder zumindest ein ungeklärtes Verbrechen. Wenn wir voraussetzen, daß der Urheber des Mordes die Person ist, die wir im Verdacht haben, könnte es zwei verschiedene Motive geben. Ich muß Ihnen zunächst sagen, daß Moriarty eine eiserne Disziplin hält. Er kennt nur eine Strafe, den Tod. Lassen Sie uns annehmen, daß der Ermordete, dessen Schicksal einem der nächsten Untergebenen des Erzverbrechers schon vorher bekannt war – daß dieser Douglas also auf irgendeine Weise den Chef verraten hat. Seine Bestrafung folgte und mußte allen bekanntwerden, was zu Furcht und Abschreckung führen würde.«

»Ja, das wäre eine Erklärungsmöglichkeit, Mr. Holmes.«

»Die andere ist, daß Moriarty den Mord im üblichen Verlauf seiner Geschäfte angeordnet hat. Ist der Tote beraubt worden?«

»Ich habe nichts davon gehört.«

»Wenn ja, würde das natürlich gegen die erste Hypothese und zugunsten der zweiten sprechen. Moriarty kann den Mord auf das Versprechen eines Beuteanteils hin veranlaßt haben, oder er kann für die Ausführung einen bestimmten Betrag erhalten haben. Beides ist möglich. Aber auch wenn es eine dritte Möglichkeit geben sollte, in Birlstone müssen wir die Lösung suchen. Ich kenne unseren Mann zu gut, um anzunehmen, daß er hier eine Spur zurückgelassen hat, die uns zu ihm führt.«

»Dann müssen wir nach Birlstone!« rief MacDonald und sprang auf. »Lieber Himmel, es ist später, als ich dachte! Ich kann Ihnen beiden nur fünf Minuten zur Vorbereitung lassen, mehr nicht.«

»Das genügt vollkommen«, sagte Holmes und tauschte seinen Schlafrock gegen sein Jackett. »Wenn wir auf dem Wege sind, Mac, müssen Sie uns alles erzählen, was Sie über den Fall wissen.«

»Alles« erwies sich als enttäuschend wenig, und doch war es genug, um uns die Gewißheit zu geben, daß der Fall die größte Aufmerksamkeit eines Fachmanns verdiente. Holmes' Miene erhellte sich, und er rieb sich die schmalen Hände, als er den mageren, aber bemerkenswerten Einzelheiten lauschte. Hinter uns lagen lange, ausgesprochen langweilige Wochen, und hier endlich war nun ein angemessener Fall für Holmes' ungewöhnliche Fähigkeiten, die wie alle besonderen Gaben ihrem Besitzer lästig werden, wenn er sie nicht benutzen kann. Die Augen meines Freundes schimmerten, seine bleichen Wangen röteten sich, und sein eifriges Gesicht schien von innen zu leuchten wie immer, wenn ihn die Arbeit rief. Er beugte sich vor und lauschte mit gespannter Miene den Ausführungen MacDonalds über das Problem, das uns in Sussex erwartete. Der Inspektor verließ sich, wie er uns erklärte, auf einen flüchtig geschriebenen Bericht, der in den ersten Morgenstunden mit dem Milchzug nach London gelangt war. White Mason, der Polizeibeamte des Ortes, war mit MacDonald befreundet, und deshalb war dieser viel rascher benachrichtigt worden, als es gewöhnlich der Fall ist, wenn Landpolizisten Scotland Yard zu Hilfe rufen. Gewöhnlich bekommt ein Beamter von Scotland Yard nur eine schon sehr kalte Spur zu sehen.

»Lieber Inspektor MacDonald«, lautete der Brief, den er uns vorlas, »die offizielle Anforderung Ihrer Hilfe befindet sich in einem besonderen Umschlag. Das hier ist für Sie persönlich bestimmt. Telegrafieren Sie mir, mit welchem Zug Sie frühestens nach Birlstone kommen können. Ich werde Sie abholen oder jemanden schicken, wenn ich zu beschäftigt bin. Dieser Fall ist eine ganz verfluchte Geschichte. Lassen Sie bitte alles stehen und liegen, und kommen Sie her. Wenn Sie Mr. Holmes mitbringen können, dann tun Sie das bitte, denn er wird einen Fall nach seinem Geschmack vorfinden. Man könnte denken, der ganze Fall wäre für einen Theatercoup hergerichtet, wenn nicht ein Toter in der Mitte läge. Die Sache wird uns was zum Knacken geben!«

»Ihr Freund scheint ein vernünftiger Mann zu sein«, bemerkte Holmes.

»Ja, das ist er, daran ist kein Zweifel.«

»Und Sie – haben Sie noch etwas?«

»Ich weiß nur, daß uns White Mason alle Einzelheiten mitteilen wird, wenn wir ihn sehen.«

»Woher wissen Sie dann, daß Mr. Douglas auf entsetzliche Weise ermordet worden ist?«

»Das war in der offiziellen Mitteilung. Das Wort ›entsetzlich‹ kam nicht darin vor, denn das ist kein offizieller Ausdruck. Als Name war John Douglas angegeben, ferner, daß sich die Verletzungen am Kopf befanden, verursacht durch die Entladung eines Gewehrs. Auch die Stunde war angegeben, in der Alarm geschlagen worden war: kurz vor Mitternacht. Hinzugefügt wurde noch, daß zweifellos ein Mord vorläge, daß aber niemand verhaftet worden sei und daß der Fall einige sehr verblüffende und ungewöhnliche Umstände aufweise. Das ist alles, was wir im Augenblick haben, Mr. Holmes.«

»Dann wollen wir es mit Ihrer Erlaubnis dabei belassen, Mac. Die Versuchung, auf Grund unvollständiger Einzelheiten verfrüht Theorien aufzustellen, ist der Fluch unseres Berufs. Vorläufig erscheinen mir nur zwei Tatsachen gewiß: Ein bedeutendes Gehirn ist in London und ein toter Mann in Sussex. Die Verbindung, die zwischen beiden besteht, müssen wir erst finden.«

Nun muß ich für einen Augenblick meine eigene unbedeutende Person aus diesem Bericht eliminieren, um Ereignisse zu beschreiben, die sich vor unserer Ankunft in Birlstone ereigneten und von denen wir hinterher erfuhren. Nur auf diese Weise kann ich erreichen, daß der Leser die betroffenen Personen sowie die seltsamen Umstände, unter denen sich ihr Schicksal entschied, richtig einschätzt.

Das Dorf Birlstone ist klein und sehr alt und besteht aus Fachwerkhäuschen. Es liegt am nördlichen Rand der Grafschaft Sussex. Jahrhundertelang war es unverändert geblieben, aber in den letzten Jahren zogen sein malerisches Aussehen und seine schöne Lage eine Anzahl reicher Leute an, so daß sie sich dort niederließen. Ihre Villen stehen in den Wäldern, die das Dorf umgeben. Diese Wälder gehören nach der örtlichen Überlieferung noch zum großen Weald-Forst, der nach dem Norden zu ausläuft. In dem Dorf sind eine kleine Anzahl von Läden entstanden, die die Bedürfnisse der Bevölkerung decken, und es besteht einige Aussicht, daß sich Birlstone von einem alten Dorf zu einem modernen Städtchen entwickelt. Dies würde der Mittelpunkt eines nicht unbeträchtlichen Landgebiets sein, da sich Tunbridge Wells, der nächste Ort von Bedeutung, fünfzehn bis zwanzig Kilometer weit östlich, schon in Kent befindet.

Ungefähr einen Kilometer vom Ort entfernt liegt in einem alten Park, der wegen seiner riesigen Buchen berühmt ist, das Herrenhaus von Birlstone. Ein Teil dieses ehrwürdigen Gebäudes stammt aus der Zeit des ersten Kreuzzuges. Damals errichtete Hugo de Capus in der Mitte seines Gutes, das ihm Wilhelm der Eroberer zum Lehen gegeben hatte, ein festes Schloß. Dieses Schloß wurde im Jahre 1543 durch Feuer zerstört, und ein paar seiner rauchgeschwärzten Ecksteine wurden mit verwendet, als man zur Zeit König Jacobs I. ein Landhaus aus Ziegeln auf den Ruinen des Ritterschlosses aufbaute. Das Herrenhaus war mit seinen vielen Giebeln und seinen kleinen Butzenscheibenfenstern noch ziemlich genauso, wie es im frühen siebzehnten Jahrhundert errichtet worden war. Von den beiden Gräben um das alte befestigte Schloß diente der äußere als Küchengarten, da man ihn hatte eintrocknen lassen. Der innere Graben existierte noch und zog sich um das ganze Haus – über zehn Meter breit, jetzt aber kaum noch einen Meter tief. Ein kleines Gewässer speiste ihn und floß wieder daraus ab, so daß der Wasserstreifen zwar trüb, aber nicht ungesund war. Die Fenster des Erdgeschosses lagen kaum einen Fuß über dem Wasserspiegel. Der einzige Zugang zum Haus führte über eine Zugbrücke, deren Ketten und Winden längst verrostet und unbrauchbar geworden waren. Die letzten Bewohner des Herrenhauses hatten das jedoch mit bemerkenswerter Energie wieder in Ordnung gebracht, und die Zugbrücke wurde tatsächlich jeden Abend hochgezogen und am Morgen wieder heruntergelassen. Durch diese Erneuerung des Brauchs aus der Ritterzeit wurde das Herrenhaus nachts in eine Insel verwandelt; eine Tatsache, die sehr eng mit dem Rätsel zusammenhing, das bald die Aufmerksamkeit ganz Englands auf sich lenkte.

Das Herrenhaus hatte jahrelang unbenutzt gestanden und drohte zu verfallen, als es die Familie Douglas in Besitz nahm. Die Familie bestand nur aus zwei Personen, John Douglas und seiner Frau. Douglas war ein bemerkenswerter Mann. Er mochte ungefähr fünfzig Jahre alt sein und hatte ein energisches Gesicht mit starkem Unterkiefer, einen ergrauenden Schnurrbart, eigentümlich scharfe graue Augen und eine drahtige, jugendlich kraftvolle Gestalt. Er gab sich heiter und wohlwollend gegen jedermann, aber sein Betragen war etwas auffällig und machte den Eindruck, als habe er sein Leben in einer weit niedereren Gesellschaftsschicht verbracht als unter den Gutsbesitzern in Sussex. Doch wenn er auch mit milder Neugier und zugleich einer gewissen Zurückhaltung von seinen kultivierteren Nachbarn betrachtet wurde, genoß er doch bei den Dorfbewohnern bald Ansehen, denn er unterstützte freigebig alle örtlichen Bestrebungen und besuchte gern die Veranstaltungen des Dorfes, wo er mit seiner schönen Tenorstimme auf Wunsch gern ein Lied zum besten gab. Er schien über viel Geld zu verfügen, das er angeblich als Goldgräber in Kalifornien erworben hatte, und aus seinen Reden und denen seiner Frau wurde klar, daß er einen Teil seines Lebens in Amerika verbracht hatte. Der gute Eindruck, den er durch seine Großzügigkeit und seine Unvoreingenommenheit auf die Dorfleute machte, wurde noch durch den Ruhm verstärkt, er sei gegenüber Gefahren gleichgültig. Obwohl er ein ganz schlechter Reiter war, fand er sich zu allen Reitveranstaltungen ein, und es machte ihm gar nichts aus, wenn er schwer stürzte – er war entschlossen, es mit den besten Reitern aufzunehmen. Auch als das Pfarrhaus brannte, zeichnete er sich durch seine Furchtlosigkeit aus, mit der er immer wieder in das brennende Gebäude stürzte, um Sachen zu retten, und zwar lange nachdem die Dorffeuerwehr es als unmöglich aufgegeben hatte. In dieser Weise hatte sich John Douglas innerhalb von fünf Jahren in Birlstone einen beträchtlichen Ruf erworben.

Auch seine Frau war bei denen beliebt, die ihre Bekanntschaft gemacht hatten; allerdings ist die Zahl der Besucher, die sich bei neu zugezogenen Fremden einfinden, ohne daß diese Antrittsbesuche gemacht hätten, normalerweise gering. Das machte ihr nichts aus, da sie zu einem zurückgezogenen Leben neigte und anscheinend völlig in ihrer Ehe und ihren Haushaltspflichten aufging. Man wußte, daß sie eine Engländerin war, die Mr. Douglas in London kennengelernt hatte; er war zu dieser Zeit Witwer gewesen. Sie war eine schöne Frau, groß, dunkelhaarig und schlank und ungefähr zwanzig Jahre jünger als ihr Mann; ein Altersunterschied, der in keiner Weise ihr Eheglück zu beeinträchtigen schien. Manchmal wurde jedoch von denen, die beide am besten kannten, bemerkt, daß das Einverständnis zwischen ihnen nicht ganz vollständig zu sein schien, da die Frau sich entweder sehr zurückhaltend über die Vergangenheit ihres Mannes äußerte oder, was noch wahrscheinlicher schien, nur sehr unvollständig darüber Bescheid wußte. Ein paar aufmerksame Beobachter hatten auch bemerkt, daß Mrs. Douglas manchmal eine gewisse Unruhe zeigte und auffällig nervös wurde, wenn ihr Mann sie während einer Reise einmal besonders lange auf seine Rückkehr warten ließ. In einem kleinen Ort auf dem Lande ist jeder Klatsch willkommen, so daß diese Schwäche der Gutsdame nicht unbemerkt und unkommentiert blieb. Und sie nahm nachträglich noch viel größere

Proportionen an, als nämlich Ereignisse eintraten, die ihr besondere Bedeutung zu geben schienen.

Es gab noch jemanden, der sich zugegebenermaßen immer nur vorübergehend in dem Gutshaus aufhielt, dessen Anwesenheit zur Zeit der seltsamen Geschehnisse, die nachfolgend berichtet werden, seinen Namen jedoch in der Öffentlichkeit sehr bekanntmachte. Das war Cecil James Barker, von Hales Lodge, Hampstead. Cecil Barkers große, schlaksige Gestalt auf der Hauptstraße des Dorfes Birlstone, das war kein seltener Anblick, denn er galt im Gutshause als willkommener Gast. Auch fiel er um so mehr auf, als er der einzige Freund von Mr. Douglas aus dessen unbekannter Vergangenheit war. Barker selbst, zweifellos ein Engländer, ließ aus seinen Bemerkungen erkennen, daß er Douglas in Amerika kennengelernt und dort in enger Verbindung mit ihm gelebt hatte. Er schien ebenfalls sehr wohlhabend zu sein und galt als Junggeselle. Er war etwas jünger als Douglas, höchstens fünfundvierzig, ein großer breiter Mensch mit einem glattrasierten Boxergesicht, kräftigen dunklen Brauen und ein paar zwingenden schwarzen Augen, die ihm auch ohne Unterstützung seiner kräftigen Fäuste in einer feindlichen Menge eine Bahn geöffnet hätten. Er war weder ein Jäger noch ein Reiter, sondern verbrachte seine Tage damit, mit einer Pfeife im Mund in dem alten Dörfchen herumzuschlendern oder mit seinem Gastgeber – in dessen Abwesenheit auch mit der Gastgeberin – im Wagen Ausflüge in die schöne Umgebung zu machen.

»Ein angenehmer, freigebiger Gentleman«, sagte Ames, der Butler. »Aber ich möchte ihn nicht zum Feind haben.«

Mit Douglas stand er auf sehr freundlichem, vertrautem Fuße, und seine Beziehungen zu Mrs. Douglas schienen nicht weniger freundschaftlich zu sein, was den Ehemann mehr als einmal aufbrachte; selbst den Dienstboten fiel das auf. Das also war die dritte Person, die zur Familie gehörte, als sich die Katastrophe ereignete. Was die anderen Bewohner des alten Gebäudes betrifft, so wird es genügen, den immer wohlgekleideten, sehr tüchtigen und achtenswerten Butler Ames und Mrs. Allen zu erwähnen, eine rundliche und heitere Person, die als Haushälterin der Dame des

Hauses viele Mühen abnahm. Die anderen sechs Dienstboten stehen in keiner Beziehung zu den Ereignissen der Nacht des 6. Januar.
Es war dreiviertel zwölf, als die kleine örtliche Polizeistation alarmiert wurde, die Sergeant Wilson von der Sussex Constabulary unterstand. Mr. Cecil Barker war in großer Erregung herbeigeeilt und hatte wie wild geläutet. Eine schreckliche Tragödie habe sich im Gutshaus abgespielt, und Mr. John Douglas sei ermordet worden. Nachdem er das atemlos hervorgebracht hatte, war er zum Haus zurückgeeilt. Ein paar Minuten später folgte ihm Wilson, der Polizeisergeant, der etwas nach zwölf Uhr an der Szene des Verbrechens eintraf. Er hatte zuvor noch rasch die Grafschaftsbehörden benachrichtigt, daß etwas Ernstliches geschehen sei.
Als der Sergeant das Gutshaus erreichte, sah er, daß die Zugbrücke niedergelassen war. Hinter den Fenstern brannte Licht, und der ganze Haushalt befand sich im Zustand der wildesten Verwirrung und Aufregung. Mit weißen Gesichtern drängten sich die Dienstboten in der Halle, und der entsetzte Butler rang seine Hände. Cecil Barker schien als einziger Herr seiner Gefühle zu sein. Er öffnete die dem Eingang nächstgelegene Tür und winkte dem Sergeanten, ihm zu folgen. In diesem Augenblick traf Dr. Wood ein, der tüchtige Dorfarzt. Die drei Männer betraten zusammen den Raum, in dem sich das Verbrechen abgespielt hatte, während der vom Schrecken benommene Butler ihnen auf den Fersen folgte und die Tür hinter sich schloß, um zu verhindern, daß die weiblichen Dienstboten die schreckliche Szene erblickten.
Der Tote lag auf dem Rücken in der Mitte des Raumes mit ausgestreckten Gliedern. Er trug über seinem Nachtgewand nur einen hellroten Schlafrock und an den bloßen Füßen Pantoffeln. Der Arzt kniete neben ihm nieder, die Lampe, die auf dem Tisch gestanden hatte, in der Hand. Ein Blick auf den Toten überzeugte ihn, daß jede Hilfe zu spät kam. Auf der Brust des Mannes lag eine seltsame Waffe, ein Gewehr, dessen Läufe kurz abgesägt waren. Es mußte aus kurzer Entfernung abgeschossen worden sein, und die ganze Ladung war dem Opfer ins Gesicht gegangen und hatte den größten Teil seines Kopfes abgerissen. Die Abzüge

waren mit Draht zusammengebunden, um die gleichzeitige Entladung der Läufe zu bewirken.
Der Dorfpolizist schreckte vor der großen Verantwortung zurück, der er sich plötzlich gegenübersah.
»Wir dürfen nichts berühren, bis meine Vorgesetzten eintreffen«, sagte er flüsternd und starrte voll Entsetzen den verstümmelten Kopf an.
»Bis jetzt ist nichts berührt worden«, sagte Cecil Barker. »Dafür garantiere ich. Sie sehen alles genau, wie ich es gefunden habe.«
»Wann war das?« Der Sergeant hatte sein Notizbuch gezückt.
»Es war gerade halb zwölf. Ich hatte mich noch nicht ausgezogen und saß am Kamin in meinem Schlafzimmer, als ich den Knall hörte. Er war nicht sehr laut, jedenfalls schien er mir gedämpft. Ich lief gleich hinunter. Ich glaube, es sind kaum dreißig Sekunden vergangen, bis ich in dieses Zimmer kam.«
»War die Tür offen?«
»Ja, sie war offen. Der arme Douglas lag hier, wie Sie ihn sehen. Seine Schlafzimmerkerze brannte auf dem Tisch. Ich war es, der die Lampe ein paar Minuten später anzündete.«
»Haben Sie niemanden gesehen?«
»Nein. Ich hörte, wie hinter mir Mrs. Douglas die Treppe herunterkam, und ich eilte hinaus, um ihr diesen furchtbaren Anblick zu ersparen. Mrs. Allen, die Haushälterin, kam herbei und führte sie fort. Dann erschien Ames, und ich kehrte mit ihm in dieses Zimmer zurück.«
»Aber ich habe doch gehört, daß die Zugbrücke nachts hochgezogen bleibt.«
»Das war sie auch, bis ich sie hinunterließ.«
»Wie konnte dann der Mörder entkommen? Das ist doch unmöglich. Mr. Douglas muß Selbstmord verübt haben.«
»Das war auch unser erster Gedanke. Aber sehen Sie mal.« Barker zog den Vorhang zur Seite und zeigte, daß das schmale Butzenscheibenfenster offenstand. »Und sehen Sie hier!« er hielt die Lampe tiefer und beleuchtete einen Blutfleck in der Form einer Schuhsohle auf dem hölzernen Fensterbrett. »Jemand ist beim Hinaussteigen hier draufgetreten.«

»Sie meinen, jemand ist durch den Graben gewatet?«
»Allerdings.«
»Wenn Sie schon eine halbe Minute nach dem Verbrechen hiergewesen sind, muß er in demselben Augenblick im Wasser gewesen sein.«
»Ich bezweifle es nicht. Wenn ich nur gleich zum Fenster gelaufen wäre! Aber der Vorhang verdeckte es, wie Sie sehen, und so bin ich nicht auf den Gedanken gekommen. Dann hörte ich Mrs. Douglas kommen, und ich konnte nicht zulassen, daß sie diesen Raum betrat.«
»Gewiß«, sagte der Arzt und betrachtete den zerschmetterten Kopf und die abscheulichen Flecken ringsum. »Seit dem großen Eisenbahnunglück hier habe ich solche Verletzungen noch nicht wieder gesehen.«
»Aber hören Sie mal«, bemerkte der Polizeisergeant, dessen langsamer Bauernverstand sich noch mit dem Problem des offenen Fensters befaßte, »Sie können ganz gut behaupten, daß der Täter entkam, indem er den Graben durchwatete. Ich frage Sie aber: Wie ist er überhaupt in das Haus gelangt, wenn die Brücke hochgezogen war?«
»Ja, das ist die Frage«, sagte Barker.
»Wann wurde sie hochgezogen?«
»Es war fast sechs Uhr«, sagte Ames, der Butler.
»Ich habe gehört«, sagte der Sergeant, »daß sie gewöhnlich bei Sonnenuntergang hochgezogen wurde. Das wäre zu dieser Jahreszeit eher um halb fünf als um sechs.«
»Mrs. Douglas hatte Besuch zum Tee«, sagte Ames. »Ich konnte sie erst hochziehen, als der Besuch gegangen war. Dann habe ich es selbst besorgt.«
»Also läuft es darauf hinaus«, sagte der Sergeant, »daß, wenn jemand von draußen gekommen ist, er vor sechs Uhr über die Brücke gekommen sein und sich dann versteckt haben muß, bis Mr. Douglas nach elf Uhr in dieses Zimmer trat.«
»Ganz recht. Mr. Douglas machte jeden Abend, ehe er ins Bett ging, einen Rundgang, um sich zu überzeugen, daß alles in Ordnung war. Das führte ihn hierher. Der Täter lag auf der Lauer

und erschoß ihn. Dann floh er durch das Fenster und ließ seine Waffe zurück. So sehe ich es – denn nichts anderes paßt zu den Tatsachen.«

Der Sergeant hob eine kleine Karte auf, die neben dem Toten auf dem Boden lag. Mit Tinte war unordentlich »V. V.« und darunter die Zahl 341 geschrieben.

»Was ist das?« fragte er und hielt die Karte den anderen entgegen.

Barker sah sie neugierig an.

»Sie ist mir bisher nicht aufgefallen«, sagte er. »Der Mörder muß sie zurückgelassen haben.«

»V. V. 341. Ich kann keinen Sinn darin entdecken.«

Der Sergeant drehte die Karte in seinen dicken Fingern hin und her.

»Was ist V. V.? Wahrscheinlich die Anfangsbuchstaben eines Namens. Was haben Sie dort, Dr. Wood?«

Es war ein größerer Hammer, der auf dem Teppich vor dem Kamin gelegen hatte – ein kräftiges, für einen Handwerker sehr brauchbares Werkzeug. Cecil Barker wies auf eine Schachtel Nägel mit Messingköpfen, die auf dem Kaminsims lag.

»Mr. Douglas hat gestern die Bilder umgehängt«, sagte er. »Ich habe ihn selber auf diesem Stuhl stehen und das große Bild dort oben befestigen sehen. Das erklärt den Hammer.«

»Am besten legen wir ihn auf den Teppich zurück, wo wir ihn gefunden haben«, sagte der Sergeant und kratzte sich den Kopf. »Wird viel Verstand kosten, das aufzuklären.« Er hob die Tischlampe in die Höhe und ging langsam im Zimmer herum. »Hallo!« rief er aufgeregt und zog den Fenstervorhang zur Seite. »Wann wurden diese Vorhänge zugezogen?«

»Als die Lampen angezündet wurden«, sagte der Butler. »Es muß kurz nach vier gewesen sein.«

»Hier hat sich bestimmt jemand versteckt.« Er senkte die Lampe, und in der Ecke wurden die Abdrücke schmutziger Schuhe sichtbar. »Ich muß sagen, daß dies Ihre Theorie bestätigt, Mr. Barker. Es sieht aus, als sei der Mann nach vier Uhr, als die Vorhänge zugezogen waren, ins Haus eingedrungen. Es muß aber vor sechs

Uhr gewesen sein, weil man dann die Zugbrücke hochzog. Er schlüpfte in dieses Zimmer, weil es das erste war, das er sah. Es gab keinen anderen Platz, wo er sich verstecken konnte, und deshalb verbarg er sich hinter diesem Vorhang. Das scheint mir alles ziemlich klar. Wahrscheinlich war es seine Absicht, hier im Haus zu rauben, aber Mr. Douglas überraschte ihn, woraufhin er ihn ermordete und floh.«

»Das leuchtet ein«, sagte Barker. »Aber verschwenden wir nicht kostbare Zeit? Könnten wir uns nicht aufmachen und draußen suchen, ehe der Mörder entkommt?«

Der Sergeant überlegte einen Augenblick.

»Vor sechs Uhr früh fahren keine Züge, so daß er mit dem Zug nicht fliehen kann. Wenn er sich mit seinen nassen Beinen auf der Straße sehen läßt, wird er wahrscheinlich auffallen. Im übrigen kann ich hier nicht fort, ehe ich abgelöst werde. Und ich glaube, keiner darf hier weg, ehe wir genauer wissen, wie die Sache steht.«

Der Arzt hatte die Lampe ergriffen und betrachtete die Leiche genauer. »Was für ein Zeichen ist das?« fragte er. »Könnte das etwas mit dem Mord zu tun haben?«

Der rechte Arm des Toten ragte aus dem Ärmel des Schlafrocks bis zum Ellbogen heraus. Ungefähr in halber Höhe des Unterarms befand sich ein merkwürdiges braunes Zeichen, ein Dreieck in einem Kreis, das aus der blassen Haut wie ein Relief herausragte.

»Es ist nicht tätowiert«, sagte der Doktor und betrachtete es von verschiedenen Seiten. »Etwas Ähnliches habe ich noch nie gesehen. Der Mann ist gebrandmarkt worden, wie man es mit dem Vieh macht. Was bedeutet das?«

»Ich kann nicht behaupten, daß ich weiß, was es bedeutet«, sagte Cecil Barker, »aber ich habe dieses Zeichen an Douglas schon vor zehn Jahren bemerkt.«

»Ich ebenfalls«, sagte der Butler. »Ich habe es oft gesehen, wenn der Herr seine Ärmel hochstreifte. Ich habe mich oft gewundert, was es wohl sein könnte.«

»Dann hat es nichts mit dem Verbrechen zu tun«, sagte der Sergeant. »Aber jedenfalls ist es eine merkwürdige Sache. Alles an diesem Fall ist merkwürdig. Was gibt's?«

Der Butler hatte einen Ausruf des Erstaunens ausgestoßen und wies auf die ausgestreckte Hand das Toten.

»Sein Ehering fehlt!« stammelte er.

»Was?«

»Ja, sein Ehering! Der Herr trug immer seinen goldenen Ehering am kleinen Finger der linken Hand. Der Ring mit dem Goldnugget war stets darüber und der geflochtene Schlangenring am dritten Finger. Der Nugget und die Schlange sind da, aber der Ehering ist fort.«

»Er hat recht«, sagte Barker.

»Sagten Sie«, fragte der Sergeant, »daß er den Ehering unter dem anderen trug?«

»Immer!«

»Dann hat der Mörder, oder wer es sonst war, zuerst den Ring mit dem Nugget und dann den Ehering abgezogen und hinterher den Nuggetring wieder angesteckt.«

»So muß es gewesen sein.«

Der würdige Dorfpolizist schüttelte den Kopf.

»Mir scheint, je eher sich London mit diesem Fall befaßt, um so besser. White Mason ist sehr tüchtig, noch nie ist ein Fall hier zuviel für ihn gewesen. Er wird bald hiersein und uns helfen. Aber ich glaube, uns wird auch noch London beistehen müssen, bis wir damit zu Ende kommen. Für mich und meinesgleichen ist das hier jedenfalls zu schwierig.«

Dunkelheit

Um drei Uhr morgens traf, von Sergeant Wilson aus Birlstone dringend gerufen, der oberste Kriminalist von Sussex ein. Mit dem Zug um fünf Uhr vierzig hatte er seine Mitteilung nach Scotland Yard geschickt, und um zwölf Uhr erwartete er uns im Bahnhof von Birlstone. Mr. White Mason war ein ruhiger, gemütlicher Mann in einem weiten Tweedanzug, mit einem glattrasierten roten Gesicht, einem untersetzten Körper und kräftigen Beinen; er wirkte wie ein Landwirt oder pensionierter Förster oder wie sonst etwas, nur nicht wie ein tüchtiges Mitglied der Kriminalpolizei, selbst nicht in der Provinz.

»Das ist ein Leckerbissen von einem Fall, Mr. MacDonald«, sagte er ein paarmal. »Sobald die Journalisten etwas merken, werden sie hier wie die Fliegen herumschwärmen. Hoffentlich sind wir mit der Arbeit fertig, ehe sie ihre Nasen hineinstecken und alle Spuren verwischen. Solange ich zurückdenken kann, hat es keinen ähnlichen Fall gegeben. Er hat ein paar Aspekte, die Sie ansprechen werden, Mr. Holmes, oder ich müßte mich sehr irren. Und auch Sie, Dr. Watson, denn in dem Fall haben die Ärzte ein paar Worte mitzureden. Sie wohnen im Gasthof Westville Arms. Einen anderen gibt es nicht, aber es soll dort sauber und ordentlich sein. Der Mann da wird Ihr Gepäck nehmen. Hier hinaus, wenn ich bitten darf.«

Er strahlte Eifer und Wohlwollen aus, dieser Chefkriminalist von Sussex. Zehn Minuten später waren wir in unserem Quartier, in zehn weiteren saßen wir unten in der Gaststube und erhielten einen raschen Überblick über die Ereignisse, die ich im vorangehenden Kapitel geschildert habe. MacDonald machte sich Notizen, während Holmes versunken lauschte, jenen Ausdruck ungläubiger Bewunderung auf den Zügen, den ein Botaniker bei der Entdekkung einer seltenen und kostbaren Pflanze zeigen mag.

»Erstaunlich«, sagte er am Ende des Berichts, »höchst erstaunlich! Ich kann mich kaum an einen Fall erinnern, dessen Einzelheiten absonderlicher gewesen wären.«

»Ich glaubte, daß Sie das sagen würden, Mr. Holmes«, sagte

White Mason erfreut. »Wir sind up to date in Sussex. Sie wissen jetzt, wie die Sache zwischen drei und vier Uhr heute morgen stand, als ich sie von Sergeant Wilson übernahm. Ich hatte mich sehr beeilt, aber es stellte sich heraus, daß es gar nicht nötig war, denn es gab nichts, was ich hätte tun können. Alle Tatsachen hatte schon Sergeant Wilson ermittelt. Ich überprüfte sie und dachte darüber nach, und ich ermittelte auch selber noch ein paar Kleinigkeiten.«

»Was waren das für Kleinigkeiten?« fragte Holmes interessiert.

»Nun, ich untersuchte erst einmal den Hammer. Dr. Wood half mir. Wir fanden keine Zeichen einer Gewaltanwendung daran. Ich hoffte nämlich, daß Mr. Douglas, falls er sich mit dem Hammer verteidigt hatte, dem Mörder ordentlich eins versetzte, ehe er das Werkzeug auf den Teppich fallen ließ. Aber an dem Hammer war kein Blut.«

»Das beweist natürlich gar nichts«, bemerkte Inspektor MacDonald. »Es sind viele Morde mit einem Hammer ausgeführt worden, ohne daß sich eine Spur daran fand.«

»Ganz recht. Es beweist nicht, daß er nicht benutzt worden ist. Aber es hätten Flecke daran sein können, und das hätte uns geholfen. Dann untersuchte ich das Gewehr. Es war mit Rehposten geladen gewesen, und die Abzüge waren mit Draht untereinander verbunden, so daß beide Läufe gleichzeitig losgingen, wenn an einem gezogen wurde. Wer das eingerichtet hat, war entschlossen, sein Opfer nicht zu verfehlen. Das abgesägte Gewehr maß nur sechzig Zentimeter in der Länge, man konnte es bequem unter dem Mantel tragen. Eine Fabrikmarke war nicht darauf, aber auf der Vertiefung zwischen den beiden Läufen befanden sich die Buchstaben ›PEN‹; den Rest des Namens hatte die Säge abgeschnitten.«

»Ein großes ›P‹ mit einem Schnörkel darüber und ›E‹ und ›N‹ kleiner?« fragte Holmes.

»Ganz richtig.«

»Pennsylvania Small Arm Company, eine bekannte amerikanische Firma.«

White Mason starrte meinen Freund an, wie ein kleiner Dorfarzt zu einem Harley-Street-Spezialisten emporblickt, dessen Wort alle Schwierigkeiten beseitigt.

»Wunderbar, Mr. Holmes, einfach wunderbar! Sie haben bestimmt recht. Haben Sie die Namen aller Gewehrfabriken der Welt im Gedächtnis?«

Holmes tat die Frage mit einer Handbewegung ab.

»Zweifellos ist es ein amerikanisches Gewehr«, fuhr White Mason fort. »Ich erinnere mich, gelesen zu haben, daß solche abgesägten Gewehre in manchen Teilen Amerikas benutzt werden. Abgesehen von dem Namen zwischen den Läufen war mir auch schon der Gedanke gekommen. Es spricht also einiges dafür, daß der Mann, der das Haus betrat und den Besitzer erschoß, ein Amerikaner war.«

MacDonald schüttelte den Kopf. »Sie sind voreilig«, sagte er. »Ich habe noch keinen Beweis gehört, daß überhaupt ein Fremder im Hause war.«

»Das offene Fenster, das Blut auf dem Fensterbrett, die merkwürdige kleine Karte, Stiefelspuren in der Ecke, das Gewehr.«

»Nichts, das nicht hätte arrangiert werden können. Mr. Douglas war ein Amerikaner oder hatte lange in Amerika gelebt. Ebenso Mr. Barker. Sie brauchen keinen Amerikaner von außen hereinzubringen, um amerikanische Spuren zu erklären.«

»Ames, der Butler...«

»Was ist mit ihm? Ist er zuverlässig?«

»Er war zehn Jahre bei Sir Charles Chandos – und ist treu wie Gold. Bei Mr. Douglas war er, seit dieser das Haus vor fünf Jahren übernahm. Er hat niemals ein Gewehr von dieser Art im Hause gesehen.«

»Das Gewehr war zum Verstecken eingerichtet. Deshalb waren die Läufe abgesägt. Es hätte in jede Kiste gepaßt. Wie kann er dann beschwören, daß nie ein solches Gewehr im Hause war?«

»Nun, er hat jedenfalls nie eins gesehen.«

MacDonald schüttelte seinen schottischen Dickkopf. »Ich bin noch nicht überzeugt, daß nie eins im Hause war«, sagte er. »Überlegen Sie doch mal, was es bedeutet, wenn Sie annehmen, daß dieses Gewehr von außen in das Haus hineingebracht wurde und daß all diese merkwürdigen Dinge von einer außenstehenden Person verübt wurden. Das ist ja unvorstellbar! Es widerspricht dem gesunden Menschenverstand. Mr. Holmes, bitte urteilen doch Sie nach dem, was wir gehört haben.«

»Tragen Sie doch einmal Ihre Ansicht vor, Mac«, sagte Holmes.

»Der Mann ist kein Räuber – angenommen, er existiert überhaupt. Die Sache mit dem verschwundenen Ring und der Karte deutet auf Mord aus einem persönlichen Grund. Sehr gut. Wir haben also einen Mann, der mit der festen Absicht, einen Mord zu begehen, in das Haus schlüpft. Wenn er überhaupt etwas weiß, dann weiß er, daß er Schwierigkeiten mit seiner Flucht haben wird, da das Haus von Wasser umgeben ist. Welche Waffe wird er wählen? Die geräuschloseste, die es gibt, denn dann darf er hoffen, nach der Untat rasch aus dem Fenster schlüpfen, durch den Graben waten und sich in aller Stille davonmachen zu können. Das wäre verständlich. Unverständlich wäre, daß er sich bemüht hätte, die geräuschvollste Waffe mitzubringen, die er finden konnte. Er mußte doch wissen, daß sie jeden Menschen im Hause so schnell wie möglich herbeirufen würde, so daß man ihn höchstwahrscheinlich sehen könnte, ehe er durch den Graben käme. Ist das etwa glaubhaft, Mr. Holmes?«

»Ihre Ansicht klingt plausibel«, erwiderte mein Freund nachdenklich. »Darf ich aber fragen, Mr. Mason, ob Sie das andere Ufer des Grabens gleich untersucht haben, um festzustellen, ob sich dort Spuren von dem Mann befanden, der aus dem Wasser gestiegen sein soll?«

»Es waren keine Spuren zu finden, Mr. Holmes. Aber da das Ufer dort mit Steinen eingefaßt ist, kann man keine Spuren erwarten.«

»Keine Schlammspuren?«

»Nichts.«

»Hätten Sie etwas dagegen, Mr. Mason, wenn wir gleich einmal zum Haus gingen? Es könnte dort eine Kleinigkeit zu finden sein, die uns weiterbringt.«

»Ich wollte es schon vorschlagen, Mr. Holmes, aber ich hielt es für besser, Sie vorher mit allen Tatsachen bekannt zu machen. Ich

glaube, wenn Ihnen etwas auffiele...« White Mason sah Holmes zweifelnd an.
»Ich habe schon mit Mr. Holmes zusammengearbeitet«, sagte Inspektor MacDonald. »Er ist fair.«
Holmes lächelte. »Ich untersuche einen Fall immer, um der Gerechtigkeit zu dienen und der Polizei zu helfen. Wenn wir je getrennt marschiert sind, dann nur deshalb, weil sich die Polizei von mir getrennt hat. Ich habe nie den Wunsch gehabt, die Polizei zu übertreffen oder bloßzustellen. Aber gleichzeitig nehme ich das Recht in Anspruch, Mr. Mason, auf meine Art zu arbeiten und meine Resultate nach meinem Gutdünken zur Verfügung zu stellen, nämlich wenn sie vollständig sind, und nicht ratenweise.«
»Ihre Anwesenheit ehrt uns natürlich, und wir werden Ihnen nichts von dem verheimlichen, was wir wissen«, sagte White Mason aufrichtig. »Gehen Sie auch mit, Dr. Watson, und wenn dann die Zeit gekommen ist, hoffen wir alle auf eine Erwähnung in Ihrem Buch.«
Wir schritten die stille Dorfstraße entlang, zwischen den enggepflanzten Ulmen, die auf beiden Seiten standen. Wir gelangten an zwei alte verwitterte und moosbewachsene steinerne Pfeiler, auf denen sich zwei gestaltlose Gebilde befanden, die einst die sich bäumenden Löwen der Capus von Birlstone gewesen waren. Ein kurzer Spaziergang auf der gewundenen Anfahrtstraße, zwischen Rasen und Eichen, wie man sie nur im ländlichen England findet, führte uns zu dem langgestreckten niedrigen Herrenhaus aus nachgedunkelten Ziegeln, das in einem altmodischen Garten aus beschnittenen Taxushecken lag. Als wir uns näherten, erkannten wir die hölzerne Zugbrücke und den prachtvollen breiten Graben, der im kalten Wintersonnenschein still und glänzend wie Quecksilber dalag. Drei Jahrhunderte hatte das alte Herrenhaus erlebt, drei Jahrhunderte von Geburt und Tod, von ländlichen Tänzen und morgendlichen Versammlungen der Fuchsjäger. Seltsam, daß nun im hohen Alter dieses düstere Geschehnis seinen Schatten auf die ehrwürdigen Mauern warf. Und doch waren die spitzen Dächer und die überhängenden Giebel ein nicht unpassender Hintergrund zu der schauerlichen Geschichte.

»Das ist das Fenster«, sagte White Mason, »das da unmittelbar rechts neben der Zugbrücke; es ist offen, wie wir es in der letzten Nacht fanden.«

»Es sieht ziemlich schmal aus, so daß ein Fliehender nicht hätte dick sein dürfen.«

»Ja, das ist wohl wahr. Aber Sie oder ich kämen gerade noch hindurch.«

Holmes trat an das Ufer des Grabens und sah hinüber. Dann untersuchte er den steinernen Rand und den angrenzenden Rasen.

»Ich habe alles genau untersucht, Mr. Holmes«, sagte White Mason. »Es ist nichts zu sehen, kein Zeichen, daß jemand das Ufer betreten hat. Aber warum sollte er auch ein Zeichen hinterlassen?«

»Sehr richtig, warum sollte er? Ist das Wasser immer trüb?« fragte Holmes.

»Im allgemeinen so wie jetzt. Der Bach bringt Lehm mit.«

»Wie tief ist es?«

»Gut einen halben Meter auf beiden Seiten und fast einen Meter in der Mitte.«

»Wir müssen also den Gedanken, daß beim Durchqueren ein Mensch ertrunken sein könnte, völlig von der Hand weisen?«

»Ja, nicht einmal ein Kind könnte dabei ertrinken.«

Wir gingen über die Zugbrücke und wurden von einem vertrockneten kleinen Männchen eingelassen – dem Butler Ames. Er war noch ganz weiß im Gesicht und tief erschüttert. Im Mordzimmer hielt der Dorfpolizist, ein großer steifer und melancholischer Mann, noch Wache; der Doktor war gegangen.

»Etwas Neues, Sergeant Wilson?« fragte White Mason.

»Nein, Sir.«

»Dann gehen Sie ruhig nach Hause. Sie haben genug getan. Wir lassen Sie holen, wenn wir Sie brauchen. Und der Butler wartet besser draußen. Sagen Sie ihm, er möchte Mr. Cecil Barker, Mrs. Douglas und die Haushälterin benachrichtigen, daß wir sie bald brauchen werden. Und nun, meine Herren, darf ich Ihnen wohl zunächst meine Ansicht vortragen, so daß Sie sich dann Ihre eigene Meinung bilden können.«

Dieser Kriminalist aus der Provinz beeindruckte mich sehr. Er hatte einen Sinn für klare Tatsachen und einen nüchternen, sehr gesunden Verstand, der ihn in seinem Beruf noch weit bringen würde. Holmes hörte ihm geduldig zu, ohne eine Spur jener Unrast, die offizielle Vertreter der Kriminalistik nur zu oft in ihm hervorriefen.

»Ist es Selbstmord, oder ist es Mord, das ist unsere erste Frage. Wenn es Selbstmord ist, dann müssen wir annehmen, daß der Getötete zunächst seinen Ehering abnahm und ihn versteckte. Dann kam er in seinem Schlafrock hierher, trampelte Schmutz in eine Ecke, um vorzutäuschen, daß jemand auf ihn gewartet hat, öffnete das Fenster, schmierte Blut auf das ...«

»Diese Theorie können wir sicherlich aufgeben«, sagte MacDonald.

»Das glaube ich auch. Selbstmord scheidet aus. Es handelt sich also um Mord. Wir müssen nun feststellen, ob die Tat von jemandem im Hause oder von einem Menschen außerhalb des Hauses verübt wurde.«

»Lassen Sie Ihre Argumente hören!«

»In jeder Hinsicht gibt es beträchtliche Schwierigkeiten, und doch muß es das eine oder das andere gewesen sein. Nehmen wir zunächst einmal an, daß eine Person oder mehrere Personen aus dem Hause das Verbrechen verübten. Sie brachten den Mann auf irgendeine Weise hier herunter, als alles still war und doch noch niemand schlief. Sie brachten dann ihr Opfer mit der ausgefallensten und geräuschvollsten Waffe ums Leben, die es gibt, damit nur ja alle hörten, was geschah – mit einer Waffe außerdem, die niemand zuvor im Hause gesehen hat. Klingt nicht sehr wahrscheinlich als Anfang, nicht wahr?«

»Nein, allerdings nicht.«

»Weiter. Alle stimmen überein, daß nach dem Schreckensruf höchstens eine Minute verging, bis der ganze Haushalt – nicht nur Mr. Cecil Barker allein, obwohl er behauptet, der erste gewesen zu sein – zur Stelle war. Wollen Sie behaupten, daß in dieser Zeit der Täter in der Ecke die Fußabdrücke erzeugte, das Fenster öffnete, den Blutfleck auf dem Fensterbrett anbrachte, den Ehering vom Finger des Toten zog und so weiter? Das ist unmöglich.«

»Sie sprechen es aus«, sagte Holmes. »Ich neige zu Ihrer Auffassung.«

»Nun, dann müssen wir zu der Theorie zurückkehren, daß es ein Fremder von draußen war. Es sprechen immer noch viele Umstände gegen diese Auffassung, aber sie sind keine Unmöglichkeiten mehr. Der Mann kam zwischen halb fünf und sechs ins Haus, das heißt zwischen der Dämmerung und der Zeit, als die Brücke hochgezogen wurde. Im Haus war Besuch, und die Tür stand offen, so daß ihn nichts hinderte. Er kann ein gewöhnlicher Einbrecher gewesen sein oder einer, der etwas gegen Mr. Douglas hatte. Letzteres ist wahrscheinlicher, da Mr. Douglas den größten Teil seines Lebens in Amerika verbracht hat und die Mordwaffe amerikanischen Ursprungs zu sein scheint. Der Mörder schlüpfte in dieses Zimmer, weil es das erste war, das er erreichte, und er versteckte sich hinter dem Vorhang. Dort blieb er bis nach elf Uhr nachts. Zu dieser Zeit betrat Mr. Douglas den Raum. Der Wortwechsel war nur kurz, wenn überhaupt einer stattfand, denn Mrs. Douglas erklärt, daß ihr Mann sie erst ein paar Minuten allein gelassen hatte, als sie den Schuß hörte.«

»Die Kerze bestätigt das«, sagte Holmes.

»Ganz recht. Die Kerze, die neu war, ist nur einen Fingerbreit heruntergebrannt. Er muß den Leuchter auf den Tisch gestellt haben, ehe er angegriffen wurde, denn andernfalls wäre die Kerze zusammen mit ihm auf den Boden gefallen. Das zeigt, daß er nicht schon in dem Augenblick angegriffen wurde, indem er den Raum betrat. Als Mr. Barker kam, wurde die Kerze gelöscht und die Lampe angezündet.«

»Ja, das ist alles klar.«

»Nun können wir den Fall rekonstruieren. Mr. Douglas betritt das Zimmer. Er stellt den Leuchter hin. Ein Mann kommt hinter dem Vorhang hervor. Er ist mit dem abgesägten Gewehr bewaffnet. Er verlangt den Ehering – der Himmel mag wissen warum, aber so muß es gewesen sein. Mr. Douglas gibt ihn her. Dann erschießt er Douglas auf diese schreckliche Weise, entweder sofort oder im Laufe eines Kampfes, denn Douglas mag den Hammer ergriffen haben, der auf dem Teppich gefunden wurde. Er ließ sein Gewehr fallen und wohl auch diese Karte mit ›V. V. 341‹ und floh dann durch das Fenster und über den Graben im gleichen Augenblick, als Cecil Barker das Verbrechen entdeckte. Wie klingt das, Mr. Holmes?«

»Sehr interessant, aber nicht sehr überzeugend.«

»Es wäre absoluter Unsinn, wenn nicht alles andere noch schlimmer wäre!« rief MacDonald. »Jemand hat das Opfer getötet, und wer es auch gewesen sein mag, ich könnte glatt beweisen, daß er es auf eine andere Weise gemacht haben muß. Was bedeutet es, daß er sich den Rückzug so abschneiden ließ? Warum hat er für den Mord eine so laute Knallbüchse genommen, wenn absolute Stille die Voraussetzung für das Gelingen der Flucht war? Nun sagen Sie etwas, Mr. Holmes, denn nach Ihrer Ansicht ist ja Mr. White Masons Theorie nicht überzeugend.«

Holmes war während dieser langen Diskussion nicht müßig gewesen. Ohne sich ein Wort entgehen zu lassen, hatte er sich mit seinen scharfen Augen umgesehen und runzelte nachdenklich die Stirn.

»Ich möchte erst noch ein paar Tatsachen mehr kennenlernen, ehe ich mich auf eine Theorie einlasse, Mac«, sagte er und kniete neben der Leiche nieder. »Lieber Gott, diese Wunde ist wirklich fürchterlich. Können wir den Butler einen Augenblick sprechen? – Ames, ich hörte, daß Sie dieses ungewöhnliche Zeichen, ein eingebranntes Dreieck in einem Kreis, auf Mr. Douglas' Unterarm oft gesehen haben?«

»Sehr oft, Sir.«

»Sie haben nie etwas darüber gehört, was es bedeuten soll?«

»Nein, Sir.«

»Es muß sehr geschmerzt haben, als es angebracht wurde. Zweifellos wurde es eingebrannt. Nun etwas anderes, Ames. Ich sehe dort am Kiefer von Mr. Douglas ein kleines Stück von einem Pflaster. Hatte er das schon, als er noch lebte?«

»Ja, Sir; er schnitt sich gestern morgen beim Rasieren.«

»Passierte das öfter?«

»Nein, Sir, erst neuerdings.«

»Bezeichnend!« sagte Holmes. »Es kann natürlich bloß ein Zufall sein, aber es kann auch auf eine gewisse Nervosität deuten, weil er Grund hatte, eine Gefahr zu fürchten. Ist Ihnen gestern an seinem Verhalten etwas Ungewöhnliches aufgefallen, Ames?«

»Er schien mir etwas unruhig und aufgeregt, Sir.«

»Na also! Der Überfall kam vielleicht nicht ganz unerwartet. Wir haben einen kleinen Fortschritt erzielt, meinen Sie nicht auch? Vielleicht wollen lieber Sie die Fragen stellen, Mac?« fragte Holmes.

»Nein, Mr. Holmes. Sie machen das besser.«

»Nun, dann befassen wir uns mit dieser Karte – ›V. V. 341‹. Sie besteht aus grobem Karton. Haben Sie welchen von dieser Art im Hause?«

»Ich glaube nicht, Sir.«

Holmes trat an den Schreibtisch und machte mit jeder der beiden Tintensorten einen kleinen Fleck auf das Löschpapier. »Sie ist nicht in diesem Zimmer beschrieben worden«, sagte er, »die eine Tinte ist schwarz und die andere rot. Die Zeichen wurden mit einer dicken Feder geschrieben, und diese sind dünn. Nein, die Karte ist anderswo beschrieben worden, möchte ich annehmen. Verstehen Sie diese Zeichen, Ames?«

»Nein, Sir.«

»Was denken Sie, Mac?«

»Es macht auf mich den Eindruck, als ob es mit einem Geheimklub zusammenhinge. Auch das Dreieck auf dem Arm würde dazu passen.«

»Das glaube ich auch«, sagte White Mason.

»Nun, das können wir als Arbeitshypothese annehmen und sehen, ob dann unsere Schwierigkeiten verschwinden. Ein Agent eines solchen Klubs verschafft sich Zugang zum Haus, wartet auf Mr. Douglas, erschießt ihn und flieht durch den Graben, nachdem er eine Karte neben dem Toten hinterlassen hat, die, wenn sie in den Zeitungen erwähnt wird, den anderen Mitgliedern des Klubs sagt, daß Rache geübt wurde. Das alles paßt ganz schön zusammen. Aber warum gerade diese Waffe, wo jede andere geeigneter gewesen wäre?«

»Freilich.«

»Und warum fehlt der Ring?«

»Richtig.«

»Und warum ist noch niemand verhaftet? Es ist nach zwei Uhr. Ich nehme doch an, daß seit dem Morgengrauen jeder Polizist in hundert Kilometer Umkreis nach einem durchnäßten Fremden Ausschau hält?«

»Allerdings, Mr. Holmes.«

»Na, dann können sie ihn ja nicht verfehlen, wenn er nicht gerade in der Nähe ein Versteck hat oder für einen Kleiderwechsel vorsorgte. Und doch, bis jetzt haben Sie ihn noch nicht.« Holmes war an das Fenster getreten und betrachtete mit seinem Vergrößerungsglas den blutigen Abdruck auf dem Fensterbrett. »Eindeutig der Abdruck eines Schuhs. Er ist auffällig breit – Spreizfuß, würde ich sagen. Merkwürdig, denn soweit ich Abdrücke dieser fleckigen Ecke entdecken kann, würde ich eher sagen, daß die Sohle schmaler ist. Allerdings sind die Abdrücke sehr undeutlich. Was liegt denn da unter diesem Serviertisch?«

»Mr. Douglas' Hanteln«, sagte Ames.

»Hanteln? Es liegt nur eine da. Wo ist die andere?«

»Ich weiß nicht, Mr. Holmes. Vielleicht ist es immer nur eine gewesen. Ich habe monatelang nicht darauf geachtet.«

»Eine Hantel ...«, sagte Holmes nachdenklich, wurde aber von einem scharfen Klopfen an der Tür unterbrochen. Ein großer, sonnengebräunter, sportlich aussehender Mann sah uns an. Ich erriet, daß dieser Mann Cecil Barker war, von dem wir ja schon gehört hatten. Sein beherrschender Blick streifte uns alle der Reihe nach.

»Tut mir leid, Sie zu stören«, sagte er, »aber ich finde, Sie sollten das Neueste hören.«

»Jemand verhaftet?«

»Das nicht. Aber sie haben sein Fahrrad gefunden. Der Kerl hat sein Fahrrad zurückgelassen. Sehen Sie es sich doch mal an. Bloß hundert Meter zu gehen.«

Wir fanden drei oder vier junge Männer, Arbeiter des Gutes und Müßiggänger, im Kreis um ein Fahrrad, das aus einem Efeugebüsch herausgezogen worden war. Es war ein ziemlich abgenutztes Rad, schmutzig wie nach einer langen Fahrt. Eine Werkzeugtasche mit einem Spanner und einem Ölkännchen war vorhanden, aber nichts, was über den Besitzer Aufschluß gab.

»Es wäre für die Polizei ein Segen«, sagte der Inspektor, »wenn Fahrräder registriert würden wie Autos. Aber wir müssen schon dankbar sein für das, was wir haben. Wenn wir nicht feststellen können, wohin er geflohen ist, werden wir jetzt wahrscheinlich herausfinden, woher er kam. Aber warum hat der Kerl es nur zurückgelassen? Und wie in aller Welt hat er ohne sein Rad fliehen können? Ich sehe noch kein Licht in diesem Fall, Mr. Holmes.«

»Nein?« antwortete mein Freund nachdenklich. »Mal abwarten.«

»Haben Sie im Arbeitszimmer alles Nötige gesehen?« fragte White Mason, als wir das Haus wieder betraten.

»Vorläufig ja«, sagte der Inspektor, und Holmes nickte.

»Dann möchten Sie vielleicht ein paar der Leute des Hauses verhören? Wir könnten das Speisezimmer benutzten, Ames. Kommen Sie bitte selbst als erster und sagen Sie uns, was Sie wissen.«

Der Bericht des Butlers war einfach und klar, und er überzeugte uns von seiner Aufrichtigkeit. Er hatte seine Stellung vor fünf Jahren angetreten, als Mr. Douglas nach Birlstone gekommen war. Soweit er wußte, war Mr. Douglas reich und hatte sein Vermögen in Amerika erworben. Er war ein freundlicher und rücksichtsvoller Arbeitgeber, wenn auch nicht ganz aus der Klasse, die Ames gewohnt war, aber man kann ja nicht alles haben. Er hatte nie Zeichen der Angst an Mr. Douglas bemerkt; im Gegenteil, sein Herr war der furchtloseste Mann, den er je kennengelernt hatte. Das Hochziehen der Zugbrücke jeden Abend hatte er befohlen, weil das früher der Brauch gewesen war und er alte Bräuche schätzte. Mr. Douglas fuhr nur selten nach London oder verließ das Dorf, aber am Tage vor dem Verbrechen hatte er in Tunbridge Wells ein paar Geschäfte aufgesucht. Ames hatte an diesem Tage an Mr. Douglas einige Unrast und Erregung bemerkt; er schien ungeduldig und reizbar, was für gewöhnlich nicht vorkam. Der Butler war an jenem Abend noch nicht zu Bett gegangen, sondern hielt sich im Geschirrzimmer an der Hinterseite des Hauses auf, wo er das Silber wegschloß, als er die Glocke läuten hörte. Einen Schuß hatte er nicht gehört, aber das wäre auch kaum möglich gewesen, weil Küche und Geschirrzimmer im hinteren Teil des Hauses lagen und sich mehrere geschlossene Türen und ein langer Gang zwischen ihnen und den vorderen Räumen befanden. Die Haushälterin hatte das heftige Läuten ebenfalls aus ihrem Zimmer gescheucht, und sie waren zusammen nach vorn gegangen. Als sie am Fuß der Treppe angelangt waren, hatten sie Mrs. Douglas die Treppe herabkommen sehen. Nein, sie beeilte sich nicht, und sie schien Ames nicht besonders erregt. Gerade als sie auf der unter-

sten Stufe angelangt war, kam Mr. Barker aus dem Arbeitszimmer herausgestürzt, hielt Mrs. Douglas auf und bat sie, zurückzugehen.
»Um Himmels willen, gehen Sie in Ihr Zimmer zurück!« rief er. »Jack ist tot. Sie können nicht helfen. Um Himmels willen, gehen Sie in Ihr Zimmer!«
Nach einiger Überredung kehrte Mrs. Douglas um. Sie schrie nicht, sie ließ keinen Ausruf vernehmen. Mrs. Allen, die Haushälterin, brachte sie hinauf und blieb bei ihr im Zimmer. Ames und Barker waren dann in das Arbeitszimmer gegangen, wo sie alles genauso vorfanden, wie es später die Polizei gesehen hatte. Die Kerze brannte nicht mehr, wohl aber die Lampe. Sie hatten aus dem Fenster geblickt, aber die Nacht war sehr dunkel, und nichts war zu sehen oder zu hören gewesen. Dann waren sie in die Halle geeilt, wo Ames die Winde gedreht hatte, die die Zugbrücke senkte. Und Mr. Barker war davongerannt, um die Polizei zu benachrichtigen.
Das war im wesentlichen die Aussage des Butlers.
Die Aussage Mrs. Allens, der Haushälterin, bestätigte seine Worte. Ihr Zimmer lag dem Vorderteil des Hauses näher als das Geschirrzimmer, in dem Ames gearbeitet hatte. Sie war gerade beim Zubettgehen, als das laute Läuten der Glocke ihre Aufmerksamkeit erregte. Sie war etwas schwerhörig; vielleicht hatte sie aus diesem Grunde den Schuß nicht gehört, und jedenfalls war das Arbeitszimmer weit entfernt. Sie erinnerte sich, ein Geräusch gehört zu haben, das sie an das Zuschlagen einer Tür erinnerte. Das war eine ganze Zeit früher – mindestens eine halbe Stunde vor dem Läuten der Glocke. Sie sah Mr. Barker sehr blaß und aufgeregt aus dem Arbeitszimmer kommen. Er hielt Mrs. Douglas zurück, als sie die Treppe herabkam. Er beschwor sie, zurückzugehen, und sie antwortete ihm, aber was sie sagte, war nicht zu verstehen.
»Bringen Sie sie hinauf und bleiben Sie bei ihr!« hatte Barker zu Mrs. Allen gesagt.
Sie hatte ihre Herrin in ihr Zimmer gebracht und sich bemüht, sie zu beruhigen. Mrs. Douglas war sehr erregt und zitterte am ganzen Leibe, machte aber keinen neuen Versuch, hinunterzugehen. Sie

saß in ihrem Schlafrock am Kamin, das Gesicht in den Händen. Die Haushälterin blieb den größten Teil der Nacht bei ihr. Was die anderen Dienstboten betrifft, so waren sie alle zu Bett gegangen, und erst kurz ehe die Polizei kam, wurden sie benachrichtigt. Ihre Zimmer lagen ganz hinten im Haus, und sie konnten unmöglich etwas gehört haben.

Soweit die Haushälterin. Das Kreuzverhör ergab nichts Neues außer lauten Klagen und Bekundungen des Nichtverstehens, wie der Mord hatte geschehen können.

Mr. Cecil Barker war der nächste. In bezug auf die Ereignisse der Nacht hatte er nur sehr wenig dem hinzuzufügen, was er der Polizei schon gesagt hatte. Persönlich war er überzeugt, daß der Mörder durch das Fenster entkommen sei. Seiner Meinung nach bewies das der Blutfleck eindeutig. Außerdem gab es keinen anderen denkbaren Fluchtweg, da die Brücke hochgezogen war. Er konnte sich nicht erklären, was aus dem Mörder geworden war oder warum er sein Fahrrad nicht benutzt hatte, falls es ihm wirklich gehörte. Im Graben konnte er unmöglich ertrunken sein, da dieser an keiner Stelle eine Tiefe von auch nur einem Meter erreichte. Er hatte sich eine sehr bestimmte Theorie über den Mörder gebildet. Douglas war ein zurückhaltender Mensch, und es gab einige Dinge in seinem Leben, über die er nie sprach. Er war in früher Jugend von Irland nach Amerika ausgewandert. Dort war es ihm gut gegangen. Barker hatte ihn zuerst in Kalifornien kennengelernt, wo sie auf einem ergiebigen Claim an einem Ort namens Benito Canyon Partner geworden waren. Ihre Ausbeute ließ nichts zu wünschen übrig, aber Douglas verkaufte plötzlich seinen Anteil und reiste nach England. Damals war er Witwer. Barker hatte später ebenfalls sein Geld flüssiggemacht und war nach London gegangen. Dort erneuerten sie ihre Freundschaft. Nach Barkers Ansicht schien Douglas zu glauben, er sei von einer Gefahr bedroht; vermutlich hingen auch der plötzliche Aufbruch seines Freundes aus Kalifornien und die Tatsache, daß er sich in ein so ruhiges Fleckchen nach England zurückzog, mit dieser Gefahr zusammen. Barker gelangte zu der Annahme, daß ein Geheimklub, irgendeine unerbittliche Organisation, Douglas auf den Fersen war und nicht eher Ruhe gab, bis sie ihn getötet hatte. Douglas selbst hatte ihn durch ein paar Bemerkungen auf diesen Gedanken gebracht, ihm aber nie gesagt, was für eine Geheimverbindung das war oder wodurch er ihre Rache heraufbeschworen hatte. Er konnte nur annehmen, daß die Schrift auf der Karte mit diesem Geheimklub zusammenhing.

»Wie lange waren Sie mit Douglas in Kalifornien?« fragte Inspektor MacDonald.

»Fünf Jahre.«

»Er war Junggeselle, sagten Sie?«

»Witwer.«

»Haben Sie jemals gehört, woher seine erste Frau stammte?«

»Nein, ich erinnere mich nur, daß er sagte, sie sei schwedischer Abstammung gewesen. Ich habe auch ein Bild von ihr gesehen. Es war eine sehr schöne Frau; sie starb am Typhus, ein Jahr bevor ich ihn kennenlernte.«

»Sie können seine Vergangenheit nicht in einem besonderen Teil Amerikas lokalisieren?«

»Ich habe ihn von Chikago sprechen hören. Er kannte diese Stadt gut und hatte dort gearbeitet. Ich habe ihn von den Kohle- und Eisen-Gebieten erzählen hören. Er war seinerzeit ziemlich viel herumgekommen.«

»War er Politiker? Hatte diese geheime Gesellschaft etwas mit Politik zu tun?«

»Nein, Politik interessierte ihn überhaupt nicht.«

»Es gibt keinen Grund anzunehmen, daß er ein Verbrecher war?«

»Im Gegenteil, ich habe nie einen anständigeren Menschen kennengelernt.«

»War an seiner Lebensweise in Kalifornien etwas bemerkenswert?«

»Er arbeitete am liebsten auf unserem Claim in den Bergen. Nie ging er mit den anderen trinken. Als ich das merkte, glaubte ich zum erstenmal, daß jemand hinter ihm her sei. Als er dann so plötzlich nach Europa fuhr, war ich überzeugt davon. Ich glaube, er hatte eine Warnung erhalten. Innerhalb einer Woche, nachdem er fort war, erkundigte sich ein halbes Dutzend Männer nach ihm.«

»Was für Männer?«

»Nun, sie sahen alle ziemlich abgebrüht aus. Sie kamen zum Claim herauf und wollten wissen, wo er war. Ich sagte ihnen, er sei nach Europa gegangen, ich wüßte aber nicht, in welches Land. Daß sie ihm nicht wohlwollten, war deutlich zu merken.«
»Waren diese Männer Amerikaner – Kalifornier?«
»Ob Kalifornier, kann ich nicht sagen. Amerikaner waren sie. Aber keine Goldgräber. Ich weiß nicht, was sie waren, mir jedenfalls war wohler in meiner Haut, als sie wieder verschwanden.«
»Das war vor sechs Jahren?«
»Eher sieben.«
»Und vorher lebten Sie fünf Jahre lang mit Douglas zusammen in Kalifornien, so daß der Ursprung der ganzen Geschichte mindestens elf Jahre zurückliegen muß?«
»Das ist richtig.«
»Da muß es sich schon um entscheidende Dinge handeln, wenn der Zwist so lange und mit einer derartigen Hartnäckigkeit weitergeführt wurde.«
»Ich glaube, das hat sein ganzes Leben verdüstert. Er mußte immer daran denken.«
»Aber wenn ein Mensch weiß, daß ihm eine Gefahr droht, und wenn er weiß, um was es sich handelt, glauben Sie nicht, daß er sich um Hilfe an die Polizei wendet?«
»Vielleicht konnte man ihn vor dieser Gefahr nicht schützen. Eins müssen Sie wissen: Er war immer bewaffnet, seine Pistole steckte stets in seiner Tasche. Leider trug er gestern nacht seinen Schlafrock und hatte die Pistole in seinem Schlafzimmer gelassen. Wahrscheinlich fühlte er sich sicher, sobald die Brücke hochgezogen war.«
»Ich hätte gern diese Daten etwas klarer«, sagte MacDonald. »Es ist volle sechs Jahre her, seit Douglas Kalifornien verlassen hat. Sie folgten ihm im nächsten Jahr, nicht wahr?«
»Das stimmt.«
»Und er war seit fünf Jahren verheiratet. Dann müssen Sie ungefähr zur Zeit seiner Hochzeit zurückgekehrt sein.«
»Ungefähr einen Monat vorher. Ich war sein Brautführer.«
»Kannten Sie Mrs. Douglas vor ihrer Heirat?«
»Nein. Ich war zehn Jahre lang von England fortgewesen.«

»Aber Sie haben sie seither gut kennengelernt?«
Barker sah MacDonald an. Dann sagte er:
»Ja. Ich kann ja schließlich einen Mann nicht besuchen, ohne dabei auch seiner Frau zu begegnen. Wenn Sie sich einbilden, daß da ein Zusammenhang ...«
»Ich bilde mir nichts ein, Mr. Barker. Ich muß nur alles untersuchen, was mit dem Fall zusammenhängen könnte. Ich wollte Sie nicht beleidigen.«
»Manche Fragen sind beleidigend«, antwortete Barker ärgerlich.
»Wir wollen nur die Tatsachen kennenlernen. Es ist in Ihrem und jedermanns Interesse, daß sie aufgeklärt werden. Störte Mr. Douglas Ihre Freundschaft mit seiner Frau nicht im geringsten?«
Barker erblaßte, und seine großen kräftigen Hände ballten sich.
»Sie haben kein Recht, solche Fragen zu stellen!« rief er. »Was hat das mit dem Fall zu tun, den Sie untersuchen?«
»Ich muß die Frage wiederholen.«
»Ich verweigere die Antwort.«
»Das können Sie tun. Aber Sie sind sich doch wohl darüber im klaren, daß diese Verweigerung selbst eine Antwort ist, denn Sie würden die Antwort nicht verweigern, wenn Sie nicht etwas zu verbergen hätten.«
Barker schwieg einen Augenblick und schien zu überlegen. Dann sah er auf und lächelte.
»Sie tun wahrscheinlich nur Ihre Pflicht, und ich glaube, ich darf Ihnen dabei nicht im Wege stehen. Ich möchte Sie nur bitten, Mrs. Douglas nicht damit zu behelligen, denn sie hat es auch so schon schwer genug. Ich kann Ihnen sagen, daß der arme Douglas nur einen einzigen Fehler hatte, und das war seine Eifersucht. Er schätzte mich, und er liebte seine Frau. Er hatte es gern, wenn ich hierher kam, lud mich immer wieder ein. Aber wenn seine Frau und ich uns unterhielten oder wenn irgendwelche Sympathie zwischen uns spürbar wurde, übermannte ihn die Eifersucht, und er schnappte über und sagte die unvernünftigsten Sachen. Ich habe mir mehr als einmal geschworen, nicht mehr zu kommen, aber dann schrieb er so flehende und beschwörende Briefe, daß ich nicht anders konnte. Aber Sie dürfen es mir auf Ehre und Gewissen

glauben, daß kein Mann eine liebevollere und treuere Frau und, wenn ich das sagen darf, auch keinen treueren Freund als mich haben konnte.«

Er brachte das mit viel Gefühl und Überzeugungskraft vor, und doch konnte Inspektor MacDonald nicht von dem Thema lassen.

»Ist Ihnen klar«, sagte er, »daß der Ehering des Toten von seiner Hand gezogen wurde?«

»Es scheint so«, sagte Barker.

»Was meinen Sie mit ›scheint‹? Sie wissen, daß es stimmt.«

Barker schien verwirrt und unentschlossen.

»Wenn ich sagte ›scheint‹, dann meinte ich, daß er auch selber den Ring abgelegt haben könnte.«

»Allein die Tatsache, daß der Ring fehlt – gleichgültig, wer ihn abgezogen hat –, muß doch jeden auf den Gedanken bringen, daß zwischen der Ehe und dem Mord ein Zusammenhang besteht.«

Barker zuckte die Achseln.

»Ich kann nicht behaupten, daß es mich auf diesen Gedanken bringt«, sagte er. »Aber wenn Sie damit andeuten wollen, daß die Ehre der Dame auf dem Spiel steht . . .« Er beherrschte sich mühsam und sagte dann ruhiger: »Sie sind auf der falschen Spur.«

»Ich wüßte nicht, welche Fragen ich Ihnen im Augenblick noch stellen könnte«, sagte MacDonald kühl.

»Da war noch eine Kleinigkeit«, bemerkte Sherlock Holmes. »Als Sie das Zimmer betraten, brannte doch nur eine Kerze auf dem Tisch, nicht wahr?«

»Ja, das stimmt.«

»Und bei dem Licht der Kerze sahen Sie gleich, daß etwas Schreckliches passiert war?«

»Richtig.«

»Und Sie läuteten sofort?«

»Ja.«

»Und es kam sehr rasch jemand?«

»Innerhalb von etwa einer Minute.«

»Und als dann die anderen kamen, sahen sie, daß die Kerze gelöscht war und die Lampe brannte. Das scheint mir sehr bemerkenswert.«

Wieder zeigte Barker einige Unentschlossenheit.
»Ich wüßte nicht, was daran bemerkenswert wäre, Mr. Holmes«, erwiderte er nach einem Augenblick. »Die Kerze gab ein sehr schlechtes Licht. Das war mein erster Gedanke. Die Lampe stand auf dem Tisch, und deshalb zündete ich sie an.«
»Und dann bliesen Sie die Kerze aus?«
»Ja.«
Holmes stellte keine weitere Frage mehr an ihn, und Barker verließ den Raum, nachdem er jedem von uns einen Blick zugeworfen hatte, der, wie mir schien, ziemlich herausfordernd war.
Inspektor MacDonald hatte Mrs. Douglas ausrichten lassen, er würde sie in ihrem Zimmer aufsuchen, aber sie wollte im Speisezimmer mit uns sprechen. Jetzt trat sie ein, eine hochgewachsene schöne Frau von dreißig Jahren, zurückhaltend und selbstbeherrscht. Sie unterschied sich durchaus von der tragischen, bekümmerten Gestalt, die ich mir vorgestellt hatte. Ihre Züge waren zwar blaß und verhärtet wie bei jedem Menschen, der einen großen Schock erlitten hat, aber ihr Verhalten blieb gemessen, und ihre schöngeformten Hände, die sie auf die Tischplatte legte, waren so ruhig wie meine eigenen. Ihr trauriger Blick wanderte von einem Gesicht zum anderen, während ihr Antlitz einen merkwürdig fragenden Ausdruck annahm. Dieser fragende Blick machte sich plötzlich in Worten Luft.
»Haben Sie schon etwas herausgefunden?« forschte sie.
Bildete ich mir nur ein, daß in ihrer Frage eher ein Unterton der Furcht als der Hoffnung mitklang?
»Wir haben alles unternommen, was möglich war, Mrs. Douglas«, sagte der Inspektor. »Sie dürfen ganz beruhigt sein, daß nichts übersehen wird.«
»Sparen Sie kein Geld«, sagte sie mit tonloser Stimme. »Es ist mein Wunsch, daß nichts unversucht bleibt.«
»Vielleicht können Sie uns etwas sagen, das Licht in die Sache bringt.«
»Ich fürchte, nein, aber ich stehe Ihnen natürlich mit allem, was ich weiß, zur Verfügung.«
»Wir haben von Mr. Cecil Barker gehört, daß Sie nichts gesehen

haben – daß Sie nicht mehr in dem Zimmer waren, in dem sich die Tragödie abgespielt hat?«

»Nein, Mr. Barker schickte mich auf der Treppe zurück. Er bat mich, in mein Zimmer zurückzukehren.«

»Ganz recht. Sie hatten den Schuß gehört und waren deshalb hinuntergegangen.«

»Ich legte nur noch meinen Schlafrock an.«

»Wieviel Zeit verging zwischen dem Schuß, den Sie hörten, und dem Augenblick, in dem Sie von Mr. Barker auf der Treppe abgefangen wurden?«

»Es können zwei Minuten gewesen sein. Es ist so schwer, in einem solchen Augenblick die Zeit ruhig abzuschätzen. Er beschwor mich, nicht weiterzugehen. Er versicherte mir, ich könnte nichts tun. Dann führte mich Mrs. Allen, die Haushälterin, wieder nach oben. Es war alles wie ein Alptraum.«

»Haben Sie eine Vorstellung, wie lange Ihr Mann unten gewesen war, bis der Schuß fiel?«

»Nein, das kann ich nicht sagen. Als er sein Ankleidezimmer verließ, hörte ich ihn nicht fortgehen. Er machte jeden Abend im Haus die Runde, denn er war besorgt, daß ein Feuer ausbrechen könnte. Feuer ist das einzige, was er je fürchtete.«

»Auf das wollte ich gerade zu sprechen kommen, Mrs. Douglas. Sie haben Ihren Mann nur in England gekannt, nicht wahr?«

»Ja. Wir sind fünf Jahre verheiratet gewesen.«

»Hat er je von etwas gesprochen, das sich in Amerika ereignet haben könnte und das ihm Gefahr zu bringen drohte?«

Mrs. Douglas dachte längere Zeit nach, ehe sie antwortete.

»Ja«, sagte sie schließlich. »Ich hatte immer das Gefühl, daß ihm eine Gefahr drohte. Er wollte nicht darüber sprechen. Nicht weil es ihm an Vertrauen zu mir fehlte – zwischen uns herrschte die größte Liebe und das schönste Vertrauen –, er wollte nur jede Beunruhigung von mir fernhalten. Er glaubte, ich würde mir Sorgen machen, wenn ich alles wüßte, und deshalb verheimlichte er es mir.«

»Woher wußten Sie es dann?«

Ein Lächeln überflog das Gesicht von Mrs. Douglas.

»Ein Mann kann auf die Dauer kein Geheimnis bewahren, ohne daß eine Frau, die ihn liebt, aufmerksam wird. Ich erfuhr es auf verschiedene Weise: dadurch, daß er sich weigerte, von einigen Episoden seines Lebens in Amerika zu erzählen, durch bestimmte Vorsichtsmaßnahmen, die er ergriff, und durch einige Andeutungen, die er wider seinen Willen machte. Ich war ganz sicher, daß er einige starke Feinde hatte, daß er glaubte, sie seien ihm auf der Spur, und daß er immer vor ihnen auf der Hut war. Ich war dessen so sicher, daß ich jahrelang vor Angst verging, wenn er später nach Hause kam, als ich erwartete.«

»Darf ich fragen«, sagte Holmes, »was für Worte es waren, die Ihre Aufmerksamkeit erregten?«

»›Das Tal der Furcht‹«, sagte sie. »Das war ein Ausdruck, den er benutzte, wenn ich ihn fragte. ›Ich bin im Tal der Furcht gewesen. Es liegt noch nicht hinter mir.‹ – ›Kommen wir denn nie aus dem Tal der Furcht heraus?‹ fragte ich ihn, wenn er ernster schien als gewöhnlich. ›Manchmal denke ich, es wird nie möglich sein‹, pflegte er zu antworten.«

»Sie haben ihn doch sicher gefragt, was er mit dem Tal der Furcht meinte?«

»Ja, aber dann wurde sein Gesicht sehr ernst, und er schüttelte den Kopf. ›Es ist schlimm genug, daß einer von uns in seinem Schatten gewesen ist‹, sagte er. ›Gebe Gott, daß dieser Schatten nie auf dich fällt.‹ Es war ein wirkliches Tal, in dem er gelebt hat und in dem ihm etwas Schreckliches widerfuhr – dessen bin ich sicher –, aber mehr kann ich Ihnen nicht sagen.«

»Und hat er nie Namen erwähnt?«

»Ja, einmal, als er Fieber hatte, nach seinem Jagdunfall vor drei Jahren. Ich erinnere mich, daß ihn damals ein Name ständig verfolgte. Er sprach ihn mit Zorn und Schrecken aus. McGinty war der Name. Als er sich erholt hatte, fragte ich ihn, wer McGinty sei, aber er wich aus, und ich konnte nichts aus ihm herausbekommen. Doch es gibt sicher einen Zusammenhang zwischen McGinty und dem Tal der Furcht.«

»Da ist noch ein anderer Punkt«, sagte Inspektor MacDonald. »Sie lernten Mr. Douglas in einer Pension in London kennen und

verlobten sich dort mit ihm, nicht wahr? War irgend etwas Geheimnisvolles oder Rätselhaftes an der Hochzeit?«
»Nein, nichts Rätselhaftes.«
»Hatte er einen Rivalen?«
»Nein, ich war ganz frei.«
»Sie haben sicher gehört, daß man ihm seinen Ehering genommen hat. Bringt Sie das auf einen Gedanken? Nehmen Sie an, daß ein Feind aus seinem früheren Leben ihn aufgespürt und dieses Verbrechen begangen hat. Welchen Grund konnte er haben, Douglas den Ehering fortzunehmen?«
Ich hätte schwören können, daß einen Augenblick lang ein ganz schwaches Lächeln um die Lippen von Mrs. Douglas spielte.
»Das kann ich Ihnen wirklich nicht sagen«, antwortete sie. »Das ist mir völlig rätselhaft.«
»Ja, und nun will ich Sie nicht länger aufhalten. Es tut mir leid, daß wir Sie behelligen mußten«, sagte der Inspektor. »Es wird sicher noch einige Fragen geben, aber die können wir Ihnen dann bei Gelegenheit vorlegen.«
Sie erhob sich, und wieder nahm ich den raschen, fragenden Blick wahr, mit dem sie uns überflog, als wollte sie sagen: Welchen Eindruck hat meine Aussage auf Sie gemacht? Es war so deutlich – sie hätte die Frage auch aussprechen können. Doch verneigte sie sich stumm und verließ das Zimmer.
»Eine schöne Frau – eine sehr schöne Frau«, sagte MacDonald nachdenklich, nachdem sich die Tür hinter ihr geschlossen hatte. »Dieser Barker ist sicherlich sehr oft hiergewesen. Männer, wie er einer ist, finden eine Frau meist sehr attraktiv. Er gibt zu, daß der Tote eifersüchtig war, und vielleicht weiß er selbst am besten, welche Ursache für diese Eifersucht bestand. Dann die Sache mit dem Ehering. Daran kommen wir nicht vorbei. Der Mann, der einen Ehering von der Hand eines Toten abzieht ... Was sagen Sie dazu, Mr. Holmes?«
Mein Freund hielt seinen Kopf auf die Hand gestützt und war in Gedanken versunken. Nun stand er auf und läutete. »Ames«, sagte er, als der Butler eintrat, »wo ist Mr. Barker jetzt?«
»Ich werde nachsehen, Sir.«

Er kam einen Augenblick später wieder und sagte, Mr. Barker sei im Garten.
»Können Sie sich darauf besinnen, Ames, was Mr. Barker gestern abend an den Füßen trug, als er mit Ihnen in das Arbeitszimmer ging?«
»Ja, Mr. Holmes. Er hatte Pantoffeln an. Ich brachte ihm seine Straßenschuhe, als er die Polizei benachrichtigen ging.«
»Wo sind die Pantoffeln jetzt?«
»Sie stehen noch unter dem Stuhl in der Halle.«
»Gut, Ames. Es ist natürlich wichtig für uns, zu wissen, welche Spuren von Mr. Barker stammen und welche nicht.«
»Ja, Sir. Ich darf wohl erwähnen, daß ich bemerkte – die Pantoffeln waren mit Blut befleckt – meine eigenen übrigens auch.«
»Das ist ganz natürlich bei dem Zustand, in dem sich das Zimmer befand. Gut, Ames. Wir werden läuten, wenn wir Sie wieder brauchen.«
Ein paar Minuten später waren wir im Arbeitszimmer. Holmes hatte die Pantoffeln aus der Halle mitgenommen. In der Tat waren die Sohlen beider Pantoffeln mit Blut vollgesogen.
»Merkwürdig«, murmelte Holmes, als er im Licht des Fensters stand und sie genau untersuchte, »sehr merkwürdig!«
Mit einer seiner raschen, katzenhaften Bewegungen legte er einen Pantoffel auf den blutigen Abdruck auf dem Fensterbrett. Er lächelte uns schweigend an.
Der Inspektor wurde von Erregung ergriffen.
»Mann!« rief er. »Kein Zweifel, Barker hat den Abdruck auf dem Fensterbrett selbst angebracht. Er ist ein ganzes Stück breiter als jeder Schuhabdruck. Sie sagten doch etwas von Spreizfuß, und das ist die Erklärung! Aber was war der Grund, Mr. Holmes – was war der Grund?«
»Ja, was war der Grund?« wiederholte mein Freund nachdenklich.
White Mason kicherte und rieb sich seine dicken Hände.
»Na, ist das ein Fall?« rief er. »Das ist ein Fall, was!«

Weil die anderen noch viele Einzelheiten untersuchen wollten, kehrte ich allein zu unserm bescheidenen Quartier ins Dorfgasthaus zurück, aber vorher machte ich noch einen Spaziergang in dem altmodischen Garten beim Haus. Er war von sehr alten merkwürdig geschnittenen Taxushecken umgeben. Innerhalb der Hekken gab es einen schönen Rasen mit einer alten Sonnenuhr in der Mitte. Von dem Garten ging eine beruhigende Wirkung aus, was mir für meine etwas strapazierten Nerven sehr willkommen war. In dieser wundervoll friedlichen Umgebung konnte man das düstere Arbeitszimmer mit der ausgestreckten, blutbefleckten Gestalt auf dem Boden vergessen oder sich nur wie an einen Alptraum daran erinnern. Und doch, als ich so herumwanderte und versuchte, mich abzulenken, ereignete sich ein seltsamer Vorfall, der mich wieder an die Tragödie gemahnte und mir einen unangenehmen Eindruck machte.

Ich sagte, daß Taxushecken in verschiedenen Formen den Garten umgaben. Am fernen Ende bildeten sie einen geschlossenen Wall. Jenseits davon, vor den Augen eines jeden verborgen, der aus der Richtung des Hauses darauf zugeht, befand sich ein Steinsitz. Als ich mich der Stelle näherte, hörte ich Stimmen – eine Bemerkung, von einer tiefen Männerstimme geäußert und als Antwort darauf das leise Lachen einer Frau. Einen Augenblick später hatte ich das Ende der Hecke erreicht, und mein Blick fiel auf Mrs. Douglas und Barker, ehe sie mich bemerkten. Ihr Aussehen schockierte mich. Im Speisezimmer hatte sie sich gefaßt, aber würdevoll gegeben. Jetzt war alle gespielte Trauer verschwunden, ihre Augen lachten vor Lebenslust, und ihr Gesicht verriet lebhaft die Heiterkeit, die jene Bemerkung ihres Gefährten hervorgerufen hatte. Dieser saß gebückt, mit gefalteten Händen, die Unterarme auf seine Knie gestützt, und auf seinem kühnen, ansprechenden Gesicht lag ebenfalls ein Lächeln. Augenblicklich – aber es war gerade einen Augenblick zu spät – nahmen sie wieder den Ernst an, den sie früher gezeigt hatten. Sie wechselten rasch einige Worte, und dann erhob sich Barker und kam auf mich zu.

»Entschuldigen Sie, Sir«, sagte er, »aber spreche ich mit Dr. Watson?«

Ich verbeugte mich kühl, um zu zeigen, welchen Eindruck ihr Verhalten auf mich gemacht hatte.

»Wir dachten, daß Sie es sein müßten, da Ihre Freundschaft mit Mr. Sherlock Holmes bekannt ist. Hätten Sie etwas dagegen, herüberzukommen und einen Augenblick mit Mrs. Douglas zu sprechen?«

Ich folgte ihm mit saurer Miene. Vor meinem geistigen Auge sah ich den Ermordeten auf dem Boden liegen. Und hier, wenige Stunden nach der Tragödie, saßen seine Frau und sein bester Freund zusammen lachend hinter einem Busch in dem Garten, der ihm gehört hatte! Ihrem flehenden Blick begegnete ich abweisend.

»Ich fürchte, Sie halten mich für roh und herzlos«, sagte sie.

Ich zuckte die Achseln.

»Das geht mich nichts an«, sagte ich.

»Vielleicht werden Sie mich eines Tages verstehen . . .«

»Das ist gar nicht nötig«, fiel Barker rasch ein, »wie er selbst gesagt hat, geht es ihn nichts an.«

»Richtig«, sagte ich, »und deshalb wollen Sie mich bitte jetzt entschuldigen.«

»Einen Augenblick, Dr. Watson«, sagte die Frau mit flehender Stimme. »Ich habe eine Frage, die nur Sie mir beantworten können, und sie ist von größter Wichtigkeit für mich. Sie kennen Mr. Holmes und seine Beziehungen zur Polizei besser als jeder andere. Nehmen wir an, man vertraute ihm etwas unter dem Siegel der Verschwiegenheit an, wäre es dann unbedingt erforderlich, daß er es der Polizei mitteilt?«

»Ja, das ist die Frage«, sagte Barker voller Eifer. »Arbeitet er selbständig oder ganz auf seiten der Polizei?«

»Ich weiß wirklich nicht, warum ich das mit Ihnen besprechen sollte.«

»Ich bitte Sie – ich beschwöre Sie, Dr. Watson, ich versichere Ihnen, daß Sie uns damit sehr helfen könnten. – Es wäre mir eine große Hilfe.«

In ihrer Stimme lag solche Aufrichtigkeit, daß ich für einen Augenblick ihre Leichtfertigkeit vergaß und ihre Frage zu beantworten beschloß.

»Mr. Holmes ist unabhängig«, sagte ich. »Er ist sein eigener Herr und handelt so, wie es ihm sein eigenes Urteil eingibt. Aber er würde natürlich nicht die Beamten hintergehen, die sich mit demselben Fall befassen, und ihnen nichts verheimlichen, was ihnen helfen könnte, einen Verbrecher der Gerechtigkeit auszuliefern. Weiter kann ich nichts sagen, und Sie müssen schon mit Mr. Holmes selbst sprechen, wenn Sie es noch genauer wissen wollen.«

Mit diesen Worten lüftete ich den Hut und setzte meinen Weg fort. Als ich mich am Ende der Hecke noch einmal umsah, sah ich, daß sie noch sehr angeregt miteinander sprachen, und da sie mir nachsahen, war mir klar, daß unsere Unterredung der Gegenstand ihres Gesprächs war.

»Ich möchte nichts unter dem Siegel der Verschwiegenheit anvertraut erhalten«, sagte Holmes, als ich ihm berichtete, was geschehen war. Er hatte den ganzen Nachmittag im Gutshaus unter Gesprächen mit MacDonald und White Mason verbracht und kehrte ungefähr um fünf Uhr mit einem Riesenappetit zurück. Ich hatte schon für ihn bestellt. »Man soll sich nichts anvertrauen lassen, Watson, denn das wird sehr unbequem, wenn es zu einer Verhaftung wegen eines Komplotts und Mordes kommt.«

»Glaubst du, daß es dazu kommen wird?«

Er war in seiner heitersten Stimmung.

»Mein lieber Watson, wenn ich dieses vierte Ei seiner Bestimmung zugeführt habe, bin ich bereit, dich über die ganze Situation aufzuklären. Ich sage nicht, daß wir sie schon völlig ausgelotet hätten – bei weitem nicht –, aber wenn wir die verlorene Hantel gefunden haben ...«

»Die Hantel!«

»Lieber Gott, Watson, ist es denn möglich, hast du noch nicht begriffen, daß der ganze Fall an der fehlenden Hantel hängt? Na, du brauchst doch nicht gleich so niedergeschlagen zu sein, denn, unter uns, ich glaube nicht, daß Inspektor MacDonald oder der sonst ganz vorzügliche Landarzt die überwältigende Bedeutung dieses Details erkannt hat. Eine Hantel, Watson! Stell dir einen

Athleten mit nur einer Hantel vor! Male dir die einseitige Entwicklung aus – und die akute Gefahr einer Rückgratverkrümmung! Es ist erschreckend, Watson, einfach erschreckend!«
Dabei hatte er den Mund voll Toast, und seine Augen funkelten vor Vergnügen, während er meine Verwirrung genoß. Der bloße Anblick seines vorzüglichen Appetits beruhigte mich, weil er auf Erfolg schließen ließ; ich erinnerte mich sehr deutlich an sein tagelanges Fasten, wenn er um die Lösung eines Problems rang, wobei dann sein mageres Gesicht immer asketischer wurde. Endlich war er mit dem Essen fertig, setzte sich in die Kaminecke des Gasthofs, zündete seine Pfeife an und begann über den Fall zu plaudern, langsam und nicht sehr konzentriert, eher wie einer, der laut denkt.
»Eine Lüge, Watson – eine riesengroße, sonnenklare Lüge –, begegnet uns gleich am Anfang. Davon gehen wir aus. Die ganze Geschichte, die uns Barker erzählt hat, ist eine Lüge. Aber Barkers Geschichte wird von Mrs. Douglas bestätigt. Deshalb lügt auch sie. Sie lügen beide und auf Verabredung. Also besteht folgendes klare Problem: Warum lügen sie, und wie sieht die Wahrheit aus, die sie so sehr zu verbergen sich mühen? Wir wollen doch einmal versuchen, Watson, ob wir beide nicht hinter diese Lüge kommen und die Wahrheit rekonstruieren können.
Woher weiß ich, daß sie lügen? Weil alles eine ungeschickte Phantasterei ist, die einfach nicht wahr sein kann. Überleg doch einmal! Nach dem, was uns erzählt wurde, hatte der Mörder weniger als eine Minute nach der Tat Zeit, den Ring abzuziehen, der sich am Finger des Toten befand, und zwar unter dem anderen Ring, diesen anderen Ring wieder aufzustecken – was er sicherlich nicht getan hätte – und diese merkwürdige Karte neben seinem Opfer niederzulegen. Ich behaupte, daß das ganz offensichtlich unmöglich ist. Du kannst sagen – aber ich schätze deinen Verstand zu hoch ein, Watson, als daß ich glaubte, du sagst es –, der Ring könnte dem Mann genommen worden sein, ehe er getötet wurde. Die Tatsache, daß die Kerze nur eine kurze Zeit lang gebrannt hat, zeigt, daß keine längere Unterredung stattfand. War Douglas, nach allem, was wir über seinen furchtlosen Charakter gehört haben,

ein Mann, der so ohne weiteres und nach wenigen Worten seinen Ehering hergibt? Können wir uns vorstellen, daß er ihn überhaupt herausrückt? Nein, nein, Watson, der Mörder war mit dem Toten eine ganze Zeit lang allein, während die Lampe brannte. Daran habe ich nicht den geringsten Zweifel. Aber der Gewehrschuß war anscheinend die Todesursache. Deshalb muß der Schuß einige Zeit früher abgegeben worden sein, als man uns sagte. Da es aber keinen Irrtum in so einer Sache geben kann, besteht ein bewußtes Komplott der zwei Leute, die den Schuß hörten – Barker und Mrs. Douglas. Wenn ich zu alledem noch beweisen kann, daß der blutige Abdruck auf dem Fensterbrett von Barker dort absichtlich angebracht wurde, um die Polizei auf eine falsche Spur zu bringen, wirst du zugeben müssen, daß es nicht gut für ihn aussieht.

Nun müssen wir uns fragen, zu welcher Stunde der Mord tatsächlich geschah. Bis halb elf gingen die Dienstboten im Haus umher, so daß die Tat sicherlich nicht vor diesem Zeitpunkt begangen wurde. Um Viertel vor elf waren sie alle auf ihre Zimmer gegangen, mit der Ausnahme von Ames, der noch das Silber wegschloß. Ich habe einige Versuche unternommen, nachdem du uns heute nachmittag verlassen hattest, und ich fand, daß kein Geräusch, das MacDonald im Arbeitszimmer erzeugen konnte, im Geschirrzimmer zu hören ist, falls alle Türen dazwischen geschlossen sind. Anders jedoch steht es mit dem Zimmer der Haushälterin. Es ist nicht ganz so weit vom Arbeitszimmer entfernt, und ich konnte darin MacDonalds Stimme schwach hören, wenn er sie sehr erhob. Der Knall eines Gewehrschusses ist etwas gedämpft, wenn der Abschuß in größter Nähe des Zieles erfolgt, was in diesem Fall zweifellos geschehen ist. Der Knall kann nicht sehr laut gewesen sein, aber in der Stille der Nacht hätte er leicht in Mrs. Allens Zimmer gehört werden müssen. Wie sie uns sagte, ist sie schwerhörig, aber sie erwähnte bei ihrer Aussage, daß sie eine halbe Stunde, ehe sie alarmiert wurde, etwas wie ein Türenschlagen gehört hat. Ich zweifle nicht, daß sie in Wirklichkeit nicht ein Türenschlagen, sondern den Knall des Gewehrs hörte, und das war der tatsächliche Augenblick des Mordes. Wenn es so ist, müssen wir nun feststellen, was

Mr. Barker und Mrs. Douglas – vorausgesetzt, sie sind nicht die eigentlichen Mörder – von ein Viertel vor elf, als der Knall des Schusses sie in das Arbeitszimmer lockte, bis Viertel nach elf getan haben können, als sie läuteten, um die Dienstboten zu rufen. Was haben sie getan, und warum haben sie nicht gleich Lärm geschlagen? Das ist die Frage, die sich ergibt, und wenn wir die Antwort darauf wissen, sind wir der Lösung des Rätsels schon näher.«

»Ich bin auch davon überzeugt«, sagte ich, »daß es ein Einverständnis zwischen diesen beiden gibt. Sie muß ein ziemlich herzloses Geschöpf sein, wenn sie schon wenige Stunden nach der Ermordung ihres Mannes über einen Scherz lachen kann.«

»Sehr richtig. Als Ehefrau steht sie selbst im Licht ihres eigenen Berichtes nicht gerade glänzend da. Ich bin kein bedingungsloser Bewunderer der Frauen, wie du weißt, Watson, aber meine Lebenserfahrung hat mir gezeigt, daß es nur wenige Frauen gibt, die ihren Mann lieben und sich trotzdem durch das Wort eines anderen davon abhalten lassen, die Leiche ihres Mannes wenigstens zu sehen. Sollte ich je heiraten, Watson, dann hoffe ich meiner Frau so viel Gefühl einzuflößen, daß sie sich nicht durch eine Haushälterin wegführen läßt, wenn meine Leiche nur ein paar Meter von ihr entfernt liegt. Das war schlecht erfunden, denn selbst dem kaltschnäuzigsten Beobachter hätte der völlige Mangel am üblichen Wehklagen auffallen müssen. Wenn nichts sonst, hätte mich allein dieser Umstand auf den Verdacht eines Komplotts gebracht.«

»Glaubst du denn wirklich, daß Barker und Mrs. Douglas schuld an dem Mord sind?«

»Deine Fragen haben immer eine lästige Zudringlichkeit, Watson«, sagte Holmes und drohte mit seiner Pfeife. »Sie sind wie Geschosse. Würdest du die Frage so formulieren, daß Mrs. Douglas und Barker die Wahrheit über den Mord kennen und sich verabredet haben, sie zu verheimlichen, dann könnte ich dir mit gutem Gewissen antworten: Ich bin davon überzeugt. Aber auf deine Formulierung kann ich dir nicht so eindeutig antworten. Laß uns mal einen Augenblick die Schwierigkeiten betrachten, die dem im Wege stehen.

Nehmen wir an, daß dieses Pärchen sich liebt und beschlossen hatte, den Mann loszuwerden, der im Wege stand. Das ist eine kühne Annahme, denn vorsichtige Erkundigungen bei der Dienerschaft und anderen haben keine Bestätigung dafür gebracht. Im Gegenteil, alles bezeugt, daß sich das Ehepaar sehr liebte.«

»Das kann sicherlich nicht wahr sein«, sagte ich und dachte an das schöne lächelnde Gesicht im Garten.

»Na, sie machten jedenfalls diesen Eindruck. Nehmen wir aber einmal an, Barker und Mrs. Douglas wären außerordentlich vorsichtig gewesen und hätten beschlossen, jedermann in dieser Hinsicht zu täuschen und den Ehemann zu ermorden. Er ist zufällig ein Mann, dem eine Gefahr droht . . .«

»Dafür haben wir nur das Wort dieser beiden.«

Holmes überlegte.

»Ich verstehe, Watson, du willst eine Theorie entwickeln, nach der alles, was sie von Anfang an sagten, falsch ist. Deiner Idee zufolge gab es nie eine Gefahr, keinen Geheimklub, kein Tal der Furcht und keinen McGinty. Na gut, das ist eine schöne Verallgemeinerung. Wollen mal sehen, wohin sie uns bringt. Sie erfinden diese Theorie, um das Verbrechen zu erklären. Dann erweitern sie die Idee, indem sie zum Beweis, daß ein Außenseiter existiert, das Fahrrad im Park verstecken. Der Fleck auf dem Fensterbrett wirkt in gleicher Richtung, ebenso die Karte, die beim Leichnam gefunden wurde und die ja im Haus fabriziert worden sein kann. Das paßt alles zu deiner Hypothese, Watson. Aber jetzt kommen wir zu den häßlichen und unvereinbaren Tatsachen, die nicht zu dem Schema passen. Warum ausgerechnet ein abgesägtes Gewehr als Mordwaffe – und ein amerikanisches noch dazu? Wie konnten sie so sicher sein, daß der Knall nicht unerwünschte Zeugen herbeirief? Es ist ja ohnehin bloß ein Zufall, daß Mrs. Allen sich nicht nach der zugeschlagenen Tür erkundigte. Warum tat dein schuldiges Paar all das, Watson?«

»Ich gestehe, daß ich es nicht erklären kann.«

»Und dann wieder: Wenn eine Frau und ihr Liebhaber sich verbünden, um den Ehemann zu ermorden, werden sie dann ihre Schuld demonstrieren, indem sie seinen Ehering nach seinem Tode abziehen? Erscheint dir das sehr wahrscheinlich, Watson?«

»Nein, allerdings nicht.«
»Und wenn dir der Gedanke gekommen wäre, ein Fahrrad zu verstecken, würde es sich denn wirklich gelohnt haben? Da sieht doch der dümmste Detektiv, daß es eine absichtlich gelegte falsche Spur ist, denn das Rad ist und bleibt das erste, was der flüchtige Mörder für seine Flucht braucht.«
»Ich kann mir keine Erklärung denken.«
»Und doch sollte es keine Kombinationen von Umständen geben, für die der Menschenverstand keine Erklärung findet. Nur mal als geistige Übung, ohne behaupten zu wollen, daß es stimmt, wollen wir einen möglichen Gedankengang entwickeln. Ich gebe zu, es ist reine Phantasie, aber wie oft hat sich die Phantasie als Mutter der Wahrheit erwiesen.
Wir wollen annehmen, daß es tatsächlich ein peinliches Geheimnis, eine wirklich schlimme Sache, im Leben von Mr. Douglas gab. Es führt zu seiner Ermordung durch jemanden, der – so wollen wir annehmen – ein Rächer ist, jemand von außerhalb. Dieser Rächer nahm aus einem Grund, den ich noch nicht erklären kann, den Ehering des Toten. Die Vendetta geht vielleicht auf die erste Ehe des Mannes zurück, und der Ring mag aus diesem Grund abgezogen worden sein. Ehe der Rächer fliehen konnte, hatten Barker und die Frau das Mordzimmer erreicht. Der Mörder überzeugte sie, daß jeder Versuch, ihn verhaften zu lassen, zur Bekanntmachung eines schrecklichen Skandals führen würde. Sie ließen sich von ihm überzeugen und zogen es vor, ihn gehen zu lassen. Zu diesem Zweck ließen sie wahrscheinlich die Brücke herab und zogen sie wieder hinauf, was sich alles völlig geräuschlos bewerkstelligen läßt. Der Mörder entkam und dachte aus irgendeinem Grunde, daß er zu Fuß sicherer wäre als auf dem Fahrrad. Er ließ deshalb das Rad zurück, wo es nicht entdeckt wurde, bis er längst über alle Berge war. Soweit bewegen wir uns doch noch im Bereich des Möglichen, nicht wahr?«
»Ja, möglich ist es sicherlich«, sagte ich mit einiger Zurückhaltung.
»Wir müssen uns eben klar darüber sein, Watson, daß diese ganzen Geschehnisse bestimmt sehr ungewöhnlich sind. Um unseren angenommenen Fall fortzusetzen: Das Paar – nicht unbedingt

ein schuldiges Paar – begreift, nachdem der Mörder fort ist, daß es sich in eine Lage gebracht hat, in der es schwierig sein wird, zu beweisen, daß weder er noch sie die Tat selbst begingen oder anstifteten. Sie stellten sich rasch, aber ziemlich ungeschickt auf die Situation ein. Der Fußabdruck wurde mit Barkers blutgetränktem Pantoffel auf dem Fensterbrett angebracht, um anzudeuten, wie der Mörder flüchtete. Die beiden waren es, die offenbar den Schuß gehört hatten, und so alarmierten sie das Haus, aber eine gute halbe Stunde später.«

»Und wie gedenkst du all das zu beweisen?«

»Nun, wenn jemand von außerhalb des Hauses der Täter gewesen ist, wird man ihn vielleicht aufspüren und verhaften. Das wäre der wirkungsvollste Beweis. Aber wenn nicht – schließlich sind die Mittel der Wissenschaft noch lange nicht erschöpft. Ich glaube, ein einsamer Abend im Arbeitszimmer würde mich viel weiterbringen.«

»Ein einsamer Abend!«

»Ich beabsichtige, jetzt gleich dahin zu gehen. So habe ich es mit dem schätzenswerten Ames besprochen, der in bezug auf Barker keineswegs beruhigt ist. Ich werde in diesem Zimmer sitzen und sehen, ob seine Atmosphäre mir eine Eingebung schenkt. Ich glaube an den genius loci. Du lächelst, Watson? Na, wir werden ja sehen. Übrigens, hast du deinen großen Regenschirm mit?«

»Er ist hier.«

»Leih ihn mir bitte.«

»Natürlich, aber er gibt nur eine sehr unzulängliche Waffe ab! Wenn Gefahr besteht ...«

»Kaum, mein lieber Watson, oder ich würde dich bestimmt um deine Hilfe bitten. Augenblicklich warte ich nur auf die Rückkehr unserer Kollegen aus Tunbridge Wells, wo sie gerade versuchen, den Eigentümer des Fahrrades festzustellen.«

Es wurde schon Nacht, als Inspektor MacDonald und White Mason von ihrem Ausflug zurückkehrten. Ihre Laune war glänzend, und sie meldeten einen großen Fortschritt in unserer Untersuchung.

»Ich gebe zu, ich hatte meine Zweifel, ob es je einen Täter von außerhalb des Hauses gegeben hat«, sagte MacDonald, »aber das ist jetzt vorbei. Das Fahrrad ist identifiziert, und wir haben eine Beschreibung des Mannes, was uns sehr viel weitergebracht hat.«

»Klingt wie der Anfang vom Ende«, sagte Holmes. »Ich gratuliere Ihnen beiden von ganzem Herzen.«

»Ich ging von der Tatsache aus, daß Mr. Douglas seit dem Ausflug vom Tage vorher, nach Tunbridge Wells, verstört schien. In Tunbridge Wells ist er sich also einer Gefahr bewußt geworden. Deshalb war mir klar: Falls ein Mann mit einem Fahrrad herübergekommen war, dann vermutlich aus Tunbridge Wells. Wir nahmen das Fahrrad mit und zeigten es in den Gasthöfen. Der Wirt vom ›Adler‹ erkannte es sofort wieder. Es gehörte einem Mann namens Hargrave, der sich dort zwei Tage zuvor ein Zimmer genommen hatte. Dieses Rad und ein kleiner Koffer waren sein einziger Besitz. Als Heimatort hatte er London angegeben, aber keine genauere Adresse. Der Koffer stammt von einer Londoner Firma, und sein Inhalt war englischer Herkunft, aber der Mann selber war zweifellos ein Amerikaner.«

Holmes schien erheitert. »Sie haben gute Arbeit geleistet, während ich hier mit meinem Freund saß und Theorien ausspann. Es geht doch nichts über praktische Arbeit, Mac.«

»Da haben Sie ganz recht, Mr. Holmes«, bestätigte der Inspektor.

»Aber das kann ja alles in deine Theorie passen«, bemerkte ich.

»Vielleicht, vielleicht auch nicht. Lassen Sie uns weiter hören, Mac. Haben Sie nichts gefunden, was den Mann identifizierte?«

»So wenig, daß es aussieht, als habe er sich gegen die Identifizierung schützen wollen. Es gab keine Papiere, keine Briefe, keine Wäschezeichen. Auf dem Tisch seines Zimmers lag eine Straßenkarte der Grafschaft. Er war gestern morgen nach dem Frühstück auf seinem Rad aufgebrochen, und die Leute hatten nichts wieder von ihm gehört, bis wir kamen.«

»Das ist es, was mich wundert, Mr. Holmes«, sagte White Mason. »Wenn der Mensch nicht wollte, daß er irgendwelches Aufsehen erregt, warum ist er dann nicht zurückgekehrt und hat sich wie ein unauffälliger Tourist verhalten? So, wie es jetzt steht, muß er doch vom Wirt der Polizei gemeldet werden, und dann wird sein Verschwinden mit dem Mord in Verbindung gebracht.«

»Sollte man denken. Immerhin hat er bis heute Erfolg gehabt, da er nicht ergriffen wurde. Aber seine Beschreibung – haben Sie da etwas ausfindig gemacht?«

MacDonald zückte sein Notizbuch.

»Hier ist sie, soweit wir sie erhalten konnten. Er scheint nicht besonders aufgefallen zu sein, aber der Portier und das Stubenmädchen stimmten überein, daß gerade das charakteristisch für ihn ist. Er war ungefähr einssiebzig groß, etwa fünfzig Jahre alt, Haar leicht angegraut, ebenso sein Schnurrbart, die Nase war leicht gebogen und sein Gesicht ein bißchen wild und verwegen.«

»Nun, das könnte fast eine Beschreibung von Douglas selbst sein«, sagte Holmes. »Er ist kurz über fünfzig, hat graues Haar und grauen Schnurrbart und ungefähr dieselbe Größe. Gibt es noch weitere Angaben?«

»Er trug einen grauen Anzug aus kräftigem Tuch, einen kurzen gelben Mantel und eine Mütze.«

»Was ist mit dem Gewehr?«

»Es ist ungefähr einen halben Meter lang. In den Koffer hätte es hineingepaßt, und er hätte es ohne Schwierigkeiten unter dem Mantel tragen können.«

»Und inwiefern meinen Sie, daß all das zur Aufklärung des Falles beiträgt?«

»Ja, Mr. Holmes«, sagte MacDonald, »wenn wir unseren Mann haben – und Sie dürfen sich darauf verlassen, daß ich die Beschreibung sofort weitergegeben habe –, werden wir das besser beurteilen können. Aber auch so schon sind wir ganz schön weitergekommen. Wir wissen, daß ein Amerikaner, der sich Hargrave nannte, vor zwei Tagen mit einem Fahrrad und einem Koffer in Tunbridge Wells anlangte. Im Koffer war ein Gewehr mit abgesägtem Lauf, er kam also mit dem festen Vorsatz, ein Verbrechen zu begehen. Gestern morgen machte er sich mit dem Rad nach hier auf, das Gewehr unter dem Mantel verborgen. Niemand sah ihn kommen, soweit wir wissen, aber er mußte nicht durch das Dorf, um den Parkeingang zu erreichen, und auf den Straßen sind viele Radfahrer. Wahrscheinlich versteckte er sofort sein Fahrrad im Gebüsch, verbarg sich dort vielleicht auch selber und wartete darauf, daß Mr. Douglas herauskam. Im Hause ist das Gewehr eine ungewöhnliche Waffe, aber er beabsichtigte, es außerhalb des Hauses zu verwenden, und dann hat es unbestreitbare Vorzüge, da man damit genau treffen kann und der Knall eines Schusses in einer Umgebung, in der viel gejagt wird, gar nicht weiter auffällt.«

»Das ist alles völlig klar«, sagte Holmes.

»Nun, Mr. Douglas erschien nicht. Was war zu tun? Er ließ sein Fahrrad versteckt liegen und näherte sich in der Dämmerung dem Haus. Er fand die Zugbrücke herabgelassen und niemanden in ihrer Nähe. Er riskierte es, zweifellos mit der Absicht, eine Entschuldigung vorzubringen, wenn er jemanden traf. Er traf aber niemanden, schlüpfte in das erste beste Zimmer und verbarg sich hinter dem Vorhang. Von seinem neuen Versteck aus konnte er sehen, wie die Zugbrücke hochgezogen wurde. Da wußte er, daß sein einziger Fluchtweg durch den Graben führte. Er wartete bis Viertel nach elf, Mr. Douglas kam auf seiner gewöhnlichen nächtlichen Runde durch das Haus in das Zimmer. Er erschoß ihn und floh. Er wußte, daß die Leute in dem Gasthof sein Fahrrad beschreiben konnten und daß es ein Hinweis auf ihn sein würde. Deshalb ließ er es liegen und begab sich auf eine andere Weise nach London oder zu einem sicheren Versteck, das er vorbereitet hatte. Wie klingt das, Mr. Holmes?«

»Nun, Mac, das ist alles sehr schön und klar soweit. Es ist Ihr Ende der Geschichte. Mein Ende lautet anders: Das Verbrechen wurde eine halbe Stunde eher begangen, als uns gesagt wurde; Mrs. Douglas und Mr. Barker haben sich verabredet, etwas zu verbergen; sie haben dem Mörder bei der Flucht geholfen – oder wenigstens das Zimmer erreicht, ehe er fliehen konnte –, und sie haben den Beweis für seine Flucht durch das Fenster gefälscht, während sie ihn aller Wahrscheinlichkeit nach über die Zugbrücke hinausgelassen haben. Das ist meine Ansicht.«

Die beiden Kriminalisten schüttelten den Kopf.

»Mr. Holmes, wenn das wahr ist, geraten wir nur von einem Rätsel in das andere«, sagte Inspektor MacDonald.

»Und in mancher Hinsicht in ein schlimmeres«, sagte White Mason. »Mrs. Douglas ist nie in ihrem Leben in Amerika gewesen.

Welche Möglichkeit gibt es, daß sie mit einem Mörder aus Amerika in Verbindung steht, und zwar so, daß sie ihn deckt?«
»Ich gebe zu, daß es Schwierigkeiten gibt«, sagte Holmes. »Ich beabsichtige, in der kommenden Nacht eine kleine Untersuchung durchzuführen, und es ist möglich, daß sie etwas ergibt.«
»Können wir Ihnen helfen, Mr. Holmes?«
»Nein, danke. Dunkelheit und Dr. Watsons Regenschirm sind alles, was ich brauche. Und Ames – der treue Ames wird mir sicherlich assistieren. Alle meine Überlegungen führen mich zu der einen Grundfrage zurück: Warum sollte ein sportlicher Mensch mit einem so ungewöhnlichen Instrument wie einer einzelnen Hantel trainieren?«

Es war schon ziemlich spät in der Nacht, als Holmes von seinem Unternehmen zurückkam. Wir teilten uns in ein Doppelzimmer, das beste, was wir in dem kleinen Dorfgasthof hatten bekommen können. Ich schlief schon und fuhr bei Sherlock Holmes' Eintritt erschrocken aus meinen Träumen auf.
»Hast du etwas entdeckt?« murmelte ich.
Er stand schweigend neben mir, den Leuchter in der Hand. Dann beugte sich seine große magere Gestalt zu mir herab.
»Hör mal, Watson«, flüsterte er, »hättest du Angst, im gleichen Zimmer mit einem Irren zu schlafen, mit einem Idioten, der nicht mehr Herr seines Verstandes ist?«
»Nicht im geringsten«, erwiderte ich erstaunt.
»Na, das ist ein Glück«, sagte er. Dann ging er zu Bett.

Am nächsten Morgen nach dem Frühstück fanden wir Inspektor MacDonald und Mr. White Mason im Wohnzimmer des Polizeisergeanten. Auf dem Tisch vor ihnen lag eine Anzahl Briefe und Telegramme, die sie sorgfältig ordneten. Drei waren beiseite gelegt.
»Immer noch auf der Spur des flüchtigen Radfahrers?« fragte Holmes heiter. »Was wissen Sie Neues von dem Schurken?«
MacDonald deutete kleinlaut auf die Papiere vor ihm.
»Es wird gemeldet aus Leicester, Nottingham, Southampton, Derby, East Ham, Richmond und vierzehn anderen Orten. In drei Orten – East Ham, Leicester und Liverpool – liegt ein klarer Fall gegen ihn vor, so daß er tatsächlich verhaftet wurde. Überall scheint es von Flüchtigen in gelben Mänteln zu wimmeln.«
»Du meine Güte«, sagte Holmes mitfühlend, »nun möchte ich Ihnen, Mac, und Ihnen, Mr. White Mason, einen sehr ernstgemeinten Rat geben. Als ich mit Ihnen diesen Fall aufgriff, sagte ich, wie Sie sich zweifellos erinnern werden, daß ich Ihnen nicht mit halbgaren Theorien kommen, sondern mich zurückhalten und meine eigenen Theorien ausarbeiten würde, bis ich die Gewißheit hätte, daß sie richtig sind. Aus diesem Grunde sage ich Ihnen jetzt nicht alles, was ich zu wissen glaube. Andererseits sicherte ich Ihnen fair play zu, und ich würde es nicht für fair halten, Sie auch nur einen Augenblick lang Ihre Energie für eine mir undankbar erscheinende Aufgabe verschwenden zu lassen. Deshalb bin ich gekommen, um Ihnen einen Rat zu geben, und dieser lautet: Geben Sie den Fall auf!«
MacDonald und White Mason starrten ihren berühmten Kollegen mit offenem Mund an.
»Sie halten ihn für hoffnungslos?« rief der Inspektor.
»Ich halte *Ihren* Fall für hoffnungslos. Aber ich glaube nicht, daß der Versuch hoffnungslos ist, die Wahrheit zu finden.«
»Aber dieser Radfahrer! Der ist doch keine Erfindung. Wir haben seine Beschreibung, seinen Koffer, sein Fahrrad. Er muß doch irgendwo sein. Warum sollten wir ihn nicht festnehmen?«
»Jaja, zweifellos ist er irgendwo, und wir werden ihn schon noch

finden, aber ich möchte nicht, daß Sie nutzlos Ihre Kräfte für East Ham oder Liverpool verschwenden. Ich bin überzeugt, daß wir einen bequemeren Weg zu unserem Ziel finden.«

»Sie verschweigen etwas. Das ist nicht fair, Mr. Holmes«, sagte der Inspektor gekränkt.

»Sie kennen doch meine Arbeitsweise, Mac. Ich halte es nur so lange zurück, wie es mir unbedingt nötig erscheint. Ich möchte nur meine Theorie auf irgendeine Weise bestätigt sehen, was sehr einfach möglich ist, und dann überlasse ich Ihnen alles und kehre nach London zurück. Glauben Sie mir, ich verdanke Ihnen zuviel – denn der Fall ist wirklich einzigartig –, um Ihnen den Ruhm wegzunehmen.«

»Das geht über meinen Verstand, Mr. Holmes. Wir sprachen mit Ihnen gestern abend, als wir aus Tunbridge Wells zurückgekehrt waren, und Sie stimmten im allgemeinen mit unseren Resultaten überein. Was ist seitdem geschehen, das Ihnen eine völlig neue Vorstellung von dem Fall gegeben hat?«

»Nun, da Sie mich fragen, will ich Ihnen sagen, daß ich wie besprochen ein paar Stunden der vergangenen Nacht im Gutshaus verbracht habe.«

»Und was geschah?«

»Ich kann Ihnen vorläufig nur eine sehr oberflächliche Antwort darauf geben. Übrigens habe ich eine kurze, aber klare und interessante Geschichte des alten Gebäudes gelesen, die man für die bescheidene Summe von einem Penny im Tabakgeschäft des Dorfes kaufen kann.« Bei diesen Worten zog Holmes eine kleine Broschüre, die mit einem alten Stich des Gutshauses geschmückt war, aus seiner Jackentasche. »Es bereichert eine Untersuchung ganz ungemein, mein lieber Mac, wenn man mit dem historischen Hintergrund des Tatortes vertraut ist. Seien Sie nicht so ungeduldig, denn ich versichere Ihnen, daß selbst so ein dürftiger kleiner Bericht wie dieser ein Bild der Vergangenheit gibt. Ich will Ihnen mal etwas daraus vorlesen. ›Erbaut im fünften Jahre der Regierungszeit James' I. auf den Resten eines viel älteren Gebäudes, stellt das Gutshaus von Birlstone eines der schönsten noch erhaltenen Wasserschlösser dieser Zeit dar ...‹«

»Sie halten uns zum Narren, Mr. Holmes.«
»Aber, Mac, das ist das erste Zeichen von Unbeherrschtheit, das ich an Ihnen bemerke. Nun, ich will es nicht wörtlich vorlesen, wenn Sie so sehr dagegen sind. Aber wenn ich Ihnen versichere, daß in dieser Broschüre von der Eroberung des Hauses durch einen dem Long Parliament ergebenen Obersten im Jahre 1644 die Rede ist, ferner davon, daß sich König Charles hier im Lauf des Bürgerkrieges mehrere Tage versteckt hat und schließlich, daß Georg II. das Haus besuchte, dann werden Sie zugeben, daß an diesem Haus manches Interessante dran ist.«
»Das bezweifle ich nicht, Mr. Holmes, aber was geht uns das an?«
»Nein? Wirklich nicht? Eine breite geistige Basis, mein lieber Mac, ist eins der Haupterfordernisse unseres Berufs. Das Zusammenspiel der verschiedensten Ideen ist oft von größtem Interesse. Sie werden diese Bemerkungen eines Menschen, der bloß ein Amateur der Kriminalistik, aber doch viel älter und vielleicht erfahrener ist als Sie, gewiß verzeihen.«
»Aber selbstverständlich«, sagte der Detektiv herzlich. »Sie haben vollkommen recht, aber Sie haben eine verdammt umständliche Art, es zu beweisen.«
»Nun, verlassen wir die Geschichte und gehen zur Gegenwart über. Ich suchte gestern abend, wie ich schon sagte, das Gutshaus auf. Ich habe weder Mr. Barker noch Mrs. Douglas gesehen. Es bestand eine Notwendigkeit, sie zu stören, aber es freute mich zu hören, daß die Dame sich nicht sichtbar grämte und ein vorzügliches Abendessen zu sich genommen hatte. Mein Besuch galt in erster Linie dem guten Mr. Ames, mit dem ich einige Freundlichkeiten austauschte. Sie gipfelten darin, daß er mir erlaubte, eine Zeitlang allein im Arbeitszimmer zu sitzen, ohne daß er jemandem etwas davon sagte.«
»War die Leiche noch da?« fragte ich.
»Nein, das Zimmer befand sich wieder in ordentlichem Zustand. Mac hat das erlaubt. Ich verbrachte eine lehrreiche Viertelstunde darin.«
»Was haben Sie gemacht?«
»Um nicht ein großes Geheimnis aus dieser einfachen Angelegen-

heit zu machen: Ich suchte die fehlende Hantel. Sie hat immer eine ziemlich große Rolle in meinen Erwägungen gespielt. Es endete damit, daß ich sie fand.«

»Wo?«

»Ah! Da kommen wir an den Rand des Unerforschten. Lassen Sie mich nur ein wenig fortfahren, und ich verspreche Ihnen, daß ich Ihnen alles mitteilen werde, was ich weiß«, sagte Holmes.

»Wir müssen ja mit Ihren Bedingungen einverstanden sein«, erwiderte der Inspektor, »aber wenn Sie uns sagen, wir sollten den Fall aufgeben – warum, um Himmels willen, sollen wir ihn aufgeben?«

»Aus dem einfachen Grund, mein lieber Mac, weil Sie überhaupt keine Ahnung haben, was Sie untersuchen.«

»Wir untersuchen den Mord an Mr. John Douglas.«

»Ja, gewiß. Aber dann versuchen Sie nicht, den geheimnisvollen Herrn auf dem Fahrrad zu finden! Ich versichere Ihnen, daß Sie das nicht weiterbringt.«

»Was sollen wir dann tun?«

»Das kann ich Ihnen genau sagen, wenn Sie gewillt sind, es zu tun.«

»Ich muß zugeben, daß auch Ihre verrücktesten Ratschläge immer einen Sinn hatten. Ich werde tun, was Sie sagen.«

»Und Sie, Mr. White Mason?«

Mason sah hilflos in die Runde. Holmes und seine Methoden waren für ihn neu.

»Wenn der Inspektor es richtig findet, werde ich mich nicht ausschließen«, sagte er schließlich.

»Wunderbar«, sagte Holmes. »Dann empfehle ich Ihnen beiden einen netten langen Spaziergang. Es heißt, daß die Aussicht von Birlstone Ridge über den Wald sehr schön ist. Sicherlich können Sie irgendwo unterwegs etwas essen, wenn auch meine Unkenntnis dieser Gegend mich zwangsläufig hindert, Ihnen einen Gasthof zu empfehlen. Abends kommen Sie dann müde, aber glücklich . . .«

»Herr, wollen Sie die Polizei veralbern?« schrie Inspektor MacDonald und sprang wütend auf.

»Nun, meinetwegen können Sie den Tag verbringen, wie Sie wollen«, sagte Holmes und klopfte ihm beruhigend auf die Schulter. »Tun Sie, was Sie wollen, und gehen Sie, wohin Sie wollen, aber seien Sie vor Anbruch der Nacht zuverlässig wieder hier — zuverlässig, Mac!«

»Das klingt schon vernünftiger.«

»Mein ganzer Rat war vernünftig, aber ich bestehe nicht darauf. Hauptsache, Sie sind wieder hier, wenn ich Sie brauche. Aber jetzt, ehe wir uns trennen, schreiben Sie bitte einen Brief an Mr. Barker.«

»Was soll ich schreiben?«

»Ich werde ihn diktieren, wenn Sie einverstanden sind. Sind Sie bereit? ›Sehr geehrter Mr. Barker, wir müssen leider den Graben ablassen, da wir hoffen, dabei etwas zu finden . . .‹«

»Das ist unmöglich«, sagte der Inspektor, »ich habe mich erkundigt.«

»Ach was! Schreiben Sie bitte, was ich sage.«

»Bitte fahren Sie fort.«

»› . . ., das unsere Untersuchung weiterbringt. Ich habe alle Vorkehrungen getroffen, und die Arbeiter werden morgen früh den Bach umleiten . . .‹«

»Unmöglich!«

»› . . . den Bach umleiten. Ich hielt es für am besten, Ihnen das vorher mitzuteilen.‹ Nun unterschreiben Sie das und schicken Sie es ungefähr um vier Uhr hinüber. Um vier Uhr treffen wir uns wieder hier. Bis dahin kann jeder von uns machen, was er will, denn ich versichere Ihnen, daß wir bis dahin nicht einen Schritt vorankommen.«

Es begann Abend zu werden, als wir uns wieder versammelten. Holmes war sehr ernst gestimmt, ich selber neugierig und die beiden Beamten offensichtlich kritisch und etwas ärgerlich.

»Nun, meine Herren«, sagte mein Freund. »Ich bitte Sie, mir zu vertrauen und zu beurteilen, ob meine Beobachtungen die Schlüsse rechtfertigen, zu denen ich gelangt bin. Es ist ein kalter Abend, und ich weiß nicht, wie lange wir unterwegs sein werden, deshalb darf ich Sie bitten, sich warm anzuziehen. Es ist außerordentlich wichtig, daß wir an Ort und Stelle sind, ehe es dunkel wird, deshalb werden wir mit Ihrer Erlaubnis sofort aufbrechen.«

Wir gingen am Rande des Gutsparks entlang bis zu einer Stelle, an der im Zaun eine Lücke war. Durch diese folgten wir Holmes in der zunehmenden Dämmerung bis zu einem Gebüsch gegenüber dem Haupteingang und der Zugbrücke. Diese war nicht hochgezogen. Holmes hockte sich hinter das Gebüsch, und wir drei folten seinem Beispiel.

»Was sollen wir jetzt machen?« fragte MacDonald.

»Wir müssen uns in Geduld fassen und so leise sein wie möglich«, antwortete Holmes.

»Warum sind wir überhaupt hier? Sie könnten wirklich etwas offener mit uns sein.«

Holmes lachte.

»Watson behauptet, daß ich der Dramatiker des Alltags bin«, sagte er. »Anscheinend habe ich in mir einen künstlerischen Ehrgeiz, der mich zu wohlvorbereiteten Auftritten verleitet. Wissen Sie, Mac, unser Beruf wäre langweilig und eintönig, wenn wir nicht manchmal die Szene so präparierten, daß unsere Ergebnisse gut herauskommen. Die simple Anklage, die Hand auf der Schulter des Verhafteten, was kann man schon daraus machen? Aber die geschickte Andeutung, die raffinierte Falle, die richtige Voraussage künftiger Ereignisse, die triumphierende Rechtfertigung kühner Theorien – ist das alles nicht der Stolz und der Lohn unseres Berufes? Im Augenblick genießen Sie die Erregung des Jägers. Wo bliebe die Erregung, wenn meine Angaben so genau wie die eines Fahrplanes gewesen wären? Ich bitte nur um etwas Geduld, Mac, und es wird Ihnen alles klarwerden.«

»Ich hoffe nur, der Stolz und der Lohn und alles andere stellen sich ein, ehe wir uns durch die Kälte den Tod holen«, sagte MacDonald mit komischer Resignation.

Wir hatten allen Grund, uns dieser Hoffnung anzuschließen, denn die Sache zog sich in die Länge. Langsam wurde es finsterer um das lange alte Haus. Die Feuchtigkeit des Wassergrabens drang in unsere Kleider, und unsere Zähne begannen zu klappern. Über dem Eingang brannte eine Lampe, und im Arbeitszimmer schimmerte ein ruhiges Licht. Überall sonst war es dunkel.

»Wie lange soll das noch dauern?« fragte der Inspektor plötzlich.

»Und worauf warten wir?«

»Ich habe nicht mehr Ahnung als Sie, wie lange es dauern wird«, sagte Holmes etwas grob. »Wenn Verbrecher ihre Handlungen immer nach einem festen Zeitplan einrichten würden, wäre es sicher für alle von uns bequemer. Und worauf wir warten – bitte, da ist es schon!«

Während er sprach, wurde das Licht im Arbeitszimmer durch jemanden verdunkelt, der davor hin und her ging. Das Gebüsch, hinter dem wir uns versteckt hielten, lag unmittelbar dem Fenster gegenüber und nicht mehr als ein Dutzend Meter davon entfernt. Plötzlich ging es mit kreischenden Angeln auf, und wir konnten undeutlich im Umriß die Schultern und den Kopf eines Mannes sehen, der hinaussah. Er setzte sein Spähen fort, als wolle er sich vergewissern, daß er nicht beobachtet wurde. Dann beugte er sich vor, und in der vollkommenen Stille hörten wir das leise Plätschern aufgerührten Wassers. Er schien mit einem Gegenstand, den er in der Hand hielt, etwas im Graben zu suchen. Dann zog er plötzlich ein Ding aus dem Wasser, in der Art, wie ein Angler einen Fisch an Land holt – einen großen runden Gegenstand, der das Licht verdunkelte, als er durch das Fenster gezogen wurde.

»Jetzt!« rief Holmes. »Jetzt!«

Wir taumelten alle auf die Füße und setzten ihm mit unseren steifen Gliedern nach, während er mit einem jener Energieausbrüche, bei denen er mir als der stärkste Mann erschien, den ich je gekannt habe, rasch über die Brücke lief und heftig am Glockenstrang riß. Innen an der Tür schnappte der Bolzen, und der erstaunte Ames öffnete uns. Holmes winkte ihn ohne ein Wort zur Seite, und wir eilten in das Zimmer, in dem sich der Mann befand, den wir beobachtet hatten.

Die Petroleumlampe, von der der Lichtschein stammte, befand sich in der Hand Cecil Barkers, der sie uns entgegenhielt. Sie beleuchtete sein entschlossenes Gesicht und seine drohenden Augen.

»Was, zum Teufel, bedeutet das?« rief er. »Worauf sind Sie aus?«

Holmes sah sich rasch um und stürzte sich dann auf ein nasses Bündel, das mit einem Strick zusammengeschnürt war und unter dem Schreibtisch lag, wohin Barker es geschoben haben mußte.

»Darauf sind wir aus, Mr. Barker. Auf dieses mit einer Hantel beschwerte Bündel, das Sie gerade aus dem Graben geholt haben.«
Barker starrte Holmes erstaunt ins Gesicht.
»Wieso wissen Sie davon?« fragte er.
»Das ist ganz einfach. Ich habe es hineingelegt.«
»Sie? Sie haben es hineingelegt?«
»Ich hätte wohl sagen sollen ›wieder hineingelegt‹«, sagte Holmes. »Sie werden sich erinnern, Inspektor MacDonald, daß mich das Fehlen einer Hantel etwas beunruhigte. Ich lenkte Ihre Aufmerksamkeit darauf, aber im Drang der Ereignisse hatten Sie kaum die Zeit, dieser Tatsache die Bedeutung zu schenken, die Ihnen ermöglicht hätte, Schlüsse daraus zu ziehen. Wenn Wasser in der Nähe ist und ein Gewicht fehlt, dann liegt die Vermutung nahe, daß etwas im Wasser versenkt worden ist. Die Vermutung verdiente mindestens eine Nachprüfung, und gestern abend war ich mit Hilfe von Ames, der mich in das Zimmer ließ, und der Krücke von Dr. Watsons Regenschirm in der Lage, dieses Bündel herauszufischen und zu untersuchen. Wir mußten jedoch unbedingt in der Lage sein, zu beweisen, wer es in den Graben versenkt hat. Das erreichten wir mit dem einfachen Mittel, anzukündigen, daß der Graben morgen abgelassen würde, was natürlich die Wirkung hatte, daß derjenige, der das Bündel versteckt hatte, es herausholte, sobald ihm die Dunkelheit dies ermöglichte. Wir haben nicht weniger als vier Zeugen, die sahen, wer von der Gelegenheit Gebrauch machte. Und so glaube ich, Mr. Barker, daß Sie jetzt das Wort haben sollten.«
Sherlock Holmes legte das nasse Bündel auf den Tisch neben die Lampe und löste den Strick. Er holte eine Hantel heraus, die er zu der anderen in der Ecke warf. Dann entnahm er dem Bündel ein Paar Stiefel. »Amerikanische, wie Sie sehen«, bemerkte er und wies auf ihre Spitzen. Dann legte er ein langes gefährliches Messer in einer Scheide auf den Tisch. Schließlich zerrte er das Bündel auseinander, das aus einer vollständigen Garnitur Unterwäsche, Socken, einem grauen Tweedanzug und einem kurzen gelben Mantel bestand.
»Die Kleider sind unauffällig«, bemerkte Holmes, »von dem Man-

tel abgesehen, der bemerkenswerte Einzelheiten aufweist.« Er hielt ihn ins Licht, während seine langen dünnen Finger darüberfuhren. »Hier bemerken Sie, daß die Innentasche in das Futter derartig verlängert wurde, daß genügend Platz für ein abgesägtes Gewehr vorhanden ist. Das Etikett des Schneiders befindet sich hier oben – Neale, Vermissa, USA. Ich habe einen lehrreichen Nachmittag in der Bibliothek des Pfarrers verbracht und mein Wissen um die Tatsache bereichert, daß Vermissa eine blühende kleine Stadt am Eingang eines der besten Kohle- und Eisen-Täler in den Vereinigten Staaten ist. Ich erinnere mich, Mr. Barker, daß Sie das Kohlegebiet mit der ersten Frau von Mr. Douglas in Verbindung brachten, und es ist wohl keine zu unsichere Vermutung, daß das V. V. auf der Karte bei dem Leichnam Vermissa Valley bedeutet und daß dieses Tal, aus dem Mörder abgesandt werden, das Tal der Furcht ist, von dem wir gehört haben. Soweit ist es klar. Und nun, Mr. Barker, möchte ich Ihren Erklärungen nicht weiter im Weg stehen.«

Cecil Barkers Gesicht hatte während der Erklärung oft den Ausdruck gewechselt. Zorn, Staunen, Verwirrung und Unentschlossenheit waren darüber hinweggegangen. Endlich nahm er seine Zuflucht zu einer scharfen Ironie. »Sie wissen doch so viel, Mr. Holmes, daß Sie uns vielleicht noch etwas mehr auftischen könnten.«

»Ich zweifle nicht, daß ich noch sehr viel sagen könnte, Mr. Barker, aber aus Ihrem Mund klänge es besser.«

»Oh, glauben Sie? Ich kann nur sagen, wenn es hier ein Geheimnis gibt, ist es nicht mein Geheimnis, und ich bin nicht der Mann, der es verraten wird.«

»Wenn Sie diese Einstellung haben, Mr. Barker«, sagte Inspektor MacDonald ruhig, »müssen wir Sie überwachen, bis wir einen Haftbefehl haben und Sie verhaften können.«

»Das können Sie halten, wie Sie wollen«, sagte Barker trotzig.

Für ihn war die Sache offenbar abgeschlossen, denn ein Blick auf sein Gesicht überzeugte uns, daß keine Macht der Welt seinen Willen brechen konnte. Den Umschwung bewirkte jedoch eine Frauenstimme. Sie gehörte Mrs. Douglas, die in der halbgeöffneten Tür gestanden und zugehört hatte und nun zu uns hereintrat.

»Du hast genug für uns getan, Cecil«, sagte sie. »Was auch in der Zukunft noch kommen mag, du hast genug getan.«
»Mehr als genug«, sagte Sherlock Holmes. »Sie besitzen völlig meine Sympathie, Mrs. Douglas, und ich empfehle Ihnen dringend, dem gesunden Menschenverstand der Polizei zu glauben und sie freiwillig ins Vertrauen zu ziehen. Es kann sein, daß ich selbst eine gewisse Schuld trage, weil ich Ihrem Hinweis nicht folgte, den Sie mir durch meinen Freund Dr. Watson zukommen ließen, aber damals hatte ich noch allen Grund zu glauben, daß Sie direkt mit dem Verbrechen zu tun hätten. Ich weiß jetzt, daß es nicht der Fall ist. Trotzdem gibt es so vieles aufzuklären, daß ich nachdrücklich empfehlen möchte, Mr. Douglas zu bitten, uns alles zu sagen.«
Mrs. Douglas stieß bei Holmes' Worten einen Ruf der Überraschung aus. Die Beamten und ich stimmten in den Ruf ein, als wir einen Mann bemerkten, der sich von der Wand zu lösen schien und nun aus der Dunkelheit der Ecke hervorkam. Mrs. Douglas wandte sich um und umarmte ihn. Barker ergriff seine ausgestreckte Hand.
»So ist es am besten, Jack«, sagte seine Frau. »Es ist sicherlich so am besten.«
»Wahrhaftig, Mr. Douglas«, sagte Sherlock Holmes. »Es ist bestimmt am besten so.«
Der Mann stand blinzelnd vor uns wie einer, der plötzlich aus der Dunkelheit ins Licht getreten ist. Er hatte ein bemerkenswertes Gesicht – kühne graue Augen, einen kräftigen, kurzgeschnittenen grauen Schnurrbart, ein eckiges vorspringendes Kinn und einen humorvollen Mund. Er betrachtete uns alle, trat dann zu meiner Überraschung auf mich zu und übergab mir einen Stoß Papiere.

»Ich habe von Ihnen gehört«, sagte er in einer Sprache, die weder ganz englisch noch ganz amerikanisch war, sondern weich und angenehm. »Sie sind der Historiker Dr. Watson, Sie haben noch nie eine solche Geschichte in den Händen gehabt, darauf wette ich meinen letzten Dollar. Erzählen Sie es auf Ihre Art, aber hier haben Sie die Tatsachen, und mit denen werden Sie schon Ihr Publikum fesseln. Ich habe zwei Tage Zeit gehabt, und ich habe die

Stunden des Tageslichts – soweit es in diesem Mauseloch zur Verfügung stand – benutzt, um die Sache in Worte zu fassen. Ich stelle sie Ihnen zur Verfügung – Ihnen und Ihrem Publikum. Es ist die Geschichte des Tals der Furcht.«

»Das ist die Vergangenheit, Mr. Douglas«, sagte Sherlock Holmes ruhig. »Was wir jetzt hören wollen, ist Ihre Darstellung der Gegenwart.«

»Sie sollen sie haben, Mr. Holmes«, sagte Douglas. »Darf ich dabei rauchen? Sie sind selber Raucher, wenn ich mich recht entsinne, und Sie werden sich vorstellen können, was es bedeutet, zwei Tage ohne Tabak dazusitzen aus Furcht, daß einen der Geruch verrät.« Er lehnte sich an den Kamin und zog an der Zigarre, die Holmes ihm angeboten hatte. »Ich habe von Ihnen gehört, Mr. Holmes, aber ich hätte nie gedacht, daß ich Sie einmal kennenlerne. Ehe Sie damit fertig sind« – er nickte zu den Papieren hin, die er mir übergeben hatte –, »werden Sie selber zugeben, daß Sie durch mich etwas ganz Neues kennengelernt haben.«

Inspektor MacDonald hatte Douglas die ganze Zeit wie erstarrt angesehen.

»Na, das erschlägt mich!« rief er endlich. »Wenn Sie Mr. John Douglas sind, wessen Tod haben wir dann in diesen zwei Tagen untersucht, und woher, in aller Welt, kommen Sie jetzt? Sie schienen mir wie ein Kastenteufel aus dem Fußboden aufzutauchen.«

»Ach, Mac«, sagte Holmes und drohte ihm mit dem Finger, »Sie wollten ja durchaus nichts von dem hübschen Traktätchen über die Geschichte dieses Hauses wissen. Ich sagte Ihnen, daß darin erwähnt sei, daß sich König Charles in diesem Haus versteckt habe. Damals verbargen sich die Leute nicht ohne zuverlässige Verstecke, und ein Versteck, das einmal benutzt wurde, läßt sich wiederverwenden. Ich war überzeugt, daß wir Mr. Douglas unter diesem Dach finden würden.«

»Und wie lange haben Sie uns diesen Streich gespielt, Mr. Holmes?« fragte MacDonald ärgerlich. »Wie lange haben Sie uns Zeit auf eine Suche verwenden lassen, die Ihres Wissens sinnlos war?«

»Keinen Augenblick, mein lieber Mac. Erst gestern abend habe ich mir meine Ansicht über den Fall gebildet. Da Sie nicht vor heute abend nachgeprüft werden konnte, habe ich Sie und Ihren Kollegen zu einem Feiertag aufgefordert. Bitte, was hätte ich mehr tun können? Als ich das Kleiderbündel in dem Graben fand, wurde mir sofort klar, daß die Leiche, die wir hier sahen, nicht die von Mr. Douglas sein konnte. Es mußte die des Radfahrers aus Tunbridge Wells sein. Ein anderer Schluß war nicht möglich. Deshalb mußte ich feststellen, wo Mr. Douglas selbst sich verbarg, und die Wahrscheinlichkeit sprach dafür, daß er sich mit Hilfe seiner Frau und seines Freundes in einem Haus aufhielt, das dazu wie geschaffen war, und ruhigere Zeiten abwartete, bis er ohne Gefahr fliehen konnte.«

»Ja, Sie haben es ziemlich richtig herausbekommen«, sagte Mr. Douglas zustimmend. »Ich wollte den britischen Gesetzen entgehen, da ich nicht sicher war, wie hier mein Fall aussah, und ich sah auch eine Möglichkeit, diese Bluthunde für immer von meiner Spur abzuwimmeln. Aber ich habe nichts getan, dessen ich mich zu schämen brauchte, und nichts, was ich nicht wieder tun würde, aber Sie werden sich das selbst sagen, wenn Sie meine Geschichte gehört haben. Nicht nötig, mich zu warnen, Inspektor; es spricht nicht gegen mich.

Ich fange nicht am Anfang an, denn das steht alles da drin« – er wies auf das Papierbündel –, »und Sie werden schon merken, daß es eine sehr eigenartige Geschichte ist. Der Kern des Ganzen ist: Es gibt ein paar Männer, die guten Grund haben, mich zu hassen, und ihren letzten Dollar opfern würden, um zu wissen, daß sie mich zur Strecke gebracht haben. Solange ich am Leben bin und sie am Leben sind, gibt es in der Welt keine Sicherheit für mich. Sie haben mich von Chikago nach Kalifornien verfolgt, dann verjagten sie mich aus Amerika. Aber als ich dann heiratete und mich in diesem ruhigen Fleckchen niederließ, glaubte ich, meine letzten Jahre würden friedlich sein. Ich habe meiner Frau nie erklärt, wie die Dinge lagen. Warum sollte ich sie hineinziehen? Sie hätte keine Ruhe mehr gehabt, sondern überall Gefahren gesehen. Ich glaube, sie wußte etwas, denn ich mag hier und da ein Wort darüber verloren haben – aber bis gestern, als Sie mit ihr darüber sprachen, hatte sie keine genaue Kenntnis von der Sache. Sie hat Ihnen alles gesagt, was sie wußte, genau wie Barker, denn in der Nacht, als das geschah, war verdammt wenig Zeit für Erklärungen. Sie weiß jetzt alles, und ich wäre gescheiter gewesen, wenn ich es ihr eher gesagt hätte. Aber es war eine schwer zu entscheidende Frage, und ich habe das Beste gewollt.

Ja, und am Tage, ehe das geschah, war ich in Tunbridge Wells drüben und erblickte den Mann auf der Straße. Es war nur ein Blick, aber der genügte mir, und ich hatte keinen Zweifel, wer er war. Es war der schlimmste unter allen meinen Feinden — einer, der in all den Jahren wie ein hungriger Wolf hinter mir her war. Ich wußte, was mir drohte, und ich kehrte nach Hause zurück und bereitete mich darauf vor. Ich glaubte, daß ich allein damit fertig würde. Es gab eine Zeit, in der mein sprichwörtliches Glück überall bekannt war, und ich hatte keine Sorgen, daß es mich verlassen könnte.

Den ganzen nächsten Tag war ich auf der Hut und ging nie in den Park. Das war auch gut so, denn sonst hätte er mich mit seinem Gewehr erschossen, ehe ich die Pistole ziehen konnte. Als die Brücke emporgezogen war — ich fühlte mich dann abends immer beruhigter —, schlug ich mir die Sache aus dem Kopf. Aber als ich nach meiner Gewohnheit im Schlafrock die Runde machte und das Arbeitszimmer betrat, witterte ich sofort Gefahr. Ich glaube, wenn jemand in seinem Leben oft der Gefahr ausgesetzt ist — und das war bei mir öfter der Fall als bei anderen —, dann entwickelt sich ein sechster Sinn, der ihn warnt. Im nächsten Augenblick sah ich Füße unter dem Vorhang und wußte Bescheid.

Ich hatte nur den Leuchter mit der Kerze in meiner Hand, aber durch die offene Tür fiel Licht von der Lampe in der Halle. Ich stellte den Leuchter ab und machte einen Satz zu dem Hammer, der auf dem Kaminsims lag. Im gleichen Augenblick sprang er mich an. Ich sah ein Messer aufblitzen und holte mit dem Hammer aus. Ich muß ihn getroffen haben, denn das Messer fiel klirrend zu Boden. Er duckte sich flink wie ein Aal hinter den Tisch, und einen Augenblick später hatte er sein Gewehr unter dem Mantel hervorgeholt. Ich hörte, wie er den Hahn spannte, aber ich hielt es in den Händen, ehe er es abfeuern konnte. Ich hatte es an den Läufen gepackt, und wir rangen mit aller Kraft darum, länger als eine Minute. Die Kräfte des anderen ließen nach, aber er gab das Gewehr nicht frei, nur einen Augenblick zu lange zeigte der Kolben nach unten. Vielleicht war ich es, der den Abzug berührte, vielleicht berührte er ihn. Er kriegte jedenfalls beide Ladungen ins Gesicht, und da stand ich nun und starrte auf das hinab, was von Ted Baldwin übriggeblieben war. Ich hatte ihn am Tage zuvor in der Stadt erkannt, und auch als er mich ansprang, sah ich ihn, aber seine eigene Mutter hätte ihn nicht wiedererkannt, als er so dalag. Ich bin allerlei gewohnt, aber bei dem Anblick wurde es mir dunkel vor den Augen.

Ich klammerte mich noch an den Tisch, als Barker herabgestürzt kam. Ich hörte auch meine Frau kommen, lief zur Tür und hielt sie zurück. Es war kein Anblick für eine Frau. Ich versprach, bald zu ihr zu kommen. Ich sagte ein paar Worte zu Barker – er begriff alles mit einem Blick –, und dann warteten wir, daß die anderen kämen. Aber nichts von ihnen war zu sehen. Da begriffen wir, daß sie nichts gehört hatten und daß alles, was geschehen war, nur wir selber wußten.

In diesem Augenblick kam mir der Gedanke. Ich war ziemlich geblendet davon. Der Ärmel des Mannes war hinaufgerutscht, und das eingebrannte Zeichen der Loge war auf seinem Unterarm zu sehen. So wie dieses.«

Der Mann, den wir als Douglas kannten, streifte Jacken- und Hemdärmel hoch und zeigte ein braunes Dreieck in einem Kreis. »Dieser Anblick brachte mich darauf. Seine Größe, seine Figur und die Haarfarbe waren genau wie bei mir. Sein Gesicht war nicht mehr vorhanden. Ich holte mir den Anzug, den ich anhabe, und in einer Viertelstunde hatten Barker und ich ihn entkleidet und ihm meinen Schlafrock angelegt. So haben Sie ihn gefunden. Wir packten alle seine Sachen zu einem Bündel zusammen, ich beschwerte es mit dem einzigen Gewicht, das ich finden konnte, und warf es aus dem Fenster. Die Karte, die er auf meine Leiche hatte legen wollen, legte ich neben seine. Meine Ringe wurden an seinen Finger gesteckt, aber meinen Ehering« – er streckte seine muskulöse Hand aus –, »den habe ich nicht abgezogen, seit ich geheiratet habe, und ich hätte ihn durchfeilen müssen, um ihn herunterzukriegen. Ich hätte mich sowieso ungern davon getrennt, aber es wäre auch beim besten Willen nicht gegangen. Dann holte ich ein Stück Pflaster und klebte es dort auf, wo ich in diesem Augenblick eins trage. Da haben Sie eine Unterlassungssünde begangen, Mr. Holmes, so schlau Sie auch sonst sind, denn wenn Sie das Pflaster an der Leiche abgemacht hätten, wäre keine Verletzung darunter zum Vorschein gekommen.

Nun, das war die Situation. Wenn ich mich eine Weile verstecken und mich dann davonmachen konnte und wenn meine Frau nachkam, dann hätten wir endlich die Möglichkeit gefunden, den Rest unseres Lebens in Ruhe und Frieden zu verbringen. Diese Schurken hätten nicht nachgelassen, solange ich am Leben war, aber wenn Sie in den Zeitungen lasen, daß Baldwin mich erwischt hatte, dann wäre das Ende meiner Schwierigkeiten erreicht gewesen. Ich hatte nicht so viel Zeit, um Barker und meiner Frau alles zu erklären, aber sie verstanden genug, um mir zu helfen. Ich wußte über dieses Versteck Bescheid, ebenso Ames, aber er kam nicht auf den Gedanken, es mit der Sache in Zusammenhang zu bringen. Ich zog mich in das Versteck zurück und überließ es Barker, alles Weitere zu tun.

Ich schätze, Sie können sich selbst ausmalen, was er tat. Er öffnete das Fenster und brachte den Abdruck auf dem Fensterbrett an, um vorzutäuschen, wie der Mörder geflohen sein mußte. Als alles arrangiert war, läutete er nach den Dienstboten. Was dann geschah, wissen Sie, und nun können Sie machen, was Sie wollen – ich habe Ihnen die Wahrheit gesagt und nichts als die Wahrheit, so wahr mir Gott helfe. Was ich jetzt wissen möchte, ist, was mir nach dem englischen Gesetz droht?«

Sherlock Holmes unterbrach das Schweigen.

»Das englische Gesetz ist in der Hauptsache gerecht. Sie haben nichts Schlimmeres zu erwarten, als Sie verdienen. Aber ich möchte Sie fragen: Woher wußte der Mann, daß Sie in diesem Hause leben, wie konnte er hineingelangen, und wo hielt er sich versteckt, um Sie zu erwischen?«

»Davon weiß ich nichts.«

Holmes' Gesicht war sehr blaß und ernst.

»Die Sache ist noch nicht zu Ende, fürchte ich«, sagte er. »Sie können noch größeren Gefahren ausgesetzt sein als dem englischen Gesetz oder als selbst Ihren Feinden in Amerika. Ich sehe Schwierigkeiten voraus, Mr. Douglas. Folgen Sie meinem Rat und seien Sie weiter auf der Hut.«

Und nun, geduldige Leser, muß ich den Schauplatz um einige zwanzig Jahre zurück und einige Tausende von Meilen weiter weg verlegen, damit ich eine Geschichte erzählen kann, so einmalig und schrecklich, daß es schwerfällt, sie zu glauben. Fürchten Sie nicht, daß ich eine andere Geschichte anfange, ehe die vorliegende beendet ist, denn bei der Lektüre werden Sie finden, daß es sich nicht so verhält. Und wenn ich die Einzelheiten dieser zurückliegenden Ereignisse berichtet habe und das Rätsel der Vergangenheit gelöst ist, werden wir uns wieder einmal in den vertrauten Räumen des Hauses Baker Street 221 B wiedersehen, wo diese Geschehnisse, genau wie viele andere, ihr Ende finden.

Vermissa Valley

Es war ein schwerer Winter gewesen, und der Schnee lag hoch in den Schluchten der Gilmerton Mountains. Der Schneepflug hatte jedoch die Eisenbahnstrecke freigehalten, und der Abendzug, der die Bergarbeitersiedlungen miteinander verband, keuchte die Steigungen hinauf, die von Stagville in der Ebene nach Vermissa, der Hauptsiedlung am Eingang zum Vermissa Valley, führten. Von dort oben lief der Schienenstrang nach Barton's Crossing, Helmdale und dem reinen Ackerbaugebiet von Merton hinab. Es war eine eingleisige Strecke, aber an jeder der zahlreichen Ausweichstellen standen unzählige mit Kohle und Eisenerz beladene Waggons, die den verborgenen Reichtum verrieten, der in diese verlassenste Ecke der Vereinigten Staaten Leben und Trubel gebracht hatte.

Denn öde und verlassen war diese Gegend gewesen. Die Pioniere der amerikanischen Kolonisation ahnten nicht, daß die herrlichsten Prärien und die üppigsten Weiden wertlos waren im Vergleich mit diesem düsteren Tal voll schwarzer Steine und verkrüppelter Bäume, durch das der kleine Zug langsam dahinkroch.

In dem Personenwagen an der Spitze des Zuges waren gerade die Lampen angegangen. Es war ein langer, häßlich aussehender Wagen, in dem etwa zwanzig oder dreißig Personen saßen, meist Arbeiter, die nach Hause fuhren. Mindestens ein Dutzend davon waren Bergleute, nach ihren geschwärzten Gesichtern und den Sicherheitslampen zu schließen. Sie saßen rauchend zusammen und unterhielten sich mit gedämpfter Stimme, wobei sie ab und zu einen Blick auf zwei Männer warfen, deren Uniform sie als Polizisten auswies. Die übrigen Fahrgäste waren Arbeiterfrauen und ein paar Reisende, die kleine Geschäftsleute sein mochten. Außerdem saß in einer Ecke, abgesondert von den anderen, ein junger Mann. Um diesen geht es in unserem Bericht. Betrachten wir ihn deshalb etwas genauer.

Er ist ein junger Mann von knapp dreißig Jahren, der über eine frische Gesichtsfarbe verfügt. Er hat große kluge graue Augen, die manchmal fragend zwinkern, wenn er duch seine Brille die

Leute ansieht. Man sieht gleich, daß er gesellig veranlagt und geneigt ist, zu allen Menschen freundlich zu sein. Und doch entdeckt man, wenn man seine Züge sorgfältiger studiert, eine gewisse Entschlossenheit um den Mund, die vermuten läßt, daß dieser freundliche braunhaarige junge Ire nicht ganz so schlicht und simpel ist, wie er auf den ersten Blick wirkt.

Nachdem er einige Versuche unternommen hatte, mit dem Bergmann neben ihm eine Unterhaltung anzuknüpfen, und nur kurze Antworten erhalten hatte, resignierte er und starrte gelangweilt durch das Fenster auf die vorbeiziehende Landschaft hinaus. Das war kein erheiternder Anblick. Durch die zunehmende Dämmerung glühten rot die Hochöfen. Große Schlackenhaufen lagen dazwischen, überragt von den Fördertürmen. Dürftige Holzhäuser, deren Fenster jetzt nach und nach aufleuchteten, standen hier und da in Gruppen beisammen, und in den zahlreichen Eisenbahnhaltestellen drängten sich geschwärzte Bergleute. Die Täler des Vermissa-Distrikts waren keine Ferienlandschaft, sondern ein Schauplatz schwerster Arbeit.

Der junge Reisende betrachtete den Ausschnitt, den ihm das Fenster bot, mit einem Interesse, das verriet, wie neu ihm der Anblick war. Ab und zu zog er aus seiner Tasche einen umfangreichen Brief, auf dessen Ränder er Notizen schrieb. Einmal holte er aus seiner Tasche einen Gegenstand, den man angesichts der Harmlosigkeit, dic scinc ganze Erscheinung ausstrahlte, kaum in seinem Besitz erwartet hätte. Es war ein großer schwerer Revolver. Als er ihn ins Licht hielt, zeigte der Schimmer auf den Messingrändern der Patronen in der Trommel, daß er voll geladen war. Er steckte ihn rasch wieder ein, aber nicht, ohne daß ein Arbeiter ihn beobachtet hätte, der auf der Nebenbank saß.

»Hallo«, sagte er, »Sie scheinen ja gut gerüstet.«

Der junge Mann lächelte etwas verlegen.

»Ja«, sagte er, »wir brauchen das manchmal dort, wo ich herkomme.«

»Und wo ist das?«

»Ich komme aus Chikago.«

»Sie sind fremd hier?«

»Ja.«
»Sie werden ihn vielleicht auch hier brauchen«, sagte der Arbeiter. Auf das fragende Stirnrunzeln des jungen Mannes fügte er hinzu: »Haben Sie nicht gehört, was hier vorgeht?«
»Nichts Besonderes.«
»Ich dachte, man redet überall davon. Sie werden schon noch davon hören. Warum sind Sie hierhergekommen?«
»Man sagte mir, hier findet jeder Arbeit, der arbeiten will.«
»Gehören Sie zur Gewerkschaft?«
»Natürlich.«
»Dann werden Sie schon einen Job bekommen. Haben Sie Freunde hier?«
»Noch nicht, aber ich weiß welche zu finden.«
»Wie denn?«
»Ich bin Freimaurer. Logen gibt es in jeder Stadt, und wo eine Loge ist, finde ich Freunde.«
Die Bemerkung hatte eine merkwürdige Wirkung auf seinen Gesprächspartner. Die anderen Arbeiter waren in ihr Gespräch vertieft. Die beiden Polizisten schliefen. Er kam zur Bank des jungen Mannes herüber, setzte sich dicht neben ihn und streckte seine Hand aus. »Gib mir die Hand«, sagte er.
Sie wechselten einen Händedruck.
»Ich sehe, du sprichst die Wahrheit. Aber es ist besser, sicherzugehen.«
Er hob seine rechte Hand an seine rechte Augenbraue. Sogleich hob der Reisende die linke Hand an seine linke Braue.
»Dunkle Nächte sind gefährlich«, sagte der Arbeiter.
»Ja, für Fremde auf der Reise«, antwortete der andere.
»Das genügt. Ich bin Bruder Scanlan, Loge 341, Vermissa Valley. Ich freue mich, dich hier zu sehen.«
»Danke. Ich bin Bruder John McMurdo, Loge 29, Chikago. Stuhlmeister J. H. Scott. Ich habe Glück, daß ich so rasch einen Bruder treffe.«
»Es gibt hier viele von uns. Nirgends in den Vereinigten Staaten blüht die Bruderschaft so sehr wie gerade hier im Vermissa Valley. Aber wir können noch ein paar wie dich brauchen. Ich verstehe

nicht, wie ein kräftiger Mann von der Gewerkschaft in Chikago keine Arbeit finden kann«, sagte der Arbeiter.
»Arbeit hätte ich genug haben können«, sagte McMurdo.
»Warum bist du dann fortgegangen?«
McMurdo nickte in Richtung der Polizisten und lächelte.
»Diese Kerle wüßten es gern«, sagte er.
Scanlan knurrte. »Schwierigkeiten?« fragte er.
»Große.«
»Eine Zuchthaussache?«
»Und ob.«
»Mord?«
»Ein bißchen früh, von solchen Sachen zu reden«, sagte McMurdo mit einer Miene, als hätte er sich verleiten lassen, mehr zu sagen, als er wollte. »Ich habe jedenfalls guten Grund gehabt, von Chikago fortzugehen; laß dir das genügen. Warum stellst du solche Fragen?«
Seine grauen Augen glommen plötzlich gefährlich hinter den Brillengläsern.
»Schon gut, ich wollte dich nicht kränken. Die Brüder werden nicht schlecht von dir denken, was du auch getan haben magst. Wohin willst du jetzt?«
»Nach Vermissa.«
»Das ist die dritte Haltestelle von hier aus. Wo wirst du wohnen?«
McMurdo nahm einen Umschlag aus der Tasche und hielt ihn in das schwache Licht der Lampe.
»Hier ist die Adresse – Jacob Shafter, Sheridan Street. Eine Pension, die mir jemand empfohlen hat, den ich in Chikago kannte.«
»Ich kenne sie nicht, aber ich bin auch nicht in Vermissa zu Hause. Ich wohne in Hobson's Patch, und meine Haltestelle kommt gleich. Aber hör mal, eh' wir uns trennen, will ich dir einen Rat geben. Wenn du in Vermissa Schwierigkeiten hast, dann geh gleich zu McGinty. Er ist der Stuhlmeister der Loge in Vermissa, und dort geschieht nichts, was er nicht will. Mach's gut, Bruder. Wir treffen uns vielleicht eines Abends in der Loge. Aber denk dran: Wenn du Sorgen hast, geh zu McGinty.«

Scanlan stieg aus, und McMurdo war wieder seinen Gedanken überlassen. Es war jetzt Nacht, und aus den Hochöfen loderten Flammen empor. Vor diesen bewegten sich kleine schwarze Gestalten in gequälten Bewegungen.

»So muß es wohl in der Hölle aussehen«, sagte eine Stimme. McMurdo wandte sich um und sah, daß einer der Polizisten zum Fenster hinaussah.

»Du kannst recht haben«, sagte der andere Polizist, »wahrscheinlich ist es in der Hölle ähnlich. Wenn es dort unten schlimmere Teufel gibt als einige, die wir mit Namen nennen könnten, wäre das mehr, als ich erwarte. Sie sind wohl fremd in dieser Gegend, junger Mann?«

»Und wenn ich's bin?« antwortete McMurdo mürrisch.

»Nur das, Mister: Ich möchte Ihnen raten, vorsichtig bei der Auswahl Ihrer Freunde zu sein. An Ihrer Stelle würde ich mich nicht mit Mike Scanlan oder seinen Genossen einlassen.«

»Was geht es Sie an, wer meine Freunde sind?« brüllte McMurdo mit einer Stimme los, die den ganzen Wagen zum Verstummen brachte. »Habe ich Sie um Ihren Rat gebeten, oder halten Sie mich für solch einen Säugling, daß ich nicht auf Ihren Rat verzichten kann? Reden Sie erst, wenn Sie gefragt werden, und was mich betrifft, so können Sie lange darauf warten!«

Er starrte die Polizisten wie ein zähnefletschender Hund an.

Die beiden Beamten, schwere, gutmütige Männer, waren über diese heftige Reaktion auf ihren gutgemeinten Rat verblüfft.

»Schon gut«, sagte der eine, »ich wollte Sie ja nur in Ihrem eigenen Interesse warnen, da Sie hier fremd sind.«

»Ich bin fremd an diesem Ort, aber ihr und euresgleichen seid mir nicht fremd«, schrie McMurdo in kalter Wut. »Ihr seid überall die gleichen. Immer mit eurem Rat vorneweg, nach dem euch niemand fragt!«

»Vielleicht lernen wir uns bald besser kennen«, sagte einer der Polizisten grinsend. »Sie sind ja ein reizendes Täubchen.«

»Das glaube ich auch«, bemerkte der andere. »Wir werden wohl noch miteinander zu tun bekommen.«

»Vor euch habe ich keine Angst, glaubt nur das nicht«, rief Mc-

Murdo. »Ich heiße Jack McMurdo, und wenn ihr mich wollt, findet ihr mich bei Jacob Shafter in der Sheridan Street in Vermissa. Ich verstecke mich nicht, und bei Tag oder Nacht nehme ich es mit euch auf. Bildet euch nur nichts ein!«

Ein Murmeln der Sympathie und Bewunderung erhob sich unter den Bergleuten über das furchtlose Betragen des Fremden, während die beiden Polizisten die Achseln zuckten und ein leises Gespräch miteinander anfingen. Ein paar Minuten später lief der Zug in einen schlecht beleuchteten Bahnhof ein, und der Wagen leerte sich, weil Vermissa der bei weitem größte Ort an der Strecke war. McMurdo ergriff seinen Koffer und wollte in die Dunkelheit hinaus, als ihn einer der Bergleute ansprach.

»Denen haben Sie es aber gegeben«, sagte er ehrfürchtig. »Es war einfach großartig. Lassen Sie mich Ihren Koffer tragen und den Weg zeigen. Ich muß an Shafters Pension vorbei.«

Die anderen Bergleute wünschten ihm freundlich »Guten Abend«, als die beiden auf dem Bahnsteig an ihnen vorbeigingen. Noch ehe er die Stadt betreten hatte, war der Rebell McMurdo dort berühmt.

Wenn schon das Land, durch das der Zug gefahren war, einen ziemlich finsteren Eindruck machte, so war die Stadt in ihrer Art noch unerfreulicher. Das Tal hatte wenigstens eine gewisse düstere Größe durch seine Industrieanlagen, aber die Stadt wirkte nur elend und häßlich. Dic Hauptstraße war durch den Verkehr zu einem schmutzigen Brei von Lehm und Schnee zerfahren worden; die Bürgersteige waren zu schmal und uneben. Zahlreiche Gaslampen zeigten die Häßlichkeit der langen Reihe von Holzhäusern, deren schmutzige Veranden alle nach der Straße zu lagen. Als sie sich der Straßenmitte näherten, wurde das trübe Bild durch eine Reihe hellerleuchteter Läden etwas verschönt. Daran schlossen sich Bars und Spielhöllen, in denen die Bergarbeiter ihre schwerverdienten, aber reichlichen Löhne ausgaben.

»Das ist das Union House«, sagte der Führer und wies auf eine Bar, die schon fast wie ein Hotel aussah. »Jack McGinty ist der Besitzer.«

»Was für ein Mann ist das?« fragte McMurdo.

»Was! Haben Sie nie von ihm gehört?«
»Wie könnte ich von ihm gehört haben, da ich hier fremd bin?«
»Ich dachte, sein Name ist überall bekannt. Er hat oft genug in der Zeitung gestanden.«
»Warum?«
»Na, wegen ...«, der Bergmann senkte die Stimme, »...wegen der Affären.«
»Welche Affären?«
»Lieber Himmel, Sie sind ja komisch. Es gibt nur eine Art von Affären in dieser Gegend, und das sind die Affären der Scowrers.«
»Ach, darüber habe ich etwas in Chikago gelesen. Das ist eine Mörderbande, nicht wahr?«
»Still, um Gottes willen!« rief der andere, blieb vor Schrecken stehen und starrte seinen Gefährten entsetzt an. »Mann, Sie werden hier nicht lange leben, wenn Sie so etwas auf offener Straße sagen. Schon mancher ist wegen einer harmloseren Sache totgeschlagen worden.«
»Ich weiß ja gar nichts von ihnen. Ich habe ja nur etwas gelesen.«
»Und ich will nicht sagen, daß Sie nicht die Wahrheit gelesen haben.« Der Mann sah sich nervös um, als er das sagte. »Wenn Töten Mord ist, dann hat es weiß Gott Morde gegeben. Aber wagen Sie nicht, den Namen von Jack McGinty damit in Verbindung zu bringen, denn er erfährt alles und läßt es nicht stillschweigend hingehen. Hier, das ist das Haus, das Sie suchen — das da, das etwas von der Straße entfernt liegt. Sie werden feststellen, daß der alte Jacob Shafter einer der ehrlichsten Leute in der Stadt ist.«
»Ich danke Ihnen«, sagte McMurdo und verabschiedete sich von seinem neuen Bekannten. Dann schritt er, seinen Koffer in der Hand, den Pfad entlang, der zu der Pension führte. An der Tür klopfte er laut; sie wurde sofort von jemandem geöffnet, der ganz anders aussah, als McMurdo erwartet hatte.
Es war eine Frau, jung und einzigartig schön. Sie gehörte zum schwedischen Typ und hatte hellblonde Haare, die in einem reizenden Gegensatz zu den dunklen Augen standen, mit denen sie den Fremden überrascht und in einer hübschen Verwirrung ansah, die

ihr blasses Gesicht zum Erröten brachte. McMurdo war so hingerissen, daß er sie wortlos anstarrte, und sie war es, die das Schweigen brach.
»Ich dachte, es wäre Vater«, sagte sie mit leichtem skandinavischem Akzent. »Wollten Sie zu ihm? Er ist in der Stadt. Er muß jede Minute wiederkommen.«
McMurdo starrte sie immer noch in offener Bewunderung an, bis sie die Augen vor seinem Blick senkte.
»Nein, Miß«, sagte er endlich, »ich habe es nicht eilig, ihn zu sehen. Aber Ihr Haus wurde mir als Pension empfohlen. Ich dachte, es würde mir passen, und nun bin ich ganz sicher.«
»Sie sind ja rasch in Ihren Entschlüssen«, sagte sie lachend.
»Ich bin kein Blinder«, antwortete er.
Sie lachte. »Und ich bin Ettie Shafter, Mr. Shafters Tochter. Meine Mutter lebt nicht mehr; ich besorge das Haus. Sie können sich im Vorderzimmer an den Ofen setzen, bis Vater kommt. Ach, da kommt er ja schon. Nun, besprechen Sie gleich alles mit ihm.«
Ein untersetzter älterer Mann kam den Pfad entlang. Mit wenigen Worten erklärte McMurdo seine Wünsche. Ein Mann namens Murphy hatte ihm die Adresse in Chikago gegeben, die er wieder von jemand anderem hatte. Der alte Shafter nickte zustimmend. Der Fremde war mit den Bedingungen völlig einverstanden und hatte auch anscheinend ausreichend Geld. Für zwölf Dollar in der Woche, im voraus zahlbar, sollte er Unterkunft und Verpflegung erhalten. So kam es, daß McMurdo, der Flüchtling vor der Gerechtigkeit, unter dem Dach der Shafters Unterkunft fand – der erste Schritt zu einer dunklen Kette von Ereignissen, die in einem fernen Land enden sollten.

McMurdo wurde rasch bekannt. Innerhalb einer Woche war er in Shafters Pension zur wichtigsten Persönlichkeit aufgerückt. Es gab etwa ein Dutzend Gäste dort, sie waren anständige Werkmeister und Schreibgehilfen, ein ganz anderer Schlag als der junge Ire. Wenn sie abends zusammen waren, spielte McMurdo die große Geige: Seine Scherze waren die besten, seine Unterhaltung am lebendigsten, seine Lieder die schönsten. Er war der geborene Gesellschafter, und seine gute Laune färbte auf die anderen ab.

Gleichwohl zeigte er immer wieder – wie schon in der Eisenbahn – eine Neigung zu raschem, heißem Zorn, die allen, die ihm begegneten, Respekt und selbst Furcht abnötigte. Für die Polizei und alles, was mit ihr zusammenhing, hatte er nur eine erbitterte Verachtung übrig, die einige Pensionsgäste entzückte und die anderen erschreckte.

Von Anfang an ließ er durch seine offene Bewunderung erkennen, daß die Tochter des Hauses sein Herz gewonnen hatte. Er war kein schüchterner Anbeter. Am zweiten Tag gestand er ihr, daß er sie liebe, und von da an wiederholte er seine Worte unter völliger Nichtachtung dessen, was sie zu seiner Entmutigung sagte.

»Ein anderer!« rief er. »Um so schlimmer für ihn! Soll er selber darauf achten. Soll ich mein Lebensglück an jemand anderen verlieren? Du kannst ruhig weiter nein sagen, Ettie! Es wird schon der Tag kommen, an dem du ja sagst, und ich bin jung genug, um es abzuwarten.«

Er war ein gefährlicher Liebhaber mit seiner geläufigen irischen Zunge und seiner hübschen überredenden Art. Ihn umgab jener Schimmer des Geheimnisses, der das Interesse einer Frau fesselt und schließlich ihr Herz gewinnt. Er konnte von den lieblichen Tälern Monaghans sprechen, woher er stammte, von der schönen Insel, von ihren Hügeln und grünen Wiesen, die um so lieblicher schienen, wenn seine Phantasie sie in dieser Umgebung von Schmutz und Schnee vorzauberte. Er kannte das Leben in den Städten des Nordens, in Detroit, Buffalo und in Chikago, wo er in einem Sägewerk gearbeitet hatte. Und dann kam die Andeutung von Liebesgeschichten, das Gefühl, daß er seltsame Dinge in dieser großen Stadt erlebt hatte, so seltsam, daß er nicht davon sprechen konnte. Er redete von einem plötzlichen Aufbruch, der Auflösung alter Bindungen, der Flucht in die Welt, die in diesem bedrückenden Tal endete. Und Ettie lauschte; in ihren dunklen Augen schimmerten Mitleid und Sympathie, die sich so rasch und natürlich in Liebe verwandeln.

McMurdo hatte eine vorläufige Arbeit als Buchhalter gefunden, denn er war ein gebildeter Mann. Dadurch war er den größten Teil des Tages beschäftigt und hatte noch nicht Gelegenheit gefunden, sich beim Meister vom Stuhl zu melden. Daran wurde er eines Abends durch den Besuch Mike Scanlans erinnert, den er im Zug getroffen hatte. Scanlan schien sich zu freuen, daß er McMurdo wiedersah. Nach einem Glas Whisky brachte er schließlich sein Anliegen zur Sprache.

»Hör mal, McMurdo«, sagte er, »es überrascht mich, daß du dich noch nicht beim Meister vom Stuhl gemeldet hast. Was ist dir denn dazwischengekommen?«

»Ich mußte mir Arbeit suchen. Ich hatte zu tun.«

»Für ihn mußt du Zeit haben, er ist wichtiger als alles andere. Du mußt verrückt sein, daß du dich nicht gleich am ersten Tag vorgestellt hast. Wenn du ihm unangenehm auffällst – du darfst es einfach nicht!«

McMurdo war überrascht.

»Ich bin über zwei Jahre lang Mitglied einer Loge gewesen, Scanlan, aber ich habe nie gehört, daß Logenangelegenheiten so eilig wären.«

»Vielleicht nicht in Chikago!«

»Aber es ist doch dieselbe Bruderschaft hier.«

»Wirklich?« Scanlan sah ihm lange und starr in die Augen. Es war etwas Drohendes in seinem Blick.

»Oder nicht!«

»Du kannst mir das in einem Monat sagen. Ich habe gehört, daß du mit den Polizisten einen Wortwechsel hattest, als ich ausgestiegen war.«

»Woher weißt du das?«

»Oh, ich hörte es – man hört hier viel.«
»Ja, es stimmt. Ich habe den Hunden gesagt, was ich von ihnen halte.«
»Dann bist du ein Mann nach McGintys Herzen.«
»Was – haßt er die Polizei auch?«
Scanlan brach in ein Gelächter aus.
»Geh nur und sprich mit ihm«, sagte er und erhob sich, um aufzubrechen. »Nicht die Polizei, sondern dich wird er hassen, wenn du es nicht tust. Nimm meinen guten Rat an und geh gleich hin.«
Zufällig hatte McMurdo an diesem Abend noch eine dringliche Unterredung, die ihn ebenfalls in dieser Richtung beeinflußte. Es kann sein, daß seine Aufmerksamkeiten Ettie gegenüber offenkundiger geworden waren als zuvor oder daß sie allmählich dem etwas langsamen schwedischen Pensionswirt zum Bewußtsein kamen, jedenfalls bat dieser den jungen Mann in sein Privatkontor und kam ohne Umschweife darauf zu sprechen.
»Es scheint mir, Mr. McMurdo«, sagte Shafter zu ihm, »daß Sie sich meine Tochter in den Kopf setzen. Stimmt das, oder irre ich mich?«
»Ja, es stimmt«, antwortete der junge Mann.
»Nun, dann möchte ich Ihnen sagen, daß das keinen Zweck hat. Es ist Ihnen jemand zuvorgekommen.«
»Das sagte sie auch.«
»Sie können sich darauf verlassen, daß sie Ihnen die Wahrheit sagte. Aber hat sie auch gesagt, wer es ist?«
»Nein, ich fragte sie, aber sie hat es nicht gesagt.«
»Das dachte ich mir. Vielleicht wollte sie Ihnen keine Angst machen.«
»Angst!« McMurdo sah aus, als ob er aufbrausen wolle.
»Ja, mein Freund! Sie brauchen sich nicht zu schämen, Angst vor ihm zu haben. Es ist Teddy Baldwin.«
»Und wer, zum Teufel, ist das?«
»Er ist ein Anführer der Scowrers.«
»Scowrers! Ich habe schon davon gehört. Scowrers hier und Scowrers dort, und immer im Flüsterton! Wovor habt ihr Angst? Wer sind denn die Scowrers?«

Der alte Mann senkte unwillkürlich die Stimme, wie jeder, der von dieser schrecklichen Gesellschaft sprach.
»Die Scowrers«, sagte er, »das ist die Bruderschaft der Freimaurer.«
Der junge Mann erschrak.
»Aber zu den Freimaurern gehöre ich ja auch!«
»Sie? Ich hätte Sie nie in meinem Hause aufgenommen, wenn ich das gewußt hätte – nicht für hundert Dollar die Woche.«
»Warum denn? Die Bruderschaft strebt nach Wohltätigkeit und der Verbrüderung der Menschen. Die Bestimmungen schreiben das vor.«
»Vielleicht anderswo, aber nicht hier.«
»Und um was geht es hier?«
»Hier ist es eine Mördergesellschaft, das ist es!«
McMurdo lachte ungläubig.
»Wie wollen Sie das beweisen?« fragte er.
»Beweisen? Hat es nicht fünfzig Morde gegeben, die es genügend beweisen? Was ist mit Milman und Van Shorst und der Familie Nicholson und Mr. Hyman und dem kleinen Billy James und den anderen? Beweisen! Gibt es denn auch nur eine Frau oder einen Mann in diesem Tal, die es nicht wissen?«
»Hören Sie mal«, sagte McMurdo ernst. »Entweder nehmen Sie zurück, was Sie gesagt haben, oder Sie müssen dafür einstehen. Versetzen Sie sich in meine Lage. Ich komme als Fremder in diese Stadt. Ich gehöre einer Bruderschaft an, von der ich weiß, daß sie in aller Unschuld den besten Absichten dient. Sie finden sie überall in den Vereinigten Staaten verbreitet und nirgends einen Makel auf ihr. Jetzt, wo ich die Absicht habe, ihrem hiesigen Zweig beizutreten, sagen Sie, es sei eine Mördergesellschaft, die die Scowrers heißt. Ich glaube, Sie müssen sich entweder entschuldigen oder erklären, Mr. Shafter.«
»Ich kann Ihnen nur sagen, was alle Welt weiß, Mister. Die Führer der einen sind die Führer der anderen; wenn Sie der einen verhaßt werden, bringt die andere Sie um. Das ist schon oft geschehen.«
»Das ist nur Klatsch. Ich will Beweise!« sagte McMurdo.

»Wenn Sie länger hier leben, werden Sie Beweise zu sehen kriegen. Aber ich vergesse, daß Sie selber dazugehören. Sie werden bald auch nicht besser sein als die anderen. Aber Sie müssen sich eine andere Unterkunft suchen. Ich kann Sie nicht hierbehalten. Ist es nicht schon schlimm genug, daß einer dieser Leute meiner Tochter den Hof macht und ich nicht wage, ihn zurückzuweisen? Und da soll noch ein anderer mein Gast sein? Nein, Sie werden heute nacht nicht mehr hier schlafen!«

So war McMurdo aus seiner bequemen Unterkunft ebenso verbannt wie aus der Nähe des Mädchens, das er liebte. Er fand sie allein im Wohnzimmer und schüttete ihr sein Herz aus.

»Ihr Vater will mich hinaussetzen«, sagte er. »Ich würde mir nichts daraus machen, wenn es nur um das Zimmer ginge. Aber wenn ich Sie auch erst eine Woche kenne, Ettie, so kann ich doch nicht mehr ohne Sie leben.«

»Still, Mr. McMurdo! Sprechen Sie nicht so!« sagte das Mädchen. »Ich habe Ihnen doch gesagt, daß Sie zu spät kommen. Es gibt einen anderen, und wenn ich ihm auch nicht versprochen habe, ihn sofort zu heiraten, so kann ich es doch keinem anderen versprechen.«

»Angenommen, ich wäre der erste gewesen, Ettie, hätte ich dann eine Chance gehabt?«

Das Mädchen verbarg das Gesicht in den Händen.

»Wären Sie nur der erste gewesen!« schluchzte sie.

McMurdo sank vor ihr auf die Knie.

»Um Gottes willen, Ettie, bleib dabei!« rief er. »Willst du dein und mein Leben wegen dieses anderen zerstören? Folge doch deinem Herzen! Das ist ein sicherer Führer als jedes Versprechen, das du gegeben hast, ohne daß du wußtest, was du sagtest.«

Er hatte Etties weiße Hand mit seinen starken braunen Händen ergriffen. »Sag, daß du mein sein willst, und wir werden gemeinsam allem ins Auge sehen.«

»Doch nicht hier?«

»Ja, hier.«

»Nein, Jack! Hier geht es nicht. Kannst du mich nicht von hier fortbringen?«

Eine Regung der Nachgiebigkeit glitt über McMurdos Züge, doch dann wurde sein Gesicht hart.

»Nein, hier«, sagte er. »Ich werde dich gegen die ganze Welt verteidigen, Ettie, hier, wo wir sind.«

»Warum gehen wir nicht zusammen fort?«

»Nein, Ettie, ich kann hier nicht fort.«

»Aber warum denn?«

»Ich kann nie wieder aufblicken, wenn ich das Gefühl haben muß, fortgetrieben worden zu sein. Außerdem, was brauchen wir uns zu fürchten? Sind wir nicht in einem freien Land? Wenn du mich liebst, und ich liebe dich, wer wagt dann, zwischen uns zu treten?«

»Du weißt es nicht, Jack. Du bist noch nicht lange genug hier. Du kennst diesen Baldwin nicht. Du kennst McGinty und seine Scowrers nicht.«

»Nein, ich kenne sie nicht und fürchte sie nicht und glaube nicht an sie«, sagte McMurdo. »Ich habe unter groben Burschen gelebt, und statt daß ich sie fürchtete, hat es immer damit geendet, daß sie mich fürchteten, immer, Ettie! Es ist ja verrückt; wenn diese Männer, wie dein Vater sagt, ein Verbrechen nach dem anderen begangen haben und jeder sie beim Namen nennen kann, wie kommt es dann, daß keinen das Gesetz ereilt hat?«

»Weil keine Zeugen gegen sie aufzutreten wagten. Kein Zeuge würde es überleben. Und weil sie dafür sorgen, daß ihre eigenen Männer beschwören, der Angeklagte sei im Augenblick des Verbrechens ganz woanders gewesen. Aber du mußt doch davon gelesen haben, Jack! Ich dachte immer, daß jede Zeitung in den Vereinigten Staaten darüber schriebe.«

»Es stimmt, ich habe etwas darüber gelesen, aber ich dachte immer, es sei nicht wahr. Vielleicht haben diese Männer einen Grund für ihre Taten. Vielleicht geschieht ihnen Unrecht, und sie haben keine andere Möglichkeit, sich zu helfen.«

»O Jack, sprich nicht so! So redet er – der andere!«

»So redet Baldwin?«

»Deshalb verabscheue ich ihn so! O Jack, nun kann ich dir auch die Wahrheit sagen, ich verabscheue ihn von ganzem Herzen, aber ich fürchte mich auch vor ihm. Ich selber habe Angst, vor allem aber ängstige ich mich um meinen Vater. Ich weiß, daß es uns sehr schlechtgehen würde, wenn ich zu sagen wagte, was ich wirklich empfinde. Deshalb habe ich ihn mit halben Versprechungen abgespeist. Das war wirklich unsere einzige Hoffnung. Aber wenn du mit mir fliehen könntest, Jack, könnten wir Vater mitnehmen und für immer die Macht dieser Verfluchten entgehen«, flehte Ettie ihn an.

Wieder zeichnete sich ein Kampf auf McMurdos Zügen ab, und wieder verschlossen sie sich.

»Dir wird nichts geschehen, Ettie – und deinem Vater auch nicht. Und was Verfluchte anbetrifft, wirst du schon noch früh genug merken, daß ich so schlimm wie die anderen bin.«

»Nein, nein, Jack, dir vertraue ich.«

McMurdo lachte bitter. »Lieber Gott, wie wenig kennst du mich! Deine unschuldige Seele, mein Liebling, ahnt nicht einmal, was in meiner vorgeht. Hallo, wer ist denn das?«

Die Tür war plötzlich aufgesprungen, und herein kam ein junger Mann, in der selbstsicheren Art eines Menschen, der sich als Herr des Hauses fühlt. Er war ungefähr von gleichem Alter und gleicher Statur wie McMurdo. Unter seinem breitrandigen schwarzen Hut, den er aufbehalten hatte, sahen ein Paar wilde Augen das Paar an, das neben dem Ofen saß.

Ettie war erschrocken aufgesprungen.

»Sie kommen früher, als ich dachte, Mr. Baldwin«, sagte sie. »Nehmen Sie doch Platz.«

Baldwin blieb mit den Händen auf den Hüften stehen und sah McMurdo an. »Wer ist das?« fragte er kurz.

»Ein Bekannter, Mr. Baldwin – ein neuer Gast. Mr. McMurdo, darf ich Sie Mr. Baldwin vorstellen?«

Die jungen Männer nickten sich kühl zu.

»Vielleicht hat Miß Ettie Ihnen gesagt, wie es mit uns steht?« sagte Baldwin.

»Ich glaube nicht, daß eine Verbindung zwischen Ihnen besteht.«

»Nein? Dann wissen Sie es jetzt. Lassen Sie sich gesagt sein, daß diese junge Damem mir gehört. Wie wäre es mit einem Spaziergang? Draußen ist sehr schönes Wetter.«

»Danke, ich habe keine Lust zu einem Spaziergang.«
»Nicht?« Die Augen des anderen funkelten vor Zorn. »Vielleicht aber haben Sie Lust zu einem Kampf?«
»Das allerdings«, rief McMurdo und sprang auf. »Nichts wäre mir lieber.«
»Um Gottes Willen, Jack!« rief Ettie verzweifelt. »O Jack, er wird dir etwas tun!«
»Jack?« sagte Baldwin fluchend. »So weit seid ihr also schon?«
»O Ted, sei vernünftig! Um meinetwillen, Ted, wenn du mich liebst, dann sei großmütig und verzeih!«
»Ich glaube, Ettie, wenn du uns allein ließest, könnten wir die Sache aushandeln«, sagte McMurdo ruhig. »Oder vielleicht möchten Sie mit mir auf die Straße gehen, Mr. Baldwin? Es ist ja schönes Wetter, und hinter dem nächsten Block ist ein freier Platz.«
»Mit Ihnen rechne ich ab, ohne mir die Hände schmutzig zu machen«, sagte sein Gegner. »Sie werden sich noch wünschen, nie den Fuß in dieses Haus gesetzt zu haben, ehe ich mit Ihnen fertig bin.«
»Keine bessere Zeit als jetzt!« rief McMurdo.
»Ich bestimme die Zeit, Mister. Sie können das mir überlassen. Sehen Sie her!« Er streifte plötzlich den Ärmel hoch und zeigte auf seinem Unterarm ein eigentümliches Zeichen, das eingebrannt schien. Es war ein Kreis mit einem Dreieck darin. »Wissen Sie, was das bedeutet?«
»Ich weiß es weder, noch will ich es wissen.«
»Na, Sie werden es schon noch kennenlernen. Das kann ich Ihnen versprechen. Und es wird nicht lange dauern. Vielleicht erzählt Ihnen Miß Ettie etwas darüber. Und du, Ettie, wirst auf deinen Knien zu mir zurückkehren, hörst du? Auf deinen Knien! Und dann werde ich dir sagen, welche Strafe du bekommst. Ihr habt gesät – und bei Gott, ich werde dafür sorgen, daß ihr erntet!« Er starrte sie beide wütend an. Dann wandte er sich um, und einen Augenblick später schlug laut hinter ihm die Haustür zu.
Ettie warf ihre Arme um McMurdo.
»O Jack, wie tapfer du warst! Aber es hat keinen Zweck – du mußt fliehen! Heute nacht, Jack, heute nacht! Das ist die einzige Hoffnung. Er will dir ans Leben. Ich las es in seinen schrecklichen

Augen Welche Aussicht hast du gegen ein Dutzend von ihnen, mit McGinty und aller Macht der Loge hinter ihnen?«
McMurdo machte sich aus ihren Armen frei, küßte sie und drängte sie sanft in einen Stuhl.
»Beruhige dich, Liebling! Ich bin selber Freimaurer. Ich habe es gerade deinem Vater gesagt. Vielleicht bin ich nicht besser als die anderen, mach deshalb keinen Heiligen aus mir. Vielleicht haßt du mich auch, nachdem ich dir das gesagt habe.«
»Dich hassen, Jack! Nie im Leben könnte ich das. Ich habe gehört, daß überall außer bei uns Freimaurer anständige Menschen sind, warum sollte ich deshalb schlecht von dir denken? Aber wenn du ein Freimaurer bist, Jack, warum gehst du dann nicht zu McGinty und schließt mit ihm Freundschaft? Beeil dich, Jack! Sei du der erste, oder die Hunde sind auf deiner Spur!«
»Ich dachte das gleiche«, sagte McMurdo. »Ich will gleich gehen und das in Ordnung bringen. Du kannst deinem Vater sagen, daß ich heute nacht noch hier schlafen werde und mir morgen früh ein anderes Quartier suche.«
McGintys Bar war überfüllt wie gewöhnlich, denn sie war der Lieblingsplatz der rauheren Elemente der Stadt. Der Besitzer gab sich sehr jovial und hatte daher nicht wenig Zuspruch. Aber abgesehen von dieser gewissen Popularität empfand die ganze Stadt, ja das ganze Tal Angst vor ihm, und auch dies trug dazu bei, die Bar zu füllen, denn niemand konnte es sich leisten, auf sein Wohlwollen zu verzichten.
Außer seiner geheimen Macht, die er nach allgemeiner Ansicht mitleidlos anwandte, verfügte er auch über eine öffentliche Macht als Stadtrat und Beauftragter für den Straßenbau. In diese Ämter hatten ihn die Gauner der Stadt gewählt, die für ihre Unterstützung Belohnungen von ihm erwarteten. Die Steuern waren enorm, die Straßenarbeiten wurden unbeschreiblich vernachlässigt, die Abrechnungen von bestochenen Prüfern gutgeheißen und die anständigen Bürger öffentlich erpreßt und gezwungen, den Mund zu halten.
So ging es Jahr um Jahr, und McGintys Brillantnadeln wurden immer prächtiger, die Goldketten auf seinem Bauch immer schwe-

rer und seine Bar immer länger, bis sie sich schließlich beinahe über eine ganze Seite des Marktplatzes erstreckte.
McMurdo stieß die Pendeltür der Bar auf und drängte sich durch die Menge. Die Luft war von Tabaksqualm erfüllt und mit Alkoholgeruch geschwängert. Spiegel in schweren goldenen Rahmen an allen Wänden warfen das Licht vielfältig zurück. An der Bar arbeiteten mehrere Mixer in Hemdsärmeln und bedienten die Kunden an der schweren metallbeschlagenen Theke. An deren äußerstem Ende lehnte, eine Zigarre steil im Mund, ein großer schwerer Mann, der kein anderer sein konnte als der berüchtigte McGinty selbst. Er war ein schwarzhaariger Riese, dessen Bart bis an die Wangenknochen hinaufreichte. Seine Haut war dunkel wie die eines Italieners, und seine Augen zeigten ein seltsam totes Schwarz, das ihm in Verbindung mit einem leichten Schielen ein besonders bedrohliches Aussehen verlieh. Sein gut proportionierter Wuchs, seine einnehmenden Gesichtszüge und die stolze, aufrechte Haltung stimmten mit seiner freien Art überein, mit der er sich von Mann zu Mann zu geben liebte. Auf den ersten Eindruck war man versucht zu sagen: ein aufrichtiger, ehrlicher Mann mit einem Herzen ohne Fehl, so derb er auch in seiner Art scheinen mag. Nur wenn sich dieser tote schwarze Blick einem zuwandte, schrak man zurück und hatte das Gefühl, daß man einem Abgrund gegenüberstand, hinter dem Stärke, Skrupellosigkeit und Raffiniertheit lauerten.
So etwa wirkte McGintys Erscheinung auf McMurdo, als der sich nun durch die kleine Gruppe von Bewunderern drängte, die den allmächtigen Boß umgaben und beim geringsten seiner Scherze brüllend auflachten. Die kühnen grauen Augen des jungen Fremden begegneten furchtlos durch die Brillengläser hindurch dem stumpfen schwarzen Blick, der sich ihm zuwandte.
»Na, junger Mann, ich kann mich auf Ihr Gesicht nicht besinnen.«
»Ich bin neu hier, Mr. McGinty.«
»Sie sind nicht so neu, daß Sie einem Gentleman nicht seinen richtigen Titel geben könnten.«
»Er ist Councillor McGinty, junger Mann«, sagte eine Stimme aus der Gruppe.

»Entschuldigen Sie, Councillor. Ich bin noch fremd hier. Aber ich erhielt den Rat, Sie zu besuchen.«

»Ja, nun sehen Sie mich. Wie gefalle ich Ihnen?«

»Es ist noch zu früh, um das zu sagen. Aber wenn Ihr Herz so groß ist wie Ihre Gestalt und Ihre Seele so gut wie Ihr Gesicht, dann könnte ich nichts Besseres verlangen«, sagte McMurdo.

»Wie alle Iren tragen Sie Ihr Herz auf der Zunge«, sagte McGinty nicht ganz sicher, ob er auf die Art seines vorlauten Gastes eingehen oder sich auf seine Würde besinnen sollte. »Sie sind also so freundlich, mein Äußeres zu billigen?«

»Gewiß«, sagte McMurdo.

»Und man hat Sie geheißen, mich aufzusuchen?«

»Ja.«

»Und wer sagte das?«

»Mike Scanlan. Auf Ihr Wohl, Councillor, und auf bessere Bekanntschaft!«

Er hob sein Glas an die Lippen und spreizte den kleinen Finger beim Trinken.

McGinty, der ihn genau beobachtet hatte, runzelte die Stirn.

»Ach, so ist das?« sagte er. »Darüber müssen wir uns etwas genauer unterhalten, Mister . . .«

»McMurdo.«

»Treten Sie etwas näher, Mr. McMurdo, denn wir trauen Fremden hier nicht so rasch und glauben nicht alles, was uns erzählt wird. Kommen Sie doch einen Augenblick hier herein, hinter die Bar.«

Es war ein kleiner Raum, mit Fässern gefüllt. McGinty schloß sorgsam die Tür und setzte sich dann auf ein Faß. Er musterte den Gast mit seinen beunruhigenden Augen, während er an seiner Zigarre zog. Ein paar Minuten lang schwieg er.

McMurdo ertrug die Musterung mit guter Miene, eine Hand in der Tasche, mit der anderen seinen braunen Schnurrbart zwirbelnd. Plötzlich richtete sich McGinty etwas auf und zog einen gefährlich aussehenden Revolver.

»Sieh her, Bursche«, sagte er, »wenn du glaubst, du könntest uns veralbern, ist dein Spiel bald aus.«

»Das ist eine merkwürdige Begrüßung durch einen Meister vom Stuhl«, sagte McMurdo kühl.
»Richtig, aber erst müssen Sie sich als Bruder erweisen«, sagte McGinty, »und gnade Ihnen Gott, wenn Sie es nicht können. Wo wurden Sie aufgenommen?«
»Loge 29, Chikago.«
»Wie heißt der Meister vom Stuhl?«
»James H. Scott.«
»Wie heißt der Meister der Großloge?«
»Bartholomew Wilson.«
»Hm! Was machst du hier?«
»Ich arbeite, genau wie du, aber es bringt mir weniger ein«, sagte McMurdo.
»Du antwortest recht schnell.«
»Ja, damit war ich schon immer schnell bei der Hand.«
»Kannst du auch rasch handeln?«
»Dafür habe ich einen Namen bei denen gehabt, die mich am besten kannten.«
»Nun, das werden wir vielleicht eher auf die Probe stellen, als du glaubst. Hast du schon etwas über die Loge hier gehört?«
»Daß es einen ganzen Mann erfordert, Bruder darin zu sein.«
»Das stimmt. Warum hast du Chikago verlassen?«
»Ich will hängen, wenn ich dir das sage.«
McGinty öffnete die Augen. Er war es nicht gewohnt, solche Antworten zu erhalten, und es erheiterte ihn.
»Warum willst du es mir nicht sagen?«
»Weil kein Bruder einen anderen belügen darf.«
»Dann ist die Wahrheit zum Erzählen nicht gerade geeignet?«
»So kannst du es ausdrücken.«
»Hör zu, du kannst von mir als Meister vom Stuhl nicht erwarten, daß ich einen Mann in die Loge hineinlasse, für dessen Vergangenheit ich nicht geradestehen kann.«
McMurdo schien verwirrt. Dann nahm er einen abgegriffenen Zeitungsausschnitt aus der Tasche. »Du verrätst einen Bruder nicht?«
»Ich schlage dich nieder, wenn du noch mal so etwas sagst«, rief McGinty erbittert.

»Entschuldige«, sagte McMurdo eingeschüchtert. »Ich habe gedankenlos gesprochen. Ich weiß jetzt, daß ich in deiner Hand sicher bin. Lies den Ausschnitt.«
McGinty überflog den Bericht von der Erschießung eines gewissen Jonas Pinto im »Lake Saloon« in Chikago.
»Deine Arbeit?« fragte er, als er McMurdo den Zeitungsausschnitt zurückgab.
McMurdo nickte.
»Warum hast du ihn erschossen?«
»Ich half Uncle Sam, Dollars zu machen. Vielleicht waren meine nicht aus so gutem Gold wie seine, aber sie sahen genauso gut aus und waren in der Herstellung billiger. Dieser Mann half mir, die Blüten zu schmeißen . . .«
»Er half dir was?«
»Das Falschgeld in den Verkehr zu bringen. Dann sagte er, er wolle teilen. Vielleicht hat er geteilt. Ich habe mich nicht erst davon überzeugt. Ich hab' ihn einfach umgelegt und mich ins Kohlengebiet abgesetzt.«
»Warum das Kohlengebiet?«
»Weil ich in der Zeitung las, daß sie hier nicht so eigen sind.«
McGinty lachte.
»Du warst erst ein Falschmünzer und dann ein Mörder, und dann bist du hierhergekommen, weil du dachtest, du wärest willkommen?«
»So ungefähr«, antwortete McMurdo.
»Na, du wirst es noch weit bringen. Kannst du noch diese Dollars machen?«
McMurdo zog ein halbes Dutzend aus der Tasche. »Die sind nie durch die Münze in Washington gegangen«, sagte er.
»Was du nicht sagst!« McGinty hielt sie in seinen riesigen behaarten Händen ans Licht. »Ich kann keinen Unterschied erkennen! Ich glaube, du wirst einer unserer nützlichsten Brüder sein. Wir können ein paar schlechte Männer zwischen uns gebrauchen, mein Freund, denn manchmal sind auch die Zeiten schlecht. Wir stehen platt an der Wand, wenn wir die nicht zurückschieben, die uns an die Wand drücken wollen.«

»Nun, ich werde mit den anderen das Zurückschieben schon besorgen.«

»Du scheinst gute Nerven zu haben. Du hast nicht mal gezuckt, als ich den Revolver zog.«

»Ich war es nicht, der in Gefahr war.«

»Wer denn?«

»Du selbst.« McMurdo zog seine Waffe aus der Seitentasche seiner Jacke. »Ich hatte die ganze Zeit den Finger am Abzug. Wahrscheinlich wäre ich dir zuvorgekommen.«

McGinty lief rot an und brach dann in ein schallendes Gelächter aus.

»So einen Kerl haben wir schon lange nicht gehabt!« rief er. »Aber die Loge wird stolz auf dich sein. Was, zum Kuckuck, willst du? Kann ich nicht mal fünf Minuten mit einem Gentleman allein sein, ohne daß du uns störst?«

Der Barmixer stand in der Tür und sagte verstört: »Entschuldigen Sie, aber es ist Mr. Ted Baldwin. Er sagt, er müsse Sie sofort sprechen.«

Die Ankündigung war unnötig, denn der Mann selber sah dem Boten schon über die Schulter. Er stieß ihn hinaus und schloß hinter ihm die Tür.

»So«, sagte er mit einem wütenden Blick auf McMurdo, »Sie waren zuerst hier, was? Ich muß über diesen Mann mit dir ein Wort reden, Councillor!«

»Dann sagen Sie es jetzt und hier, in meiner Gegenwart«, sagte McMurdo.

»Ich sage es, wenn und wann es mir paßt.«

»Kindereien!« sagte McGinty und stand auf. »Das ist alles Unsinn. Wir haben einen neuen Bruder hier, Baldwin, und wir dürfen ihn nicht so begrüßen. Gib ihm die Hand und sei verträglich.«

»Niemals!« rief Baldwin wütend.

»Ich habe ihm einen Kampf vorgeschlagen, wenn er denkt, daß ich ihm unrecht getan habe«, sagte McMurdo. »Ich kämpfe mit den Fäusten oder, wenn ihm das nicht genügt, auf jede andere Weise, die er will. Nun überlasse ich es dir, Councillor, zwischen uns zu entscheiden, wie es dir als Meister vom Stuhl zukommt.«

»Worum geht es denn?«
»Um eine junge Dame, sie ist frei und kann selber wählen.«
»Ist sie frei?« rief Baldwin.
»Zwischen zwei Brüdern der Loge kann sie frei wählen«, sagte McGinty.
»Ist das deine Meinung?«
»Ja, das ist sie, Ted Baldwin«, sagte McGinty mit einem tückischen Blick. »Du willst das doch nicht etwa bezweifeln?«
»Du läßt einen Mann im Stich, der dir fünf Jahre beigestanden hat, und zwar zugunsten eines Fremden, den du nie zuvor in deinem Leben gesehen hast? Du bist nicht für immer Meister vom Stuhl, Jack McGinty, und, bei Gott, bei der nächsten Wahl ...«
McGinty sprang ihn wie ein Tiger an. Seine Hand schloß sich um Baldwins Hals, und er schleuderte ihn über eines der Fässer. In seiner Wut hätte er ihn erwürgt, wäre nicht McMurdo dazwischengetreten. »Sachte, Councillor! Um Himmels willen, du bringst ihn ja um!« rief er, als er ihn zurückzog.
McGinty ließ Baldwin los, und dieser schnappte nach Luft, an allen Gliedern zitternd, weil er den Tod schon vor Augen gesehen hatte.
»Du hast mich schon oft herausgefordert, Ted Baldwin!« rief McGinty schwer atmend. »Vielleicht denkst du, du könntest mein Nachfolger werden, wenn ich nicht wieder zum Meister vom Stuhl gewählt werde. Das mag die Loge entscheiden. Aber solange ich der Boß bin, widerspricht mir keiner.«
»Ich habe nichts gegen dich«, maulte Baldwin und griff nach seiner Kehle.
»Dann sind wir wieder gute Freunde«, rief der andere und verfiel für einen Augenblick in sein gespieltes Wohlwollen. »Die Sache ist vergessen.«
Er nahm eine Flasche Champagner vom Regal und drehte den Korken heraus. Dann füllte er drei hohe Gläser und fuhr fort: »Wir wollen den Versöhnungstoast der Loge ausbringen. Danach gibt es kein böses Blut mehr zwischen uns, wie ihr wißt. Die Hand an der Kehle, sage ich zu dir, Ted Baldwin: Was ist das Ärgernis?«

»Die Wolken sind düster«, antwortete Baldwin.
»Aber sie werden sich für immer erhellen.«
»Das schwöre ich.«
Die Männer tranken, und dieselbe Zeremonie wurde zwischen Baldwin und McMurdo wiederholt.
»Na also«, sagte McGinty und rieb sich die Hände, »damit ist der Zwist aus der Welt geschafft, und wenn ihr nicht gehorcht, wird sich die Loge damit befassen. Sie hat hierzulande eine schwere Hand. Bruder Baldwin weiß es, und du wirst es sehr bald merken, Bruder McMurdo, wenn du einen eigenen Kopf hast.«
»Ich denke nicht daran«, sagte McMurdo. Er hielt Baldwin seine Hand hin. »Ich streite mich schnell, aber ich vergebe auch schnell. Ich bin eben ein Ire. Für mich ist es vorbei, und ich trage nichts nach.«
Baldwin mußte die gebotene Hand nehmen, denn McGinty beobachtete ihn. Aber sein mürrisches Gesicht zeigte, wie wenig Eindruck die Worte des anderen gemacht hatten.
McGinty schlug ihnen beiden auf die Schultern.
»Ach, immer diese Mädchen!« rief er. »Daß immer dieselben Unterröcke zwischen meine Jungs kommen! Zum Glück muß der Logenmeister nicht auch noch die Weiberangelegenheiten entscheiden, dem Himmel sei Dank! Wir haben auch ohne die Weiber Sorgen genug. Wir werden dich der Loge 341 einverbrüdern müssen, Bruder McMurdo. Wir haben unsere eigenen Methoden, die von denen in Chikago abweichen. Am Samstagabend sind unsere Arbeitslogen, und wenn du kommst, wirst du im Vermissa Valley aufgenommen.«

Am folgenden Tag zog McMurdo bei Shafter aus und fand eine Unterkunft bei der Witwe MacNamara am Rande der Stadt. Scanlan, sein Bekannter aus dem Zug, hatte kurz darauf Anlaß, nach Vermissa zu ziehen, und die beiden wohnten zusammen. Einen anderen Mieter gab es nicht, und die Wirtin war eine gemütliche alte Irin, die ihre Mieter sich selbst überließ, so daß diese beiden sich ganz unbeobachtet fühlen konnten. Der alte Shafter hatte so weit nachgegeben, daß er McMurdo an den Mahlzeiten teilnehmen ließ, wann er wollte, so daß sein Verkehr mit Ettie keineswegs unterbrochen war. Im Gegenteil, er wurde mit der Zeit immer enger. Im Schlafraum seiner neuen Unterkunft fühlte sich McMurdo so sicher, daß er seine Prägestempel herausholte, und unter dem Siegel der Verschwiegenheit durften einige der Logenbrüder kommen und sie ansehen; jeder von ihnen bekam beim Abschied ein paar Stücke des falschen Geldes mit, das so hervorragend gefälscht war, daß sie keine Mühe hatten und keine Gefahr liefen, sie weiterzugeben. Es war seinen Logenbrüdern ein Rätsel, warum McMurdo sich im Besitz derartig wundervoller Fertigkeiten überhaupt dazu herabließ, zu arbeiten, obwohl er jedem, der ihn fragte, die Erklärung gab, daß ihm die Polizei schnell auf der Spur wäre, wenn er ohne erkennbaren Verdienst lebte.

Ein Polizist war schon hinter ihm her, aber der Zufall fügte es, daß McMurdo viel mehr Nutzen als Schaden davon hatte. Nachdem er einmal eingeführt war, verging selten ein Abend, ohne daß er sich in McGintys Bar einfand, wo er nähere Bekanntschaft mit den »Jungs« schloß, unter welcher Bezeichnung die Bande einander kannte. Seine frische Art und seine furchtlose Sprache machten ihn allgemein beliebt, während die rasche und gleichsam wissenschaftliche Art, mit der er bei einer allgemeinen Schlägerei einen Widersacher erledigte, ihm die Hochachtung aller eintrug. Ein weiterer Vorfall ließ ihn noch höher in der Achtung steigen.

Als eines Abends die Bar gerade am vollsten war, öffnete sich die Tür, und es trat ein Mann in der blauen Uniform und der Schirmmütze der »Coal and Iron Police« ein. Das war eine von den

Eisenbahn- und Bergwerksbesitzern gegründete Truppe, die die gewöhnliche Polizei unterstützen sollte, denn diese war angesichts des organisierten Bandenterrors in dem Gebiet praktisch hilflos. Ein Schweigen breitete sich aus, als er eintrat, und viele merkwürdige Blicke flogen zu ihm hin. Aber in den Staaten sind die Beziehungen zwischen der Polizei und den Verbrechern ganz eigentümlich, und McGinty selber, der hinter der Theke stand, zeigte keine Überraschung, als er plötzlich den Polizeioffizier unter seinen Gästen sah.

»Einen Whisky ohne, denn die Nacht ist kalt«, sagte der Polizist. »Ich glaube, wir kennen uns noch nicht, Councillor.«

»Sind Sie der neue Captain?« fragte McGinty.

»Richtig. Wir vertrauen auf Sie, Councillor, und die anderen führenden Bürger bei unserem Bemühen, die Ordnung in dieser Stadt aufrechtzuerhalten. Ich bin Captain Marwin – von der ›Coal and Iron‹.«

»Ohne Sie wäre es besser, Captain Marwin«, sagte McGinty kühl. »Wir haben unsere eigene Polizei in der Stadt und brauchen niemanden von außerhalb. Sie sind doch nur das bezahlte Werkzeug des Kapitals, um Ihre ärmeren Mitbürger zusammenzuknüppeln.«

»Na, darüber wollen wir nicht streiten«, sagte der Polizeioffizier ruhig. »Ich glaube, wir tun alle unsere Pflicht, wie wir sie ansehen, aber wir haben nicht alle den gleichen Standpunkt.« Er hatte sein Glas ausgetrunken und sich zum Gehen gewandt, als sein Blick auf das Gesicht von Jack McMurdo fiel, der schweigend neben ihm gestanden hatte. »Hallo!« rief er und musterte ihn von oben bis unten. »Das ist ja ein alter Bekannter!«

McMurdo wich vor ihm zurück.

»Ich bin nie Ihr Freund oder der eines anderen verdammten Polizisten gewesen«, sagte er.

»Ein Bekannter ist nicht immer ein Freund«, erwiderte Marwin lächelnd. »Sie sind Jack McMurdo aus Chikago, leugnen Sie es nicht.«

McMurdo zuckte die Achseln.

»Ich leugne es nicht«, sagte er. »Glauben Sie, ich schäme mich meines Namens?«

»Sie hätten immerhin Anlaß dazu.«
»Was, zum Henker, meinen Sie damit?« schrie McMurdo mit geballten Fäusten.
»Nein, nein. Jack – trumpfen Sie nicht auf! Ich war Polizeioffizier in Chikago, ehe ich in dieses verdammte Kohlenloch kam, und ich kenne einen Gauner aus Chikago, wenn ich ihn sehe.«
McMurdo erblaßte.
»Sie sind doch nicht Marwin vom Präsidium in Chikago!« rief er.
»Genau derselbe alte Teddy Marwin, zu dienen. Wir haben den Mord an Jonas Pinto da oben noch nicht vergessen.«
»Ich habe ihn nicht umgebracht.«
»Ach nein? Das ist eine gute unparteiische Aussage, nicht wahr? Na, sein Tod kam Ihnen ja unwahrscheinlich gelegen, oder Sie wären drangewesen wegen des Schmeißens der Blüten. Aber wir können unter uns die Sache vergessen. Vielleicht überschreite ich meine Befugnisse, aber ich will Ihnen sagen, daß wir bis heute keinen klaren Beweis gegen Sie erbracht haben. Sie können ruhig wieder nach Chikago gehen.«
»Hier gefällt es mir sehr gut.«
»Nun gebe ich Ihnen den guten Tip, und Sie mürrischer Hund sagen nicht einmal danke.«
»Sie meinen es wahrscheinlich gut, und ich danke Ihnen«, sagte McMurdo nicht sehr höflich.
»In Ordnung, solange ich sehe, daß Sie ein anständiges Leben führen«, sagte der Captain. »Aber lassen Sie sich nicht auf unrechten Wegen erwischen, dann sieht die Sache anders aus! Na, gute Nacht jetzt – und gute Nacht, Councillor.«
Mit seinen Worten hatte Marwin einen Helden geschaffen. McMurdos Taten im fernen Chikago hatten schon als Gerücht kursiert, aber er hatte alle Fragen mit einem bescheidenen Lächeln abgewehrt. Jetzt war die Sache offiziell bestätigt. Er konnte viel trinken, ohne daß sich eine Wirkung zeigte, aber wenn ihn an jenem Abend nicht sein Freund Scanlan nach Hause gebracht hätte, dann hätte der gefeierte Held die Nacht bestimmt unter der Theke verbracht.
An einem Samstagabend wurde McMurdo in die Loge eingeführt.

Er hatte geglaubt, es werde ohne Zeremonien vor sich gehen, weil er schon in Chikago unter die Freimaurer aufgenommen worden war; in Vermissa gab es aber besondere Riten, auf die sie sehr stolz waren und denen jeder Neuling unterworfen wurde. Die Brüder trafen sich in einem großen Raum des Hauses von McGinty, der für solche Zwecke vorgesehen war. Etwa sechzig Männer kamen zusammen, aber sie stellten keineswegs die ganze Organisation dar, denn es gab noch mehrere andere Logen im Tal und weitere auf den Bergen zu jeder Seite, die Mitglieder untereinander austauschten, wenn sie etwas Ernstliches vorhatten, so daß ein Verbrechen immer von Männern begangen wurde, die fremd im Ort waren. Insgesamt waren nicht weniger als fünfhundert Mitglieder im Kohlengebiet verteilt.

In dem kahlen Raum versammelten sich die Männer um einen langen Tisch. Daneben stand ein zweiter, beladen mit Flaschen und Gläsern, denen manche der Männer schon ihre Blicke zuwandten. McGinty saß am Kopfende, eine flache schwarze Samtmütze auf dem Kopf und eine purpurne Stola um den Hals, so daß er einem Priester glich, der ein teuflisches Ritual im Schilde führt. Rechts und links von ihm saßen die höheren Logenbeamten, unter ihnen Ted Baldwin. Jeder von diesen trug eine Schärpe oder eine Medaille an einer Kette als Zeichen seines Amtes. Meist waren sie Männer von reiferem Alter, aber der Rest der Versammlung bestand aus jungen Burschen im Alter von achtzehn bis fünfundzwanzig Jahren, den willigen Werkzeugen ihrer Oberen. Unter den älteren Männern gab es einige, deren Züge die wilden, tigerhaften Naturen erraten ließen, aber bei einem Blick auf die große Masse der Brüder war es schwer zu glauben, daß diese frischen und aufgeschlossenen Gesichter einer gefährlichen Bande von Mördern gehörten, deren Moral so ins Gegenteil verkehrt war, daß sie mit abscheulichem Stolz sich ihrer Tüchtigkeit bei ihren Verbrechen rühmten und mit der größten Hochachtung zu einem Mann aufsahen, der den Ruf genoß, »eine saubere Sache zu drehen«. In ihren verkehrten Begriffen erschien es ihnen ehrlich und anständig, sich zur Vernichtung eines Menschen zur Verfügung zu stellen, der ihnen persönlich nichts zuleide getan hatte und den sie meist gar nicht kannten. War das Verbrechen begangen, so stritten sie miteinander, wer den tödlichen Schlag geführt hatte, und amüsierten sich und die anderen mit der Beschreibung der Schreie und der Todesqual des Ermordeten. Anfangs waren sie noch heimlich vorgegangen, aber zu der Zeit, von der dieser Bericht erzählt, gingen sie ganz offen vor, denn das ständige Versagen der Polizei ihnen gegenüber hatte ihnen bewiesen, daß sie unangreifbar waren. Niemand wagte als Zeuge gegen sie aufzutreten; sie hatten eine unbegrenzte Zahl von Entlastungszeugen zur Hand, auf die sie sich verlassen konnten, und verfügten über eine wohlgefüllte Kriegskasse, aus der sie die besten Verteidiger des Staates bezahlten. In zehn langen Jahren war nicht ein einziger von ihnen überführt worden, und die einzige Gefahr, die ihnen je drohte, war das Opfer selbst, das, auch wenn es überrascht wurde, in seiner Verzweiflung gelegentlich einen der Angreifer zu töten vermochte.

McMurdo war gewarnt worden, daß ihm eine Prüfung bevorstehe, aber niemand wollte ihm sagen, worin sie bestand. Er wurde nun von zwei Brüdern feierlich hinausgeführt. Durch die Bretterwand konnte er das Gemurmel vieler Stimmen in der Versammlung hören. Ein- oder zweimal schnappte er seinen Namen auf. Dann trat ein Zeremonienmeister mit einer grüngoldenen Schärpe über der Brust zu ihm hinaus.

»Der Logenmeister befiehlt, ihn gebunden und mit verhüllten Augen hineinzuführen«, sagte er. Die drei Männer zogen ihm die Jacke aus, streiften seinen rechten Hemdsärmel hoch und banden ihm oberhalb des Ellbogens die Arme am Körper fest. Dann setzten sie ihm eine schwarze Kappe auf den Kopf, die bis zur Nasenspitze hinabreichte, so daß er nichts sehen konnte. Er wurde in den Versammlungsraum geführt.

Unter der Kopfhaube war es pechschwarz und heiß. Er hörte, daß die Männer um ihn herum flüsterten, und dann drang die Stimme McGintys dumpf und fern an seine verhüllten Ohren.

»John McMurdo«, sagte die Stimme, »bist du schon Freimaurer?«

Er verneigte sich zustimmend.

»Du gehörst der Loge 29 in Chikago an?«

Er verneigte sich wieder.
»Dunkle Nächte sind gefährlich«, sagte die Stimme.
»Ja, für Fremde auf der Reise«, antwortete er.
»Die Wolken sind schwer.«
»Ja, es kommt ein Gewitter.
»Sind die Brüder zufrieden?« fragte der Meister.
Ein zustimmendes Gemurmel erhob sich.
»Durch dein Zeichen und Gegenzeichen wissen wir, daß du tatsächlich einer von uns bist«, sagte McGinty. »Wisse indessen, daß wir in dieser Gegend bestimmte Riten und Gebräuche haben, die einen ganzen Mann erfordern. Bist du bereit?«
»Ich bin es.«
»Hast du ein tapferes Herz?«
»Ich habe es.«
»Tritt einen Schritt vor, um es zu beweisen.«
Als diese Worte erklangen, fühlte er zwei harte Spitzen auf seinen Augen, die so fest darauf drückten, daß es schien, er könne sich nicht vorwärtsbewegen, ohne sie zu verlieren. Trotzdem ermannte er sich und trat energisch einen Schritt vorwärts. Dabei verschwand der Druck auf den Augen. Ein beifälliges Gemurmel ertönte.
»Er ist tapfer«, sagte die Stimme. »Kannst du Schmerz ertragen?«
»So gut wie ein anderer«, antwortete er.
»Prüft ihn!«
Er konnte sich nur mit Mühe beherrschen, nicht aufzuschreien, denn ein entsetzlicher Schmerz durchfuhr seinen Unterarm. Er wurde fast ohnmächtig davon und biß die Zähne zusammen und ballte seine Fäuste, um seine Leiden zu verbergen. – »Ich kann noch mehr aushalten«, sagte er.
Diesmal gab es lauten Beifall. Besser hatte niemand die Probe in der Loge überstanden. Die Anwesenden klopften ihm lobend auf die Schultern und zogen ihm die Kappe vom Kopf. Lächelnd und im Licht blinzelnd nahm er die Glückwünsche entgegen.
»Ein letztes Wort, Bruder McMurdo«, sagte McGinty. »Du hast schon den Eid der Treue und Geheimhaltung geschworen und weißt, daß die Strafe für jeden Verrat der augenblickliche und unvermeidliche Tod ist?«

»Ich weiß es«, sagte McMurdo.
»Und du unterwirfst dich dem Spruch des jeweiligen Meisters vom Stuhl unter allen Umständen?«
»Ich unterwerfe mich«, sagte McMurdo.
»Dann heiße ich dich im Namen der Loge 341 in Vermissa willkommen. Setz die Getränke auf den Tisch, Bruder Scanlan, und dann wollen wir auf das Wohl unseres neuen Bruders trinken.«
Man brachte McMurdo die Jacke, aber ehe er sie anlegte, musterte er seinen rechten Arm, der noch immer heftig schmerzte. Auf dem Fleisch war der klare Abdruck eines Kreises mit einem Dreieck darin zu sehen, tief und rot, wie ihn das Brandeisen hinterlassen hatte. Einige seiner Nachbarn streiften ihre Ärmel hoch und zeigten ihm ihr Logenzeichen.
»Wir haben es alle bekommen«, sagte einer, »aber wir waren nicht alle so tapfer wie du.«
»Ach was, das war gar nichts«, sagte er, während sein Arm schmerzte und brannte.
Als genug getrunken war, wurde die Arbeitsloge fortgesetzt. McMurdo war nur an die prosaischen Logen in Chikago gewöhnt und lauschte mit offenen Ohren und mehr Erstaunen, als er zu zeigen wagte, dem Folgenden.
»Zunächst muß ich einen Brief von Meister Windle von der Loge 249, Merton County, vorlesen«, sagte McGinty. »Er lautet: ›Lieber Bruder, gegen Andrew Rae von Rae & Sturmash, Kohlenwerksbesitzer hier in der Nähe, muß etwas unternommen werden. Du wirst Dich erinnern, daß uns Deine Loge einen Gegendienst schuldet, da Ihr die Dienste zweier Brüder von uns wegen des Polizisten im letzten Herbst in Anspruch genommen habt. Wenn Du zwei gute Leute sendest, wird sich Schatzmeister Higgins von unserer Loge, dessen Adresse Dir bekannt ist, ihrer annehmen. Er wird ihnen zeigen, was sie tun müssen und wo sie es tun müssen. Mit brüderlichem Gruß Dein J. W. Windle.‹ Windle hat sich nie geweigert, wenn wir ein oder zwei Leute von seiner Loge haben wollten, und deshalb können wir uns nicht weigern, ihm den Gefallen zu tun.« McGinty hielt inne und sah sich mit seinem stumpfen drohenden Blick um. »Wer meldet sich freiwillig?«

Einige junge Burschen hoben die Hände. Der Meister sah sie mit zustimmendem Lächeln an.
»Gut, Tiger Cormac. Wenn du das so gut erledigst wie das letztemal, ist es in Ordnung. Und du, Wilson.«
»Ich habe keine Pistole«, sagte der Freiwillige, ein junger, noch nicht zwanzigjähriger Bursche.
»Es ist dein erster, nicht wahr? Na, wir haben alle einmal unsere Bluttaufe erlebt. Das wird ein großartiger Anfang für dich sein. Und die Pistole, die wartet schon auf dich. Wenn ihr euch am Montag meldet, wird es früh genug sein. Wir werden euch einen großen Empfang bereiten, wenn ihr zurückkehrt.«
»Gibt es diesmal eine Belohnung?« fragte Cormac, ein untersetzter, brutal aussehender junger Mann mit dunklem Gesicht, dessen Wildheit ihm den Beinamen »Tiger« eingetragen hatte.
»Ach was, Belohnung! Ihr tut es für die Ehre. Vielleicht finden sich, wenn es erledigt ist, ein paar Dollar.«
»Was hat der Mann getan?« fragte der junge Wilson.
»Es schickt sich nicht für euch, zu fragen, was der Mann getan hat. Er ist von denen dort verurteilt worden, und das geht uns nichts an. Wir haben nichts weiter zu tun, als ihren Spruch auszuführen, genau wie sie es für uns tun würden. Ehe ich es vergesse: Zwei Brüder von der Loge in Merton kommen nächste Woche zu uns, um für uns etwas zu erledigen.«
»Wer?« fragte jemand.
»Wirklich, es ist besser, wenn ihr nicht fragt. Wenn ihr nichts wißt, könnt ihr nichts aussagen, und dann gibt es keine Schwierigkeiten. Aber es sind Männer, die eine Sache ordentlich erledigen, die sie in die Hand nehmen.«
»Und es wird auch Zeit!« rief Ted Baldwin. »Die Leute werden hier zu übermütig. Erst letzte Woche wurden drei von unseren Männern von dem Vorarbeiter Blaker zurückgewiesen. Er hatte es schon lange verdient und wird es heimgezahlt bekommen.«
»Was heimgezahlt?« fragte McMurdo flüsternd seinen Nachbarn.
»Eine Büchsenladung!« rief der Mann mit einem lauten Lachen. »Wie gefallen dir unsere Methoden, Bruder?«
McMurdos Verbrecherseele schien sich in dieser üblen Gesellschaft,

deren Mitglied er jetzt war, wohl zu fühlen. »Sie gefallen mir gut«, sagte er. »Das ist der richtige Ort für einen Mann wie mich.« Die Männer in seiner Nähe hörten seine Worte und lachten beifällig.

»Was ist los?« rief McGinty vom Ende des Tisches herüber.

»Es ist nur unser neuer Bruder, der das alles nach seinem Geschmack findet.«

McMurdo erhob sich für einen Augenblick.

»Ich möchte sagen, daß ich es als eine Ehre auffassen würde, für so eine Aufgabe bestimmt zu werden, wenn der Loge ein Mann dafür fehlt.«

Darauf gab es großen Beifall. Die Männer hatten das Gefühl, daß eine neue Sonne am Horizont aufgetaucht sei. Einigen der älteren schien dies etwas verfrüht.

»Ich schlage vor«, sagte der Archivar Harraway, ein alter Graubart mit einem Geiergesicht, der neben McGinty saß, »daß Bruder McMurdo wartet, bis die Loge es für richtig befindet, ihn zu beschäftigen.«

»So habe ich es gemeint. Ich stehe euch zur Verfügung«, sagte McMurdo.

»Deine Zeit wird kommen, Bruder«, sagte McGinty. »Wir wissen, daß du guten Willen hast, und wir glauben, daß du bei uns gute Arbeit leisten wirst. Wir haben heute eine Kleinigkeit vor, an der du teilnehmen kannst, wenn du willst.«

»Ich warte lieber auf etwas Größeres.«

»Du kannst heute trotzdem kommen, damit du kennenlernst, was wir hier vertreten. Ich werde später sagen, worum es sich handelt. Vorläufig« – er warf einen Blick auf das vor ihm liegende Papier – »habe ich euch noch ein paar Sachen zu sagen. Zunächst muß ich den Schatzmeister nach dem Stand unseres Bankkontos fragen. Wir müssen an die Witwe Jim Carnaways eine Pension zahlen. Er ließ sein Leben im Dienste der Loge, und wir müssen dafür sorgen, daß sie keine Not leidet.«

»Jim wurde vergangenen Monat erschossen, als sie versuchten, Chester Wilcox aus Marley Creek zu töten«, sagte McMurdos Nachbar zu dem neuen Bruder.

»Wir stehen uns im Augenblick ganz gut«, sagte der Schatzmeister mit dem Bankauszug vor sich. »Die Firmen sind letzthin großzügig gewesen. Max Linder & Co. haben fünfhundert gezahlt, damit sie in Ruhe gelassen werden. Walker Bros. haben hundert geschickt, aber ich hielt es für besser, den Scheck zurückzugeben und fünfhundert zu verlangen. Wenn der Scheck nicht bis Mittwoch eintrifft, wird es einen Schaden an ihrem Förderturm geben. Letztes Jahr haben wir auch so etwas machen müssen, damit sie vernünftig wurden. Dann hat die West Section Coaling Company ihren Jahresbeitrag gezahlt. Wir haben genug, um unseren Verpflichtungen nachkommen zu können.«

»Was ist mit Archie Swindon?« fragte einer der Männer.

»Er hat verkauft und ist fortgegangen. Der alte Schurke hat uns einen Brief geschrieben, er wolle lieber ein freier Straßenkehrer in New York als ein Bergwerksbesitzer in der Macht einer Erpresserbande sein. Er hatte Glück, daß er schon fort war, ehe der Brief uns erreichte. Swindon wird es wohl nicht wagen, sich hier noch einmal blicken zu lassen.«

Ein älterer glattrasierter Mann mit einem freundlichen Gesicht und einer schönen Stirn erhob sich an dem Tischende, das dem Logenmeister gegenüberlag.

»Bruder Schatzmeister«, sagte er, »darf ich fragen, wer den Besitz des Mannes erworben hat, den wir vertrieben haben?«

»Ja, Bruder Morris. Den hat die State-and-Merton-County-Eisenbahngesellschaft gekauft.«

»Und wer kaufte die Bergwerke von Todman und von Lee, die im letzten Jahr auf die gleiche Weise frei wurden?«

»Dieselbe Gesellschaft, Bruder Morris.«

»Und wer hat die Eisenwerke von Manson und von Shuman und von van Deher und von Atwood gekauft, die letzthin alle frei geworden sind?«

»Sie wurden alle von der West Gilmerton General Mining Company gekauft.«

»Ich begreife nicht, Bruder Morris«, sagte der Logenmeister, »warum es uns interessieren soll, wer sie kauft. Sie können sie ja nicht fortschleppen.«

»Mit Verlaub, ich glaube, daß es uns sehr viel angeht. So ist es schon seit zehn Jahren. Wir vertreiben allmählich die kleineren Unternehmer. Und was ist das Ergebnis? An ihre Stelle treten große Gesellschaften wie die Eisenbahn oder die General Iron, deren Direktoren in New York oder Philadelphia sitzen und sich nicht um unsere Drohungen kümmern. Wir können es an den Beamten auslassen, aber das bedeutet nur, daß andere an ihrer Stelle hergeschickt werden. Und wir machen es für uns selber gefährlich. Die kleinen Unternehmer konnten nichts gegen uns machen, denn dazu hatten sie weder das Geld noch die Macht. Solange wir sie nicht ganz ausquetschten, blieben sie in unserer Gewalt. Aber wenn die großen Gesellschaften entdecken, daß wir zwischen ihnen und den Profiten stehen, werden sie keine Mühe und keine Unkosten scheuen, um uns zur Strecke, das heißt vor Gericht, zu bringen.«

Bei diesen Worten breitete sich ein bedrücktes Schweigen aus, und die Gesichter verdunkelten sich. Sie waren so allmächtig und unangreifbar gewesen, daß der Gedanke, ihre Taten könnten sich rächen, gar nicht aufgekommen war. »Ich möchte empfehlen«, fuhr der Sprecher fort, »auf die kleinen Unternehmer weniger Druck auszuüben. An dem Tag, an dem wir sie alle vertrieben haben, wird es mit unserer Macht zu Ende sein.«

Unwillkommene Wahrheiten sind nie beliebt. Ärgerliche Ausrufe ertönten, als Morris wieder Platz nahm. McGinty erhob sich mit gerunzelter Stirn.

»Bruder Morris«, sagte er, »du warst schon immer ein Schwarzseher. Solange die Mitglieder der Loge zusammenhalten, gibt es keine Macht in der Welt, die ihnen gefährlich werden kann. Hat sich das nicht oft genug vor den Gerichten erwiesen? Ich glaube, die großen Gesellschaften werden es bequemer finden, zu zahlen, als uns zu bekämpfen, genau wie die kleinen Unternehmer. Und jetzt, Brüder« – McGinty nahm seine schwarze Samtmütze und seine Stola ab, während er sprach –, »hat diese Loge ihre Arbeit beendet, außer einer kleinen Angelegenheit, die erledigt werden kann, wenn wir auseinandergehen. Jetzt ist die Zeit für unseren Gesang gekommen.«

Die menschliche Natur ist etwas Seltsames. Da saßen diese Männer, denen Mord etwas ganz Vertrautes war, die immer wieder einen Familienvater getötet hatten, einen Mann, gegen den sie keinen persönlichen Haß empfanden, denen Mitleid mit dessen Frau oder hilflosen Kindern völlig fremd war – und doch konnte Musik sie zu Tränen rühren. McMurdo hatte einen schönen Tenor, und wenn er nicht schon die Wertschätzung seiner Logenbrüder besessen hätte, dann wäre sie ihm zuteil geworden, als er »I'm sitting on the Stile, Mary« und »On the Banks of Allan Water« sang.
Am ersten Abend schon hatte sich der neue Bruder in der Loge beliebt gemacht. Es gehörten freilich noch andere Eigenschaften dazu, ein hierzulande anerkannter Freimaurer zu sein, und von diesen erlebte er ein Beispiel, noch ehe der Abend vorüber war. Die Whiskyflasche hatte fleißig die Runde gemacht, und die Männer waren erhitzt, als ihr Logenmeister sich abermals erhob und das Wort an die Versammlung richtete.
»Jungs«, sagte er, »es gibt einen Mann in der Stadt, der zurechtgetrimmt werden muß, und das sollt ihr besorgen. Ich spreche von James Stanger vom ›Herald‹. Habt ihr gesehen, wie er wieder gegen uns kläfft?«
In das zustimmende Gemurmel mischten sich einige Flüche. McGinty zog ein Stück Papier aus der Westentasche.
»›Recht und Ordnung!‹ Das ist die Überschrift. ›Schreckensherrschaft im Kohle- und Eisengebiet. Zwölf Jahre sind jetzt seit den ersten Morden vergangen, die bewiesen, daß unter uns eine Verbrechergesellschaft existiert. Von diesem Tage an hörten diese Untaten niemals auf, und jetzt haben sie einen Gipfel erreicht. Wir sind zum Schandfleck der zivilisierten Welt geworden. Öffnet unser großes Land zu diesem Zweck seine Grenzen für Ausländer, die vor dem Despotismus in Europa fliehen? Sollen sie zu Tyrannen der Menschen werden, die ihnen Asyl gewähren? Soll unter dem Schutz unseres Sternenbanners der Freiheit ein Regime des Schrekkens und der Gesetzlosigkeit errichtet werden? Ein Regime, das uns Entsetzen einjagen würde, wenn es unter dem brutalsten aller Monarchen bestünde? Die Männer sind bekannt. Ihre Organisation ist alles andere als geheim. Wie lange sollen wir es noch er-

tragen? Können wir je...‹ Ach, ich habe genug von dem Unsinn gelesen!« rief McGinty und warf das Papier zusammengeknüllt auf den Tisch. »Das schreibt der von uns. Ich frage euch: Was wollen wir mit ihm machen?«
»Töten!« rief ein Dutzend wilder Stimmen.
»Dagegen protestiere ich«, sagte Bruder Morris. »Ich sage euch, Brüder, daß wir hier im Tal zu scharf vorgehen und daß wir an einen Punkt gelangen werden, wo sich alle aus reiner Notwehr gegen uns vereinigen. James Stanger ist ein alter Mann, angesehen in der Stadt und in der ganzen Umgebung. Seine Zeitung ist das Sprachrohr aller Achtbaren im Tal. Wenn wir diesen Mann strafen, wird es im ganzen Land Aufsehen erregen und mit unserer Vernichtung enden.«
»Und wie soll die Vernichtung vor sich gehen, Mister Hasenfuß?« rief McGinty. »Etwa durch die Polizei? Die Hälfte davon haben wir bestochen, die andere Hälfte hat Angst vor uns. Oder durch Gerichte und Richter? Mit denen haben wir ja unsere Erfahrungen, und es ist uns nie etwas dabei geschehen.«
»Es gibt einen Richter Lynch, der über diesen Fall entscheiden könnte«, sagte Bruder Morris.
Ein allgemeiner Aufschrei der Empörung war die Antwort auf seine Bemerkung.
»Ich brauche nur den Finger zu heben«, sagte McGinty, »und ich könnte zweihundert Männer in diese Stadt bringen, die sie von einem Ende zum anderen aufräumen würden.« Dann erhob er plötzlich seine Stimme und runzelte in einem erschreckenden Unmut die Stirn: »Höre, Bruder Morris, du bist mir schon eine ganze Zeit lang aufgefallen. Du hast selber keinen Mut und versuchst, anderen den Mut zu nehmen. Es wäre schlecht für dich, Bruder Morris, wenn dein eigener Name auf unserer Liste stünde, und ich glaube, daß er darauf gehört.«
Morris war totenblaß geworden, und seine Beine schienen ihn nicht mehr zu tragen, so daß er auf seinen Stuhl zurücksank. Er hob mit zitternder Hand sein Glas und trank, ehe er antworten konnte.
»Ich bitte dich, verehrungswürdiger Meister, und jeden anderen Bruder der Loge um Entschuldigung, wenn ich mehr gesagt habe,

als ich sollte. Ich bin ein treuer Bruder – ihr alle wißt das –, und nur meine Furcht, daß es der Loge schlecht ergehen könnte, ließ mich so ängstliche Worte gebrauchen. Aber ich vertraue deinem Urteilsvermögen mehr als meinem eigenen, verehrungswürdiger Meister, und verspreche, daß ich nicht wieder Anlaß zum Tadel geben werde.«

Die Stirn des Logenmeisters glättete sich, als er den ergebenen Worten lauschte.

»Nun gut, Bruder Morris. Ich selbst würde es bedauern, wenn es nötig sein sollte, dir eine Lektion zu erteilen. Aber solange ich Logenmeister bin, werden wir eine in Wort und Tat einige Loge sein. Und nun, Jungs«, fuhr er fort und sah sich im Kreise um, »will ich nur soviel sagen – wenn Stanger das bekäme, was er verdient, gäbe es mehr Aufsehen, als wir wünschen. Diese Zeitungsleute hängen alle zusammen, und jedes Blatt in der ganzen Gegend würde nach Polizei und Truppen rufen. Aber ich glaube, ihr könnt ihm auch ohne das eine kräftige Warnung angedeihen lassen. Willst du dich darum kümmern, Bruder Baldwin?«

»Gern!« sagte der junge Mann eifrig.

»Wieviel Mann nimmst du?«

»Ein halbes Dutzend und zwei als Wache an der Tür. Du kommst, Gower, und du, Mansel, und du, Scanlan, und die beiden Willabys.«

»Ich habe dem neuen Bruder versprochen, daß er mitkommen darf«, sagte McGinty.

Ted Baldwin sah McMurdo mit einem Blick an, der zeigte, daß er weder vergessen noch vergeben hatte.

»Er kann ja mitkommen, wenn er will«, sagte er mürrisch. »Das genügt. Je eher wir an die Arbeit gehen, um so besser.«

Die Versammlung ging auseinander. In der Bar drängten sich noch die Gäste, und viele der Brüder blieben dort. Die kleine Schar, die für den Racheakt eingeteilt war, trat auf die Straße und machte sich zu zweien und zu dreien, um kein Aufsehen zu erregen, auf den Weg. Es war eine bitter kalte Nacht. Der Halbmond stand hell am frostklaren Himmel. Die Männer versammelten sich in einem Hof vor einem großen Gebäude, das zwischen den hellerleuchteten

Fensterreihen in goldenen Lettern den Namen »Vermissa Herald« trug. Aus dem Innern des Gebäudes hörte man das Rasseln einer Druckpresse.

»Du kannst hier unten an der Tür bleiben und sehen, daß für uns der Weg frei bleibt«, sagte Baldwin zu McMurdo, »und Arthur Willaby kann bei dir bleiben. Ihr anderen kommt mit mir. Keine Angst, Jungs, wir haben ein Dutzend Zeugen, daß wir in diesem Augenblick in der Bar sind.«

Es war fast Mitternacht, und die Straße war verlassen bis auf ein paar verspätete Passanten. Die anderen stießen die Tür zum Zeitungsgebäude auf und eilten die Treppe hinauf. McMurdo blieb mit seinem Gefährten unten. Von oben hörten sie einen Ruf, einen Hilfeschrei und dann das Geräusch eilender Füße und fallender Stühle. Einen Augenblick später erschien ein grauhaariger Mann auf dem Treppenabsatz. Ehe er fliehen konnte, wurde er ergriffen. Seine Brille zersplitterte zu McMurdos Füßen. Er hörte einen dumpfen Schlag und dann ein Stöhnen, und ein halbes Dutzend Stöcke schlugen aufeinander, als sie sich auf seinem Körper trafen. Das Opfer wand sich, und seine langen dünnen Glieder zuckten unter den Schlägen. Die anderen hörten schließlich auf, aber Baldwin, mit einem teuflischen Lächeln auf seinem grausamen Gesicht, hieb weiter auf den Kopf des Mannes ein, der sich vergeblich bemühte, ihn mit seinen Armen zu schützen. Sein graues Haar färbte sich mit Blut. Baldwin beugte sich noch immer über sein Opfer und versetzte ihm scharfe Schläge, wenn er einen Teil des Kopfes ungeschützt sah, als McMurdo die Treppe hinaufstürmte und ihn zurückstieß.

»Du tötest den Mann«, sagte er, »laß es sein!«

Baldwin sah ihn mit dem größten Erstaunen an.

»Verdammt!« rief er. »Wie kannst du es wagen, dich einzumengen — ausgerechnet du, ein Neuer? Zurück!« Er erhob seinen Stock, aber McMurdo hatte seine Pistole gezogen.

»Selber zurück!« rief er. »Ich schieße dich über den Haufen, wenn du mich zu schlagen wagst. Der Befehl lautet ausdrücklich, den Mann nicht zu töten, und du tust nichts anderes, als ihn totzuschlagen.«

»Er hat recht«, bemerkte einer der Männer.
»Beeilt euch lieber!« rief der Mann unten. »Die Fenster werden hell, und in fünf Minuten sind sie alle hinter uns her!«
Man hörte tatsächlich Rufe auf der Straße, und in dem Saal unten rafften sich einige Setzer und Metteure zu einer Hilfsaktion auf. Die Logenbrüder ließen den zerschlagenen Körper des Redakteurs liegen, eilten auf den Hof hinunter und auf die Straße hinaus. In der Bar angelangt, mischten sich einige in die Menge der Gäste und flüsterten McGinty zu, daß sie den Auftrag ausgeführt hätten. Die anderen, unter ihnen McMurdo, verteilten sich in den Seitenstraßen und gelangten auf Umwegen nach Hause.

Als McMurdo am nächsten Morgen erwachte, besaß er allen Grund, sich an seine Einverbrüderung zu erinnern. Vom Alkohol hatte er Kopfschmerzen, und sein Arm, der das Brandmal erhalten, schmerzte und war geschwollen. Da er über seine eigene besondere Einkommensquelle verfügte und deshalb nur unregelmäßig zur Arbeit ging, blieb er nach dem späten Frühstück zu Hause und schrieb einen langen Brief an einen Freund. Danach las er den »Vermissa Herald«. In eine der Spalten war im letzten Augenblick unter der Überschrift »Überfall auf unser Redaktionsbüro, Redakteur schwer verletzt« ein Bericht eingefügt worden. Mit den darin geschilderten Tatsachen war McMurdo besser vertraut als der Verfasser. Der Bericht endete mit der Feststellung: »Die Sache ist jetzt in den Händen der Polizei, aber man darf wohl kaum hoffen, daß ihre Bemühungen bessere Ergebnisse haben werden als in der Vergangenheit. Einige der Männer sind erkannt worden, und es besteht Hoffnung, daß in ihrem Fall eine Überführung gelingt. Der Ursprung des Überfalls muß, wie wohl kaum zu sagen nötig ist, in der verbrecherischen Gesellschaft gesucht werden, die unsere Stadt so lange tyrannisiert hat und gegen die der ›Herald‹ immer unmißverständlich Stellung bezog. Mr. Stangers zahlreiche Freunde werden sich freuen, zu erfahren, daß keine unmittelbare Gefahr für sein Leben besteht, obwohl er grausam und brutal geschlagen wurde und zahlreiche Verletzungen am Kopf erlitt.«

Darunter stand noch, daß eine Wache der Coal and Iron Police, bewaffnet mit Winchesterbüchsen, zum Schutz der Redaktion angefordert worden sei.

McMurdo hatte die Zeitung aus der Hand gelegt und zündete seine Pfeife an, als es an der Tür klopfte und seine Wirtin ihm einen Brief gab, den gerade ein Junge gebracht hatte. Der Brief war nicht unterschrieben und lautete: »Ich möchte mit Ihnen sprechen, scheue mich aber, das bei Ihnen zu Hause zu tun. Sie finden mich neben der Fahnenstange auf dem Miller Hill. Wenn Sie jetzt dort hinkommen, werde ich Ihnen etwas für uns beide Wichtiges zu sagen haben.«

McMurdo las diese Mitteilung zweimal mit der größten Überraschung, denn er konnte sich nicht denken, was sie bedeutete oder von wem sie stammte. Wäre es eine weibliche Handschrift gewesen, dann hätte er sich vorstellen können, daß der Brief das Vorspiel eines jener Abenteuer darstellte, wie sie ihm aus seiner Vergangenheit wohlbekannt waren. Aber der Brief war zweifellos von einem Mann geschrieben, noch dazu von einem gebildeten. Schließlich, nach einigem Zögern, beschloß er, hinzugehen.

Der Miller Hill war ein schlechtgepflegter öffentlicher Park in der Mitte der Stadt. Im Sommer wurde er viel besucht, aber im Winter war er einsam. Von seiner Spitze aus übersah man nicht nur die ganze schmutzige Stadt, sondern auch einen großen Teil des gewundenen Tales, in dem zahlreiche Bergwerke und Fabriken den Schnee schwärzten, und die bewaldeten, schneebedeckten Hügel, die das Tal einfaßten. McMurdo schritt den gewundenen, mit immergrünen Hecken eingefaßten Pfad hinauf, bis er das verlassene Restaurant erreichte, das sonst der Mittelpunkt sommerlicher Fröhlichkeit war. Daneben erhob sich eine Fahnenstange, und dort stand ein Mann, der seinen Hut in die Stirn gezogen und den Kragen seines Mantels hochgeschlagen hatte. Als er sich umwandte, erkannte McMurdo Bruder Morris.

»Ich hätte gern mit Ihnen gesprochen, Mr. McMurdo«, sagte der ältere Mann mit einem Zögern, das zeigte, wie unsicher er sich dabei fühlte. »Es ist sehr freundlich von Ihnen, daß Sie gekommen sind.«

»Warum haben Sie den Brief nicht mit Ihrem Namen unterzeichnet?«

»Man muß vorsichtig sein, Mister. In diesen Zeiten weiß man nie, wie sich so etwas rächen kann. Man weiß nicht, wem man trauen soll und wem nicht.«

»Aber man kann sich doch auf die Brüder der Loge verlassen?«

»Nein, nein, nicht immer«, sagte Morris heftig. »Was wir sagen, selbst was wir denken, scheint alles dieser McGinty zu erfahren.«

»Hören Sie mal«, sagte McMurdo mit ernster Miene, »ich habe erst gestern abend unserem Logenmeister Treue geschworen. Wollen Sie mich etwa verleiten, eidbrüchig zu werden?«

»Wenn das Ihr Standpunkt ist«, sagte Morris betrübt, »dann kann ich nur sagen, daß es mir leid tut, Sie hierher bemüht zu haben. Es steht schlecht, wenn sich zwei freie Bürger nicht ihre Gedanken anvertrauen können.«

McMurdo hatte Morris genau beobachtet und gab in seiner starren Haltung etwas nach.

»Ich habe nur für mich selbst gesprochen«, sagte er. »Ich bin ein Neuling hier, wie Sie wissen, und für mich ist das alles noch fremd. Es ist nicht an mir, zuerst zu sprechen, Mr. Morris, und wenn Sie es für richtig halten, mir etwas zu sagen, reden Sie nur.«

»Und Sie geben es an McGinty weiter«, sagte Morris bitter.

»Da tun Sie mir aber sehr unrecht«, rief McMurdo. »Ich selber bin der Loge treu ergeben und sage Ihnen das ganz offen, aber ich wäre ein kläglicher Mensch, wenn ich anderen gegenüber wiederholen würde, was Sie im Vertrauen zu mir sagen. Das erfährt kein Mensch außer mir, aber ich muß Ihnen vorher sagen, daß Sie vielleicht weder Hilfe noch Sympathie bei mir finden.«

»Ich habe es aufgegeben, darauf zu hoffen«, sagte Morris. »Ich gebe vielleicht mein Leben in Ihre Hand mit dem, was ich sage, aber so übel Sie auch sein mögen – und gestern abend schien mir, als seien Sie auf dem Weg, einer der Schlimmsten zu werden –, so sind Sie doch neu in diesen Sachen, und Ihr Gewissen ist noch nicht so verhärtet wie bei den anderen. Deshalb wollte ich mit Ihnen sprechen.«

»Und was haben Sie mir zu sagen?«

»Wenn Sie mich verraten, sollen Sie verflucht sein!«

»Aber ich habe ja gesagt, daß ich das nicht tun werde.«

»Dann möchte ich Sie fragen: Als Sie in Chikago Freimaurer wurden und Treue gelobten, ist Ihnen da je in den Sinn gekommen, daß es Sie auf den Weg des Verbrechens bringen könnte?«

»Wenn Sie es Verbrechen nennen wollen«, antwortete McMurdo.

»Verbrechen nennen!« rief Morris mit vor Leidenschaft bebender Stimme. »Sie haben noch wenig davon gesehen, wenn Sie es für möglich halten, einen anderen Ausdruck zu gebrauchen. War es nicht gestern ein Verbrechen, als ein Mann, der alt genug ist, um Ihr Vater sein zu können, geschlagen wurde, bis das Blut von seinem grauen Haar tropfte? War das ein Verbrechen, oder wie wollen Sie es sonst nennen?«

»Manche könnten vielleicht sagen, ein Kampf«, sagte McMurdo. »Ein schonungsloser Klassenkampf, in dem jeder so hart kämpft, wie er kann.«

»Haben Sie aber an so etwas gedacht, als Sie sich den Freimaurern in Chikago anschlossen?«

»Nein, ich muß zugeben, daß ich das nicht tat.«

»Ich auch nicht, als ich Freimaurer in Philadelphia wurde. Dort war es nichts als ein wohltätiger und geselliger Verein für Gleichgesinnte. Dann hörte ich von dieser Stadt hier – verflucht sei die Stunde, da ihr Name mein Ohr traf! –, und ich dachte, ich könnte mich verbessern. Mein Gott, mich verbessern! Meine Frau und meine drei Kinder kamen mit. Ich fing einen Kurzwarenhandel am Marktplatz an und verdiente gut. Dann wurde bekannt, daß ich Freimaurer war, und ich war gezwungen, der Loge hier beizutreten, genau wie Sie gestern abend. Ich erhielt das Schandzeichen auf den Arm, und etwas viel Schlimmeres wurde mir ins Herz gebrannt. Ich fand mich in der Gewalt eines Verbrechers, in Verbrechen verstrickt. Was konnte ich tun? Jedes Wort, das ich sagte, um die Verbrechen zu mildern oder gar zu verhüten, wurde als Verrat aufgefaßt, genau wie gestern abend. Ich kann nicht fort, denn alles, was ich auf der Welt besitze, steckt in meinem Geschäft. Wenn ich die Loge verlasse, weiß ich, daß es mich das Leben kostet, und Gott weiß, was dann meiner Frau und meinen Kindern geschieht. Oh, es ist schrecklich, ganz schrecklich!« Er stützte die Stirn mit der Hand, als sei sie ihm zu schwer geworden.

McMurdo zuckte die Achseln.

»Sie waren zu weich für diese Sache«, sagte er. »Sie sind nicht der richtige Mann für solche Arbeit.«

»Ich besaß Gewissen und Religion, aber sie haben mich zu einem von ihren Verbrechern gemacht. Ich wurde für einen Auftrag bestimmt. Hätte ich mich weigern sollen? Vielleicht bin ich ein Feigling. Vielleicht ist es der Gedanke an meine Frau und die Kinder, der mich zum Verbrecher machte. Jedenfalls ging ich. Ich werde die Erinnerung nicht los. Es war ein einsames Haus, ein großes

Stück von hier entfernt, jenseits des Berges dort. Ich wurde für die Tür eingeteilt, genau wie Sie gestern abend. Mehr trauten sie mir nicht zu. Die anderen gingen hinein. Als sie herauskamen, waren ihre Hände bis über die Gelenke rot. Als wir gingen, schrie hinter uns im Haus ein Kind. Es war ein fünfjähriger Junge, der gesehen hatte, wie sein Vater ermordet wurde. Ich war vor Entsetzen fast ohnmächtig, mußte aber zu alldem ein freudiges Gesicht machen, denn ich wußte genau, wenn ich es nicht tat, würden sie das nächstemal aus meinem Haus kommen mit ihren blutigen Händen, und mein kleiner Fred würde es sein, der nach seinem Vater schrie. Aber ich war ein Verbrecher, ein Mitschuldiger an einem Mord, für immer in dieser Welt verloren und auch verloren in der nächsten. Ich bin ein guter Katholik, aber der Priester wollte nichts mit mir zu tun haben, als er hörte, daß ich ein Scowrer bin, und ich wurde exkommuniziert. So steht es um mich, und ich sehe Sie auf dem gleichen Weg und frage Sie, wie es enden soll! Sind Sie gewillt, auch ein kaltblütiger Mörder zu werden, oder können wir es verhindern?«

»Was wollen Sie tun?« fragte McMurdo kurz. »Sie werden doch nicht Anzeige erstatten?«

»Um Himmels willen!« rief Morris. »Schon der Vorsatz würde mich das Leben kosten.«

»Nun gut«, sagte McMurdo, »ich glaube, Sie sind ein schwacher Mensch und machen zuviel aus der Sache.«

»Zuviel! Warten Sie, bis Sie länger hier gelebt haben. Sehen Sie sich das Tal an, eine Wolke aus hundert Schornsteinen liegt darüber. Ich sage Ihnen, die Wolke des Mordes hängt dichter und schwerer über den Köpfen der Menschen als diese. Es ist das Tal der Furcht, das Tal des Todes. Das Entsetzen beherrscht die Herzen der Menschen vom Morgen bis zum Abend. Warten Sie, junger Mann, und Sie werden es selbst erfahren.«

»Ich will Ihnen gern sagen, was ich denke, wenn ich mehr erlebt habe«, sagte McMurdo sorglos. »Aber eins ist mir klar: Sie sind nicht der Mann für solch einen Ort, und je eher Sie hier alles verkaufen, auch wenn Sie nur ein Spottgeld dafür bekommen, um so besser für Sie. Daß Sie sich mir anvertraut haben, wird Ihnen nichts schaden, aber wenn ich einmal annehmen muß, daß Sie ein Denunziant sind . . .«

»Nein, nein!« rief Morris entsetzt.

»Nun, lassen wir es darauf beruhen. Ich werde beherzigen, was Sie gesagt haben, und vielleicht komme ich eines Tages darauf zurück. Sie haben es sicher gut gemeint, daß Sie so mit mir sprechen. Auf Wiedersehen.«

»Ein Wort, ehe Sie gehen«, sagte Morris. »Vielleicht hat man uns zusammen gesehen. Man wird wissen wollen, worüber wir gesprochen haben.«

»Ja, das ist richtig.«

»Ich biete Ihnen eine Stelle im Büro meines Geschäfts an.«

»Und ich lehne sie ab. Darüber haben wir gesprochen. Noch einmal, auf Wiedersehen, Bruder Morris, und hoffentlich finden Sie die Dinge in Zukunft erträglicher.«

Am selben Nachmittag, als McMurdo rauchend und in Gedanken verloren neben dem Ofen in seinem Wohnzimmer saß, ging die Tür auf. McGinty trat herein, machte das Freimaurerzeichen und setzte sich dem jungen Mann gegenüber. Er sah ihm eine Zeitlang unverwandt ins Auge. McMurdo erwiderte ruhig den Blick.

»Ich mache nicht viel Besuche, Bruder McMurdo«, sagte schließlich McGinty. »Die Leute kommen sonst alle zu mir. Aber ich dachte, ich müßte mal eine Ausnahme machen und dich zu Hause besuchen.«

»Es ist mir eine Ehre, Councillor«, antwortete McMurdo herzlich und langte die Whiskyflasche aus dem Schrank. »Eine unerwartete Ehre.«

»Wie geht es dem Arm?« fragte McGinty.

McMurdo verzog das Gesicht. »Nun, ich vergesse ihn nicht«, sagte er. »Aber die Sache ist die Schmerzen wert.«

»Ja«, antwortete der andere, »sie ist es wert, und zwar für alle, die der Loge treu und hilfreich sind. Worüber hast du mit Bruder Morris heute vormittag auf dem Miller Hill gesprochen?«

Die Frage kam so plötzlich, daß er froh war, darauf vorbereitet zu sein. Er brach in ein herzliches Gelächter aus.

»Morris hat keine Ahnung, daß ich hier zu Hause viel Geld verdienen könnte. Er wird es auch nicht erfahren, denn er ist viel zu anständig im Vergleich mit unsereinem. Aber er ist ein gutmütiger alter Esel. Er hatte sich eingeredet, es ginge mir schlecht, und wollte mir eine Stellung in seinem Laden anbieten.«

»Ach, das war es?«

»Ja, das war es.«

»Und du hast abgelehnt?«

»Klar. Ich könnte in vier Stunden das Zehnfache verdienen, wenn ich wollte.«

»Das stimmt. Aber ich würde nicht soviel mit Morris zusammenkommen.«

»Warum?«

»Weil ich es sage. Das genügt den meisten Leuten hier.«

»Das mag den meisten Leuten genügen, aber mir nicht, Councillor«, sagte McMurdo kühn. »Wenn du Menschen kennst, wirst du das wissen.«

Der schwarzhaarige Riese starrte ihn erstaunt an, und seine haarige Pranke umschloß das Glas, als wolle er es McMurdo an den Kopf werfen. Dann lachte er auf seine laute, übertriebene und unaufrichtige Art.

»Du bist schon eine komische Marke«, sagte er. »Wenn du durchaus die Gründe wissen willst, werde ich sie dir sagen. Hat Morris nichts gegen die Loge geäußert?«

»Nein.«

»Und nichts gegen mich?«

»Nein.«

»Na, dann hat er dir nicht getraut. Aber im innersten Herzen ist er kein treuer Bruder. Wir wissen das und beobachten ihn und warten auf den Zeitpunkt, wo wir ihn ermahnen müssen. Meiner Ansicht nach ist dieser Zeitpunkt nahe. Bei uns findet sich kein Platz für ein räudiges Schaf. Und wenn du mit einem Ungetreuen Umgang hast, könnten wir dich auch für untreu halten. Siehst du das ein?«

»Ich werde keinen Umgang mit ihm haben, denn ich mag ihn nicht«, antwortete McMurdo. »Und was die Untreue betrifft: Jeder andere außer dir würde das Wort nicht ein zweites Mal gegen mich gebrauchen.«

»Gut, das genügt«, sagte McGinty und leerte sein Glas. »Ich wollte dir nur rechtzeitig Bescheid sagen.«

»Ich möchte gern wissen«, sagte McMurdo, »wie, in aller Welt, du überhaupt erfahren hast, daß ich mit Morris gesprochen habe.«

McGinty lachte.

»Es ist eben mein Geschäft, zu wissen, was in dieser Stadt vorgeht«, sagte er. »Ich schätze, du rechnest am besten damit, daß ich alles erfahre, was vorgeht. Meine Zeit ist knapp, und ich möchte nur sagen ...«

Aber seine Verabschiedung wurde auf unerwartete Weise unterbrochen. Die Tür krachte auf, und drei argwöhnische Gesichter unter Polizeimützen sahen scharf herein. McMurdo sprang auf und hatte schon einen Revolver halb gezogen, als er merkte, daß zwei Winchesterbüchsen auf seinen Kopf zielten. Ein Mann in Uniform trat ins Zimmer, eine Pistole in der Hand. Es war Captain Marwin, früher in Chikago und jetzt bei der Coal and Iron Police. Er lächelte und schüttelte den Kopf über McMurdo.

»Ich dachte ja, daß Sie wieder auf die unrechte Bahn kommen würden, McMurdo«, sagte er. »Können es nicht lassen, wie? Nehmen Sie Ihren Hut und kommen Sie mit!«

»Dafür werden Sie sich zu verantworten haben, Captain Marwin«, sagte McGinty. »Was fällt Ihnen denn ein, auf diese Weise in ein Haus einzubrechen und ehrlichen, gesetzesfürchtigen Männern nachzustellen?«

»Aus dieser Sache halten Sie sich besser heraus, Councillor McGinty«, sagte der Polizei-Captain. »Es geht nicht um Sie, sondern um diesen McMurdo. Sie müßten uns bei unserer Aufgabe helfen und nicht behindern.«

»Er ist ein Freund von mir, und ich stehe für sein Verhalten ein«, sagte McGinty.

»Wie ich höre, Mr. McGinty, werden Sie bald für Ihr eigenes Verhalten einzustehen haben«, erwiderte Marwin. »McMurdo war ein Verbrecher, ehe er herkam, und er ist immer noch ein Verbrecher. Behaltet ihn im Auge, Leute, während ich ihn entwaffne.«

»Da ist meine Kanone«, sagte McMurdo kalt. »Wenn wir allein wären, Captain Marwin, hätten Sie es nicht so leicht mit mir.«
»Wo ist Ihr Haftbefehl?« fragte McGinty. »Das ist eine kapitalistische Machenschaft, und Sie werden noch von mir hören!«
»Tun Sie, was Sie für Ihre Pflicht halten, Councillor. Wir kümmern uns um unsere.«
»Wessen werde ich beschuldigt?« fragte McMurdo.
»Teilnahme an dem Überfall auf den alten Redakteur Stanger im Büro des ›Herald‹. Es war nicht Ihre Schuld, daß ich Sie nicht wegen Mordes unter Anklage stellen muß.«
»Wenn das alles ist, was Sie gegen ihn haben«, rief McGinty lachend, »können Sie sich viel Mühe sparen, wenn Sie die Sache gleich fallenlassen. McMurdo war bei mir in meiner Bar und hat bis Mitternacht gepokert, und ich kann ein Dutzend Zeugen dafür bringen.«
»Das ist Ihre Sache, und Sie können es morgen vor dem Haftrichter erledigen. Aber Sie kommen jetzt mit, McMurdo, und Sie bleiben dabei ruhig, wenn Sie keinen Gewehrkolben über den Schädel haben wollen. Gehen Sie beiseite, Mr. McGinty, denn ich dulde keinen Widerstand.«
Der Captain wirkte so entschlossen, daß McMurdo und McGinty sich fügten. Dieser tauschte ein paar geflüsterte Worte mit dem Verhafteten, ehe er abgeführt wurde.
»Was ist mit . . .«, er machte mit dem Daumen eine Bewegung, mit der er die Falschmünzerausrüstung meinte.
»Das geht in Ordnung«, flüsterte McMurdo, der sich unter den Dielenbrettern ein sicheres Versteck angelegt hatte.
»Leb wohl«, sagte McGinty und reichte dem andern die Hand. »Ich spreche mit Reilly, dem Anwalt, und kümmere mich selbst um die Verteidigung. Verlaß dich darauf, daß sie dich nicht festhalten können.«
»Ich würde mich nicht darauf verlassen«, mischte sich Marwin ein. »Bewacht ihn gut und schießt, wenn er ausreißt, ihr beiden. Ich durchsuche noch das Haus.«
Marwin fand aber anscheinend nichts von den versteckten Sachen. Er kam mit leeren Händen aus dem Haus und begleitete seine bei-

den Männer und McMurdo zur Polizeistation. Es war unterdessen dunkel geworden, und ein eisiger Wind pfiff um die Häuser, so daß die Straßen fast leer waren. Ein paar Menschen folgten aber der kleinen Gruppe und riefen, durch den Schutz der Dunkelheit ermuntert, Verwünschungen hinter dem Gefangenen her.
»Lyncht den verfluchten Scowrer!« riefen sie. »Lyncht ihn!« Sie lachten und höhnten, als ihn die Polizisten in die Tür der Wache hineinstießen. Nach einer kurzen Überprüfung durch den Wachhabenden wurde er in die Sammelzelle geführt. Dort fand er Baldwin und die drei anderen Verbrecher vom Abend zuvor. Sie waren alle am gleichen Nachmittag verhaftet worden.
Aber selbst in die Polizeiwache reichte der lange Arm der Scowrer. Spät am Abend kam ein Wärter mit einem Bund Stroh für ihr Nachtlager, aus dem er zwei Flaschen Whisky, Gläser und ein Spiel Karten herauszog. Sie verbrachten eine muntere Nacht, ohne einen Gedanken an das zu verschwenden, was ihnen bevorstehen mochte.
Sie hatten auch keinen Anlaß dazu, wie sich zeigte. Der Richter konnte auf Grund des vorliegenden Beweismaterials keine Entscheidung treffen, die den Fall vor ein höheres Gericht gebracht hätte. Einerseits mußten die Setzer und Metteure zugeben, daß das Licht sehr unsicher gewesen war und daß sie nicht mit absoluter Sicherheit die Identität der Täter beschwören konnten, wenn sie auch glaubten, daß die Angeklagten die Täter waren. Im Kreuzverhör durch den von McGinty beauftragten Anwalt wurden sie in ihrer Aussage noch unsicherer. Der Überfallene hatte schon ausgesagt, er sei durch die Plötzlichkeit des Überfalls völlig überrascht worden, und besinne sich lediglich darauf, daß der erste Mann, der ihn schlug, einen Schnurrbart besessen habe. Aber er wisse, die Täter müßten Scowrers gewesen sein, fügte er hinzu, denn niemand sonst in der Stadt sei ihm feindlich gesinnt, und er sei schon lange wegen seiner offenen Angriffe bedroht worden. Andererseits bewies das einstimmige und unerschütterliche Zeugnis von sechs Bürgern einschließlich des mit hohen Ämtern geehrten Councillors McGinty, daß die Angeklagten bis zu einer viel späteren Stunde, als die Tat begangen worden war, in McGintys Bar Karten ge-

spielt hätten. Es erübrigte sich fast zu sagen, daß sie beinahe mit einer Entschuldigung des Richters für die erlittene Unbill entlassen wurden und daß Captain Marwin und die Polizisten für ihren Übereifer einen Verweis erhielten.

Der Spruch wurde mit lautem Beifall vom Publikum begrüßt, in dem McGinty viele vertraute Gesichter erblickte. Logenbrüder lächelten und winkten. Aber es gab auch viele andere, die mit zusammengepreßten Lippen und finsteren Blicken dasaßen, als die Männer die Anklagebank verließen. Einer von ihnen, ein kleiner, dunkelbärtiger, entschlossener Bursche, faßte seine Gedanken und die der Gleichgesinnten in folgende Worte:

»Ihr verdammten Mörder!« sagte er, als die Angeklagten an ihm vorbeigingen. »Wir werden euch schon noch fassen.«

Hätte es noch eines Umstandes bedurft, um Jack McMurdos Popularität unter seinen Logenbrüdern zu sichern, dann wäre es seine Verhaftung und Freilassung gewesen. Daß ein Mann in derselben Nacht, in der er der Loge beitrat, etwas tat, das ihn vor den Richter brachte, war ein neuer Rekord in der Geschichte dieses Verbrechervereins. Er hatte schon den Ruf eines guten Trinkgefährten und den eines Mannes, der leicht aufbrauste und Kränkungen nicht einmal von dem allmächtigen Logenmeister duldete. Zu alldem machte er auf seine Genossen den Eindruck, als sei er stets bereit, neue verbrecherische Pläne auszuhecken, und selber am besten fähig, sie auszuführen. McGinty fand willige Helfer genug, aber er hatte erkannt, daß in McMurdo besondere Fähigkeiten steckten. Er kam sich wie ein Mann vor, der einen wilden Bluthund mühsam an der Leine festhält. Es gab genug andere, um die Kleinarbeit zu erledigen, aber eines Tages würde er diesen Mann auf ein großes Opfer loslassen. Ein paar Mitglieder der Loge, darunter Ted Baldwin, waren über den raschen Aufstieg des Fremden erbittert und haßten ihn deswegen, aber sie hielten sich von ihm fern, denn er war ebenso rasch bereit, loszuschlagen wie zu lachen. Aber wenn er sich auch bei seinen Genossen beliebt machte, so verlor er doch die Sympathie der Menschen, die ihm weit näherstanden. Ettie Shafters Vater wollte nichts mehr mit ihm zu tun haben und gestattete ihm nicht, sein Haus zu betreten. Ettie selbst liebte ihn zu sehr, um ihn ganz aufzugeben, und doch warnte sie ihr guter Instinkt vor einer Ehe mit einem Mann, der als Verbrecher angesehen wurde. Nach einer schlaflosen Nacht beschloß sie, ihn – vielleicht zum letztenmal – aufzusuchen und sich darum zu bemühen, ihn den schlechten Einflüssen zu entziehen. Sie ging, wie er sie oft gebeten hatte, zu dem Haus, in dem er wohnte, und betrat sein Zimmer. Er saß am Tisch, den Rücken der Tür zugekehrt, und schrieb einen Brief. Ein Impuls mädchenhafter Necklust – sie war erst neunzehn Jahre alt – überkam sie. Er hatte sie nicht gehört, als sie die Tür öffnete. Nun schlich sie auf den Fußspitzen an ihn heran und legte ihm die Hände leicht auf die Schultern.

Wenn sie ihn erschrecken wollte, so war ihr das sicherlich gelungen, aber nun erschrak sie selbst. Wie ein Tiger sprang er auf, wandte sich ihr zu und hatte schon die Hand an ihre Kehle. Zur gleichen Zeit knüllte er mit der anderen Hand den Brief zusammen, der vor ihm gelegen hatte. Sekundenlang funkelte sein Blick sie an, dann trat Erstaunen und Freude an die Stelle der Wildheit, die seine Züge verzerrt hatte – eine Wildheit, vor der sie zurückschrak wie vor etwas, das ihr noch nie in ihrem jungen Leben begegnet war.

»Du bist es!« sagte er und trocknete sich die Stirn. »Du kommst zu mir, mein Herz, und ich weiß nichts Besseres zu tun, als dich fast zu erwürgen! Komm, Liebling«, er lachte und breitete seine Arme aus, »ich will es wiedergutmachen.«

Aber sie hatte sich noch nicht von dem Ausdruck schuldbewußter Furcht erholt, den sie auf seinem Antlitz erkannt hatte. Ihr Instinkt sagte ihr, daß es nicht nur die Furcht eines Mannes sein konnte, der erschrocken war. Schuldbewußtsein, das war es, Schuldbewußtsein und Furcht mußten es sein.

»Was ist mit dir, Jack?« rief sie. »Warum hattest du solche Angst vor mir? O Jack, wenn dein Gewissen ruhig wäre, dann hättest du mich nicht so angesehen.«

»Ich habe an andere Dinge gedacht, als du so lautlos hereinkamst.«

»Nein, nein, es war etwas anderes, Jack.« Ein plötzlicher Argwohn ergriff sie. »Zeig mir den Brief, den du geschrieben hast.«

»Nein, Ettie, das kann ich nicht.«

Ihr Verdacht wurde zur Gewißheit.

»Es ist ein Brief an eine andere Frau!« rief sie. »Ich weiß es. Warum solltest du ihn sonst verstecken? Hast du etwa an deine Frau geschrieben? Woher soll ich wissen, ob du nicht verheiratet bist – du bist ein Fremder, den niemand kennt.«

»Ich bin nicht verheiratet, Ettie. Sieh doch, ich schwöre. Du bist für mich die einzige Frau auf Erden!«

Er war so ernst und bleich, daß sie ihm glauben mußte.

»Warum zeigst du mir dann nicht den Brief?« rief sie.

»Ich will es dir sagen«, sagte er. »Ich habe geschworen, ihn niemandem zu zeigen. Und genau wie ich dir gegenüber mein Wort halte, kann ich gegenüber anderen mein Wort nicht brechen. Er betrifft Logenangelegenheiten, die selbst für dich ein Geheimnis bleiben müssen. Und was mein Erschrecken betrifft; kannst du dir denn nicht vorstellen, daß ich dachte, es könnte die Polizei sein?«

Sie glaubte ihm. Er nahm sie in seine Arme und erstickte ihre Ängste und Befürchtungen mit seinen Küssen.

»Setz dich hier zu mir. Es ist nicht der rechte Thron für eine Königin, aber das Beste, was dein armer Liebhaber hat. Eines Tages wird es ihm besser gehen, glaube ich. Jetzt bist du wieder beruhigt, nicht wahr?«

»Wie kann ich je beruhigt sein, Jack, wenn ich weiß, daß du ein Verbrecher unter Verbrechern bist, wenn ich fürchten muß, daß du eines Tages wegen Mordes angeklagt wirst? McMurdo, der Scowrer – so nannte dich gestern einer unserer Gäste. Es ging mir wie ein Messer durchs Herz.«

»Das waren bloß Worte.«

»Aber sie sind wahr.«

»Es ist nicht so schlimm, wie du denkst. Wir sind nur ein paar Männer, die auf ihre Art versuchen, sich Recht zu verschaffen.«

»Gib es auf, Jack! Um meinetwillen – und um Gottes willen, gib es auf! Deshalb kam ich her, um dich darum zu bitten. O Jack, sieh, ich flehe dich auf den Knien an. Ich beschwöre dich, gib es auf!«

Er hob sie auf und streichelte sie beruhigend.

»Du weißt nicht, um was du mich bittest. Wie kann ich es aufgeben, wenn ich damit meinen Eid breche und meine Kameraden verlasse? Wenn du sehen könntest, wie die Sache in Wirklichkeit ist, würdest du mich nie darum bitten. Außerdem könnte ich es gar nicht, selbst wenn ich es wollte. Denkst du, die Loge gibt einen Mann frei, der all ihre Geheimnisse kennt?«

»Daran habe ich gedacht, Jack. Ich habe einen Plan. Vater hat etwas Geld gespart. Er ist die Stadt leid, wo die Angst vor diesen Leuten das Leben verdunkelt. Er ist bereit, fortzugehen. Wir könnten zusammen nach Philadelphia oder New York fliehen, wo wir sofort in Sicherheit vor ihnen wären.«

McMurdo lachte.

»Die Loge hat einen langen Arm. Glaubst du, sie könnten uns in Philadelphia oder New York nicht finden?«
»Nun, dann nach dem Westen oder nach England oder nach Schweden, woher Vater stammt. Nur fort aus dem Tal der Furcht.«
McMurdo dachte an Bruder Morris.
»Es ist das zweitemal, daß ich das Tal so nennen höre«, sagte er. »Der Schatten scheint einige von euch wirklich schwer zu bedrücken.«
»Er verdunkelt jeden Augenblick unseres Lebens. Glaubst du, daß Ted Baldwin uns je vergeben wird? Wenn er nicht Angst vor dir hätte, was glaubst du, was mit uns geschehen würde? Du solltest den Ausdruck in diesen dunklen hungrigen Augen sehen, wenn ihr Blick auf mich fällt!«
»Ich muß ihm bessere Manieren beibringen. Aber davon abgesehen, Ettie, ich kann hier nicht weg. Ich kann nicht! Laß dir das ein für allemal gesagt sein. Aber gib mir Zeit, damit ich meinen eigenen Weg finde, und dann will ich versuchen, einen ehrenhaften Ausweg zu entdecken.«
»In solch einer Sache gibt es keine Ehre.«
»Das ist nur deine Denkweise. Wenn du mir sechs Monate Zeit läßt, damit ich den Ausweg finde, kann ich hier fortgehen, ohne mich schämen zu müssen.«
Das Mädchen lachte vor Freude.
»Sechs Monate!« rief sie. »Ist das ein Versprechen?«
»Nun, es können auch sieben oder acht sein. Aber in höchstens einem Jahr werden wir das Tal verlassen.«
Mehr konnte Ettie nicht erreichen, und doch war es schon etwas – ein Licht in der Ferne, das die Düsternis der unmittelbaren Zukunft erhellte. Sie kehrte mit leichterem Herzen, als sie es jemals verspürt hatte, seit Jack McMurdo in ihr Leben getreten war, in ihres Vaters Haus zurück.
McMurdo hatte gedacht, daß er als Mitglied der Loge alles erfahren würde, was vorging, aber er entdeckte bald, daß die Organisation größer und komplizierter war als eine gewöhnliche Loge. Selbst der Logenmeister McGinty hatte von vielen Dingen keine Ahnung, denn es gab einen Mann mit der Bezeichnung »County-

Delegierter«, der in Hobson's Patch lebte und über verschiedene Logen eine Macht besaß, die er in unvermuteter, willkürlicher Art ausübte. McMurdo sah ihn nur einmal; er war ein kleiner, grauhaariger, unauffälliger Mann mit einem schleichenden Gang und verstohlenen, bösartigen Blicken. Er hieß Evans Pott, und selbst McGinty empfand vor ihm etwas wie Abneigung und Furcht zugleich.

Eines Tages empfing Scanlan, der mit McMurdo zusammenwohnte, einen Brief von McGinty, dem einer von Evans Pott beigelegt war. Darin hieß es, daß Pott zwei gute Leute, Lawler und Andrews, sende, die Anweisung hätten, einen Auftrag auszuführen, und daß es im Interesse der Sache am besten sei, ihnen keine Einzelheiten mitzuteilen. Der Logenmeister werde gebeten, für Unterkunft und Verpflegung zu sorgen. McGinty erklärte, daß die Anwesenheit der beiden Männer in seinem Hause unmöglich geheim bleiben könnte, und er bitte deshalb darum, die Fremden ein paar Tage bei McMurdo und Scanlan unterzubringen.

Am selben Abend trafen die beiden ein. Lawler war ein älterer Mann, klug, schweigsam und selbstgenügsam. Er war in einen alten schwarzen Rock gekleidet, der ihm in Verbindung mit seinem Filzhut und seinem etwas zottigen grauen Bart das Aussehen eines Wanderpredigers verlieh. Sein Gefährte Andrews war fast noch ein Knabe. Er hatte ein offenes und heiteres Gesicht und die muntere Art eines Menschen, der Ferien macht und entschlossen ist, jede Minute davon zu genießen. Beide waren Alkoholgegner und betrugen sich in jeder Weise wie ideale Freimaurer. Nur waren sie eben keine wahren Freimaurer, sondern Mörder, die sich oft als die fähigsten Mitglieder ihres Verbrechervereins erwiesen hatten. Lawler hatte schon vierzehn Aufträge dieser Art ausgeführt und Andrews drei.

Sie waren, wie McMurdo feststellte, gern bereit, über ihre Verbrechen aus der Vergangenheit zu berichten, und sie taten dies in der halb prahlerischen Art von Leuten, die im Interesse der Öffentlichkeit gute und selbstlose Taten vollbringen. Über die bevorstehende Aufgabe äußerten sie sich jedoch sehr zurückhaltend.

»Sie wählten uns, weil keiner von uns beiden trinkt«, erklärte

Lawler. »Sie können sich darauf verlassen, wir sagen nicht mehr, als wir dürfen. Nehmt es nicht übel, aber wir müssen den Befehlen des County-Delegierten gehorchen.«

»Natürlich, das ist bei uns allen so«, sagte Scanlan, als sie zu viert beim Abendbrot saßen.

»Es gibt ein halbes Dutzend Kerle hier, denen ich ein Wort zu sagen hätte«, rief McMurdo mit einem Fluch. »Ich nehme an, es wird nicht Jack Knox aus Ironhill sein, hinter dem ihr her seid? Dem gönne ich es schon lange.«

»Nein, er ist es noch nicht.«

»Oder Herman Strauß?«

»Nein, der auch nicht.«

»Ja, wenn ihr es uns nicht sagen wollt, können wir euch nicht zwingen, aber ich hätte es gern gewußt.«

Lawler lächelte und schüttelte den Kopf. Aus ihm war nichts herauszubringen.

Trotz der Zurückhaltung ihrer Gäste waren Scanlan und McMurdo fest entschlossen, bei dem zugegen zu sein, was sie »den Spaß« nannten. Als deshalb McMurdo in einer frühen Morgenstunde merkte, daß sich die Gäste die Treppe hinabschlichen, weckte er Scanlan, und sie zogen sich rasch an. Kaum in den Kleidern, eilten sie hinterher. Es dämmerte noch nicht, und im Licht der Straßenlampen konnten sie die beiden Männer in einiger Entfernung auf der Straße sehen. Vorsichtig und geräuschlos folgten sie ihnen in dem tiefen Schnee.

Ihr Haus befand sich am Außenrand der Stadt, und sie gelangten bald an eine Straßenkreuzung außerhalb des Stadtgebiets. Dort warteten drei Männer, mit denen Lawler und Andrews kurze Zeit lebhaft sprachen. Dann gingen alle zusammen weiter. Es war offensichtlich ein bedeutender Auftrag, der eine größere Zahl von Männern erforderte. Von der Straße aus führten mehrere Wege zu den verschiedenen Zechen. Die Männer schlugen den Weg nach Crow Hill ein, einem großen Unternehmen, das in kräftigen Händen war. Der Besitzer, Josiah H. Dunn, hatte mit seiner energischen und furchtlosen Art während der langen Schreckensherrschaft Ordnung und Disziplin aufrechterhalten.

Der Tag brach an, und lange Reihen von Bergarbeitern schritten einzeln und in Gruppen auf dem schwarzen Weg ihrer Arbeitsstätte zu.
McMurdo und Scanlan mischten sich unter diese Arbeiter und behielten die Männer, denen sie folgten, im Auge. Aus dem dichten Nebel, der über der Zeche lag, erklang plötzlich der schrille Ton einer Dampfpfeife. Das war das Zehn-Minuten-Signal, ehe die Körbe hinabfuhren und das Tagewerk begann.
Als sie den offenen Platz vor der Zeche erreichten, warteten Hunderte von Bergarbeitern dort, stampften mit den Füßen und bliesen sich in die Hände, denn es war bitter kalt. Die Fremden standen in einer kleinen Gruppe im Schatten des Förderturms. Scanlan und McMurdo erklommen einen großen Schlackenhaufen, von dem aus sie die ganze Szene überblicken konnten. Sie sahen den Bergingenieur, einen großen bärtigen Schotten namens Menzies, heraustreten und mit einer Pfeife ein Zeichen geben. Im selben Augenblick ging ein großer junger Mann mit einem glattrasierten ernsten Gesicht auf das Förderwerk zu. Seine Augen fielen auf die Gruppe der schweigenden Fremden, die sich nicht rührten. Die Männer hatten ihre Hüte ins Gesicht gezogen und ihre Kragen hochgeschlagen, um sich unkenntlich zu machen. Einen Augenblick lang schien sich eine Vorahnung des Todes auf das Herz des jungen Mannes zu legen, und er verlangsamte seinen Schritt. Dann schüttelte er das Gefühl ab und trat auf die Fremden zu.
»Wer seid ihr?« fragte er dabei. »Was lungert ihr hier herum?«
Er erhielt keine Antwort, aber der junge Bursche Andrews trat einen Schritt vor und feuerte auf ihn. Hunderte wartender Bergleute rührten sich nicht; sie standen wie gelähmt. Der junge Mann schlug die Hände vor den Leib und krümmte sich. Dann taumelte er fort, aber ein anderer Mörder schoß, und er fiel seitwärts zu Boden und stieß mit den Füßen und Händen in die Ofenasche, die den Platz bedeckte. Menzies, der Schotte, brüllte bei dem Anblick vor Wut und drang mit einem eisernen Spanner auf die Mörder ein, aber er erhielt zwei Kugeln in den Kopf, so daß er tot zu ihren Füßen zusammenbrach. Jetzt drängten einige der Bergarbeiter vorwärts, und ein Schrei des Mitleids und des Zorns stieg zum

Himmel, aber einige der Fremden schossen über die Köpfe der Menge hinweg ihre Revolver leer, und daraufhin brach die Menge auseinander und eilte fort. Als sich ein paar der Tapfersten wieder gefangen hatten und zurückkehrten, war die Bande im Nebel verschwunden, ohne daß ein einziger Zeuge in der Lage gewesen wäre, die Identität dieser Männer zu beschwören, die unter den Augen von Hunderten von Zuschauern ihr zweifaches Verbrechen begangen hatten.

Scanlan und McMurdo machten sich auf den Heimweg. Scanlan war etwas bedrückt, denn es war der erste Mord, den er mit eigenen Augen gesehen hatte, und er war ihm weniger lustig erschienen, als man ihn immer hatte glauben machen. Die schrecklichen Schreie der Frauen der Toten verfolgten sie, als sie nach Hause eilten. McMurdo war schweigsam, aber er zeigte kein Verständnis für die plötzliche Schwäche seines Gefährten.

»Es ist eben wie im Krieg«, sagte er. »Was ist es denn anderes als ein Krieg zwischen denen und uns, und wir schlagen so gut zurück, wie wir können!«

Am Abend wurde in McGintys Bar gefeiert. Es war nicht nur die Ermordung des Steigers und des Ingenieurs der Zeche Crow Hill, die diese in die gleiche Lage wie die anderen terrorisierten Zechen brachte. Man feierte auch einen Triumph der Loge. Als der County-Delegierte fünf Männer nach Vermissa gesandt hatte, um dort einen Schlag zu führen, hatte er verlangt, daß drei Männer aus Vermissa insgeheim ausgewählt und ausgeschickt werden sollten, um William Hales von der Zeche Stake Royal zu ermorden, einen der bekanntesten und beliebtesten Bergwerksbesitzer in Gilmerton, von dem keiner glaubte, daß er einen Feind habe, denn er war ein mustergültiger Arbeitgeber. Allerdings hatte er einige trunksüchtige und faule Arbeiter entlassen, die Mitglieder der allmächtigen Loge waren. Trotz der Warnungen an seiner Tür war er fest geblieben, und so hatte er sich in einem freien und zivilisierten Land selber zum Tode verurteilt.

Ted Baldwin, der sich auf dem Ehrenplatz neben dem Logenmeister spreizte, war der Anführer dieses Mordtrupps gewesen. Er und seine beiden Genossen hatten die Nacht in den Bergen verbracht; ihre Gesichter waren vom Wetter gegerbt. Sie wurden von ihren Logenbrüdern wie Helden gefeiert, und ihre Geschichte wurde unter Ausrufen der Begeisterung erzählt. Sie hatten Hales auf dem Gipfel eines steilen Berges erwartet, wo sein Pferd auf dem Heimweg langsam gehen mußte. Er saß so in Pelze vermummt in seinem Wagen, daß er seine Pistole nicht ziehen konnte. Sie hatten ihn aus dem Wagen gezerrt und mit ihren Schüssen durchbohrt.

Keiner von ihnen kannte den Mann, aber sie hatten den Scowrers von Gilmerton gezeigt, daß man sich auf Männer aus Vermissa verlassen konnte. Beinahe ging die Sache schief, denn ein Mann und seine Frau näherten sich, während sie noch den reglosen Körper mit Schüssen vollpumpten. Einer von ihnen schlug vor, diese beiden Zeugen auch umzubringen, aber sie waren harmlos und hatten nichts mit den Bergwerken zu tun, und deshalb wurde ihnen befohlen, sich fortzuscheren und Schweigen zu bewahren, wenn ihnen ihr Leben lieb sei. Die blutbefleckte Gestalt blieb als Warnung für alle hartherzigen Arbeitgeber liegen, während die drei edlen Rächer in die Berge stiegen, wo die unveränderte Natur an das Gebiet der Hochöfen und Abraumhalden heranreichte.

Es war ein großer Tag für die Scowrers. Der Schatten der Angst lag nun noch dunkler über dem Tal. Aber wie ein kluger General den Augenblick des Sieges benutzt, um seine Anstrengungen zu verdoppeln, damit seine Feinde keine Zeit haben, sich nach der Niederlage aufzuraffen, so hatte McGinty schon einen neuen Angriff auf jene geplant, die seinen Zielen entgegenstanden. Als die halbbetrunkene Gesellschaft aufbrach, ergriff er McMurdo am Arm und ging mit ihm in die Nebenkammer, in der er seine erste Unterredung mit ihm geführt hatte.

»Hör zu, mein Junge«, sagte er, »ich habe einen Auftrag, der endlich deiner würdig ist. Du kannst ganz selbständig vorgehen.«

»Ich freue mich, das zu hören«, antwortete McMurdo.

»Nimm zwei Männer mit – Manders und Reilly. Ich habe sie vorbereitet. Wir werden hier niemals richtig hochkommen, solange nicht Wilcox erledigt ist, und du erwirbst dir die Dankbarkeit jeder Loge des ganzen Kohlengebietes, wenn du ihn fertigmachst.«

»Ich werde mir Mühe geben. Wer ist er, und wo finde ich ihn?«
McGinty nahm seine ewig halbzerkaute Zigarre aus dem Mund und begann, eine Skizze auf einem Blatt zu zeichnen, das er aus seinem Notizbuch gerissen hatte.
»Er ist der Hauptvorarbeiter der Iron Dyke Company, ein harter Knochen, alter Stabsfeldwebel im Kriege. Wir haben es schon zweimal bei ihm versucht, aber wir hatten kein Glück, und Jim Carnaway ließ dabei sein Leben. Nun kannst du es übernehmen. Das ist sein Haus, ganz einsam an der Iron-Dyke-Kreuzung, wie du es hier gezeichnet siehst. Kein anderes Haus in Hörweite. Am Tag geht es nicht. Er ist bewaffnet und schießt schnell und genau, ohne vorher viel zu fragen. Aber nachts ist er allein dort, mit seiner Frau, drei Kindern und einer Hausgehilfin. Da bleibt keine Wahl – entweder alle oder niemanden. Wenn du eine Sprengladung an der Tür anbringen könntest . . .«
»Was hat der Mann getan?«
»Habe ich dir nicht gesagt, daß er Jim Carnaway erschossen hat?«
»Und warum hat er ihn erschossen?«
»Was, zum Henker, geht dich das an? Carnaway war nachts in seinem Haus, und er hat ihn niedergeschossen. Das genügt für mich und für dich. Du mußt die Sache in Ordnung bringen.«
»Da sind aber die beiden Frauen und die Kinder. Sollen sie auch in die Luft fliegen?«
»Sie müssen doch, anders kommen wir an ihn nicht heran.«
»Das ist aber bitter, denn sie haben ja nichts damit zu tun.«
»Was ist das für ein Gerede? Willst du dich drücken?«
»Sachte, Councillor, sachte. Glaubst du im Ernst, ich würde einen Befehl des Logenmeisters meiner eigenen Loge nicht ausführen? Ob es richtig ist oder falsch, mußt du ja entscheiden.«
»Du machst es also?«
»Natürlich mache ich es.«
»Wann?«
»Nun, laß mir ein oder zwei Nächte Zeit, damit ich mir das Haus ansehen und meine Pläne machen kann. Dann . . .«
»Sehr gut«, sagte McGinty. »Ich überlasse es dir. Es wird dein großer Tag sein, wenn du vom Erfolg berichtest.«

McMurdo dachte lange und gründlich über den Auftrag nach, der ihm so plötzlich zugefallen war. Das einsame Haus, in dem Chester Wilcox lebte, lag ungefähr zehn Kilometer in einem angrenzenden Tal entfernt. Noch am selben Abend machte er sich allein auf den Weg, um seine Vorbereitungen für den Handstreich zu treffen. Am nächsten Tag sprach er mit seinen beiden Untergebenen, Manders und Reilly, zwei jungen Männern, die so begeistert waren, als ginge es auf die Jagd. Zwei Abende später trafen sie sich draußen vor der Stadt, alle drei bewaffnet, und einer von ihnen trug einen Sack mit Sprengstoff, wie er in den Bergwerken benutzt wurde. Es war zwei Uhr morgens, ehe sie das einsame Haus erreichten. Die Nacht war windig, zerrissene Wolken trieben rasch vor dem fast vollen Mond vorbei. Sie waren gewarnt worden, vor Wachhunden auf der Hut zu sein, deshalb schlichen sie sich vorsichtig heran, die entsicherten Pistolen in der Hand. Es war aber kein Laut zu hören außer dem Heulen des Windes und keine Bewegung zu vernehmen außer dem Schwanken der Äste über ihnen. McMurdo lauschte an der Tür des einsamen Hauses, aber drinnen war alles still. Dann lehnte er den Beutel mit dem Sprengstoff an die Tür, schnitt mit seinem Messer ein Loch hinein, zog die Zündschnur heraus und zündete sie an. Kaum hatten er und seine beiden Begleiter sich in einem Graben in Sicherheit gebracht, als eine krachende Explosion und das dumpfe Bersten des zusammenbrechenden Gebäudes ihnen sagte, daß ihr Auftrag ausgeführt war. Aber die kühn geplante und sorgfältig ausgeführte Arbeit war vergebens. Durch das Schicksal verschiedener Opfer gewarnt und von der Tatsache unterrichtet, daß er auf der schwarzen Liste der Scowrers stand, hatte es Chester Wilcox für richtiger gehalten, mit seiner Familie gerade am Tage zuvor das Haus zu verlassen und sich in ein unbekanntes Quartier zu begeben, wo ihn die Polizei bewachte. Es war ein leeres Haus gewesen, das McMurdo sprengte, und Wilcox blieb ungeschoren.

»Überlaßt ihn mir«, sagte McMurdo. »Ich erwische ihn schon noch, und wenn ich ein Jahr darauf warten muß.«

Die Loge sprach ihm ihren Dank und ihr volles Vertrauen aus, und so endete vorläufig die Sache. Als ein paar Wochen später in

den Zeitungen stand, auf Wilcox sei aus dem Hinterhalt geschossen worden, glaubten alle, McMurdo sei noch hinter seinem Opfer her.
So waren die Methoden der Männer, die sich hinter dem ehrenvollen Namen Freimaurer verbargen, das waren die Taten der Scowrers, mit denen sie ihre Terrorherrschaft über dieses große Industriegebiet aufrechterhielten. Warum sollte ich von weiteren Verbrechen berichten? Ihre Taten sind Geschichte geworden, und es gibt Berichte, in denen man über diese Verbrechen nachlesen kann. Dort findet man die Ermordung der Polizisten Hunt und Evans verzeichnet, die es gewagt hatten, zwei Mitglieder der Loge zu verhaften – das Verbrechen wurde in der Loge von Vermissa geplant und an den beiden entwaffneten, hilflosen Männern kaltblütig verübt. Die Ermordung des älteren Jenkins, auf die kurz darauf die seines Bruders folgte, die Verstümmelung von James Murdoch, die Ermordung der Familie Staphouse durch ein Sprengstoffattentat und die Erschießung der Stendals folgten rasch hintereinander in demselben schrecklichen Winter. Dunkel lag der Schatten auf dem Tal der Furcht. Als der Frühling kam, erfüllte Hoffnung die Natur, aber keine Hoffnung gab es für die Männer und Frauen, die unter dem Joch des Terrors lebten.

Gefahr

Es war der Höhepunkt der Schreckensherrschaft. McMurdo hatte schon einige Ämter innegehabt und durfte hoffen, eines Tages McGinty als Logenmeister zu folgen. Je beliebter er bei den Freimaurern wurde, um so finsterer blickten die Leute von Vermissa auf ihn, wenn sie ihm auf der Straße begegneten. Trotz der Schrekkensherrschaft faßten sich die Bürger ein Herz und verbündeten sich gegen ihre Unterdrücker. In der Loge hatte man sogar das Gerücht von geheimen Versammlungen in der Redaktion des »Herald« vernommen und von der Verteilung von Feuerwaffen unter die gesetzesfürchtigen Bürger gehört. Aber McGinty und seine Männer ließen sich durch solche Berichte nicht beunruhigen. Sie waren zahlreich, zu allem entschlossen und gut bewaffnet. Ihre Gegner waren nicht organisiert und kraftlos. Es würde alles wie schon in der Vergangenheit unter ziellosem Gerede enden, vielleicht noch mit ein paar bedeutungslosen Verhaftungen.

Es war ein Samstagabend im Mai. Am Samstag fand immer eine Arbeitssitzung der Loge statt, und McMurdo wollte gerade sein Haus verlassen, um sich dorthin zu begeben, als Morris ihn aufsuchte. Seine Stirn war vor Sorgen gerunzelt und sein freundliches Gesicht blaß und abgemagert.

»Kann ich offen mit Ihnen sprechen, McMurdo?«

»Gewiß.«

»Ich kann nicht vergessen, daß ich Ihnen einmal mein Herz ausgeschüttet habe und daß Sie verschwiegen geblieben sind, obwohl McGinty selber kam und Sie ausfragte.«

»Was blieb mir anderes übrig, wenn Sie mir vertrauten? Es bedeutete ja nicht, daß ich mit dem übereinstimmte, was Sie sagten.«

»Ich weiß das wohl. Aber Sie sind der einzige, mit dem ich reden kann, ohne daß mir daraufhin etwas geschieht. Ich trage ein Geheimnis hier«, er legte seine Hand auf die Brust, »und es würgt mich fast ab. Ich wünschte, jeder andere als ausgerechnet ich wäre damit belastet. Wenn ich es sage, bedeutet es Mord, aber wenn ich es nicht sage, bringt es uns allen das Ende. Gott steh mir bei, aber ich werde fast wahnsinnig dabei!«

McMurdo sah den Mann ernst an. Er zitterte an allen Gliedern. McMurdo goß ihm ein Glas Whisky ein.
»Das ist die richtige Arznei für Sie«, sagte er. »Nun lassen Sie mich hören, worum es sich handelt.«
Morris trank, und in sein bleiches Gesicht kam etwas Farbe. »Ich kann Ihnen alles in einem Satz erklären«, sagte er. »Uns ist ein Detektiv auf der Spur.«
McMurdo starrte ihn erstaunt an.
»Aber Sie sind wirklich verrückt!« sagte er. »Wimmelt es hier nicht von Polizei, und was hat es uns je geschadet?«
»Nein, nein, es ist kein Mann von hier. Die kennen wir, und sie schaden uns kaum. Aber haben Sie mal von Pinkerton gehört?«
»Ich habe davon gelesen.«
»Nun, Sie können sich darauf verlassen, daß man es nicht merkt, wenn einem ein Mann von Pinkerton auf der Spur ist. Es sind ja keine Beamten, denen ein Mißerfolg gleichgültig wäre! Es handelt sich um ein solides Geschäftsunternehmen, das auf Erfolge aus ist und nicht nachläßt, bis es sie erzielt. Wenn ein Mann von Pinkerton hinter dieser Sache steckt, steht es schlecht.«
»Wir müssen ihn umbringen.«
»Ja, das ist wohl der erste Gedanke, der Ihnen kommt. Darüber muß ja die Loge entscheiden. Sagte ich nicht, daß es Mord bedeutet?«
»Was ist schon Mord! Ist er hier nicht ganz üblich?«
»Wahrhaftig ja, aber ich wollte nicht der sein, der einen Mann dem Mord ausliefert. Ich werde nie wieder Ruhe finden. Aber unser eigener Hals steckt in der Schlinge. Was soll ich um Gottes willen bloß tun?«
Seine Worte machten tiefen Eindruck auf McMurdo. Es war ihm anzumerken, daß er wie der andere die Gefahr erkannte. Er packte seine Schulter und schüttelte ihn.
»Hören Sie«, rief er, »wir gewinnen nichts, wenn Sie unentschlossen dasitzen. Wer ist der Mann? Wo ist er? Wie haben Sie davon gehört? Warum sind Sie zu mir gekommen?«
»Ich bin zu Ihnen gekommen, weil Sie der einzige sind, der mir raten kann. Ich habe Ihnen gesagt, daß ich im Osten ein Geschäft

hatte, ehe ich herkam. Ich habe noch gute Freunde dort, und einer davon ist Telegrafist. Hier ist ein Brief, den ich gestern von ihm erhielt. Hier steht es oben auf der Seite. Lesen Sie selbst.«

McMurdo las: »Was machen die Scowrers in Deiner Gegend? Es steht hier viel darüber in den Zeitungen. Ganz unter uns: Wir werden wohl bald wieder etwas darüber hören. Fünf große Unternehmen und zwei Eisenbahngesellschaften haben die Sache ernstlich in Angriff genommen. Sie wollen Erfolg haben, und Du kannst Dich darauf verlassen, daß sie ihn haben werden. Pinkerton hat die Sache für sie übernommen, und der beste Mann Pinkertons, Birdy Edwards, ist hingefahren. Er wird den Scowrers ein Ende machen.«

»Nun lesen Sie den Nachsatz.«

»Natürlich ist das streng vertraulich, da ich es im Dienst erfahren habe. Du darfst nicht darüber sprechen. Ich bekomme jeden Tag meterlange chiffrierte Berichte, aus denen ich gar nichts entnehmen kann.«

McMurdo saß eine Zeitlang schweigend da. Der Brief bebte in seinen Händen.

»Weiß sonst jemand davon?« fragte er.

»Ich habe es niemandem sonst gesagt.«

»Aber dieser Mann – Ihr Freund –, kennt er noch jemanden, dem er das schreiben würde?«

»Ja, es könnte sein, daß er noch ein oder zwei andere kennt.«

»Von der Loge?«

»Das ist ziemlich wahrscheinlich.«

»Ich frage, weil es möglich wäre, daß er in einem anderen Brief diesen Birdy Edwards näher beschreibt. Dann kämen wir ihm auf die Spur.«

»Möglich wäre es. Aber ich glaube nicht, daß er ihn kennt. Er hat ja nur beruflich davon erfahren. Warum sollte er den Mann von Pinkerton kennen?«

McMurdo schrak zusammen.

»Mein Gott«, rief er, »ich hab' es! Wir haben Glück. Wir können ihn unschädlich machen, ehe er Schaden anrichtet. Hören Sie, Morris, wollen Sie mir diese ganze Sache überlassen?«

»Ich bin froh, wenn ich sie loswerde.«
»Ich kümmere mich darum. Geben Sie sie ganz aus den Händen und lassen Sie mich machen. Nicht einmal Ihr Name braucht erwähnt zu werden. Wir können tun, als wäre der Brief an mich gerichtet gewesen. Sind Sie damit einverstanden?«
»Nichts wäre mir lieber.«
»Dann lassen wir es so. Bewahren Sie Schweigen. Jetzt gehe ich in die Loge. Der Mann von Pinkerton wird sich wundern.«
»Sie bringen ihn nicht um?«
»Je weniger Sie wissen, Morris, um so ruhiger wird Ihr Gewissen und Ihr Schlaf sein. Fragen Sie nicht, und lassen Sie die Dinge sich selbst erledigen. Ich kümmere mich schon darum.«
Morris schüttelte traurig den Kopf, als er ging.
»Ich spüre sein Blut an meinen Händen«, stöhnte er.
»Notwehr ist kein Mord«, sagte McMurdo grimmig lächelnd. »Er oder wir! Wenn wir ihn in Ruhe arbeiten ließen, würde er uns alle vernichten. Ja, Morris, wir müssen Sie zum Logenmeister wählen, denn Sie haben die Loge gerettet.«
Und doch war McMurdos Handlungen anzumerken, daß er die Störung ernster nahm, als seine Worte zeigten. Vielleicht war es sein schlechtes Gewissen, vielleicht der Ruf von Pinkerton oder die Tatsache, daß sich große und mächtige Unternehmen vorgenommen hatten, die Scowrers auszurotten – was seine Gründe auch waren, er verhielt sich wie ein Mann, der sich auf das Schlimmste vorbereitet. Jedes Papier, das ihn verraten konnte, vernichtete er, ehe er das Haus verließ. Danach seufzte er befriedigt, denn ihm schien, daß er nun sicher sei, und doch muß ihn die Gefahr noch etwas bedrückt haben, denn auf seinem Weg zur Loge blieb er an dem Haus des alten Shafter stehen. In das Haus durfte er nicht hinein, aber als er an das Fenster klopfte, kam Ettie zu ihm heraus. Die irische gute Laune hatte ihn verlassen, sie las Furcht in seinem ernsten Gesicht.
»Es ist etwas geschehen!« rief sie. »O Jack, du bist in Gefahr!«
»Es ist nicht sehr schlimm, Liebling. Aber es könnte vernünftiger sein, daß wir uns davonmachen, ehe es schlimmer wird.«
»Davonmachen!«

»Ich habe dir versprochen, daß wir eines Tages fortgehen. Ich glaube, die Zeit ist gekommen. Ich habe heute abend etwas erfahren – etwas Schlimmes –, und ich sehe Schwierigkeiten voraus.«

»Die Polizei?«

»Nein, ein Mann von Pinkerton. Aber sicherlich weißt du nicht, was das ist und was es für meinesgleichen bedeutet. Ich stecke zu tief in dieser Sache drin und muß vielleicht rasch herauskommen. Du hast gesagt, du würdest mitgehen, wenn ich fort muß.«

»O Jack, es wäre deine Rettung.«

»Ich bin ein ehrlicher Mann in mancher Hinsicht, Ettie. Vertraust du mir?«

Sie gab ihm ohne ein Wort die Hand.

»Dann höre, was ich zu sagen habe, und tu, was ich sage, denn das ist der einzige Weg. Es wird bald etwas in diesem Tal geschehen. Ich spüre es in den Knochen. Es wird viele von uns geben, die sehen müssen, wie sie weiterkommen. Ich bin einer davon. Wenn ich gehe, bei Tag oder bei Nacht, mußt du mitkommen!«

»Ich komme dir nach, Jack.«

»Nein, nein; du mußt mit mir kommen. Wenn mir dieses Tal verschlossen ist und ich nie wieder zurückkann, wie sollte ich dich dann zurücklassen. Ich muß mich vielleicht vor der Polizei verstecken und kann dir keine Nachricht geben! Mit mir mußt du kommen. Ich kenne eine gute Frau dort, wo ich herstamme, und bei der werde ich dich lassen, bis wir heiraten. Willst du?«

»Ja, Jack, ich will mitkommen.«

»Gott segne dich, weil du mir vertraust. Und nun paß auf, Ettie, wenn ich dich benachrichtige, mußt du gleich alles stehen- und liegenlassen und zum Wartesaal im Bahnhof laufen und dort bleiben, bis ich dich hole.«

»Tag oder Nacht, ich komme, wenn du es sagst, Jack.«

Etwas beruhigt, da nun seine Fluchtvorbereitungen eingeleitet waren, begab sich McMurdo in die Loge. Die Mitglieder waren schon versammelt, und nur durch Austausch komplizierter Zeichen und Gegenzeichen konnte er durch den Kreis der Wächter dringen. Ein Gemurmel der Begrüßung erhob sich bei seinem Eintritt. Der lange Raum war überfüllt, und durch den Tabaksdunst erblickte er die

schwarze Mähne des Logenmeisters, die grausamen Züge Baldwins, das Geiergesicht des Archivars Harraway und ein Dutzend andere, die zu den führenden Köpfen der Loge gehörten. Er genoß den Gedanken, daß sie über seine Nachricht erschrecken würden.
»Wir freuen uns, daß du kommst, Bruder!« rief McGinty. »Wir haben hier eine Sache, die einen Salomo an Weisheit fordert.«
»Es handelt sich um Lander und Egan«, erklärte sein Nachbar, als er seinen Platz einnahm. »Sie beanspruchen beide das von der Loge ausgesetzte Kopfgeld für die Tötung des alten Crabbe in Stylestown, und wer soll entscheiden, wer den tödlichen Schuß abfeuerte?«
McMurdo erhob sich und streckte die Hand aus. Der Ausdruck auf seinem Gesicht erregte die Aufmerksamkeit aller. Ein erwartungsvolles Schweigen trat ein.
»Verehrungswürdiger Meister«, sagte er mit feierlicher Stimme, »ich stelle einen Dringlichkeitsantrag.«
»Bruder McMurdo stellt einen Dringlichkeitsantrag«, sagte McGinty. »Der Antrag geht nach den Regeln unserer Loge allen anderen vor. Du hast unsere Aufmerksamkeit.«
McMurdo zog den Brief aus der Tasche.
»Verehrungswürdiger Meister und liebe Brüder«, sagte er, »ich habe eine schlechte Nachricht heute, aber es ist besser, wenn sie rechtzeitig bekannt wird, so daß wir darüber sprechen können und der Schlag nicht überraschend für uns kommt und uns vernichtet. Ich habe erfahren, daß die mächtigsten und reichsten Unternehmen dieses Staates sich zum Zwecke unserer Vernichtung verbündet haben und daß in diesem Augenblick ein Detektiv von Pinkerton namens Birdy Edwards in unserem Tal Beweismaterial sammelt, das vielen von uns den Strick um den Hals und alle, die hier versammelt sind, ins Zuchthaus bringen kann. Diese Tatsache stelle ich zur Diskussion.«
Es herrschte Totenstille. Sie wurde durch McGinty unterbrochen.
»Was hast du für Beweise, Bruder McMurdo?« fragte er.
»Diesen Brief, der in meine Hände gelangt ist«, sagte McMurdo. Er las die Stelle laut vor. »Es ist eine Ehrensache für mich, nichts weiter über den Brief zu sagen und ihn nicht aus der Hand zu

geben. Ich versichere euch aber, daß nichts weiter darin steht, was die Interessen der Loge berührt. Ich lege euch den Fall so vor, wie er mich erreicht hat.«

»Ich möchte nur einwerfen«, sagte einer der älteren Brüder, »daß ich von Birdy Edwards gehört habe und daß er den Ruf genießt, der beste Mann von Pinkerton zu sein.«

»Kennt ihn jemand vom Sehen?« fragte McGinty.

»Ja«, sagte McMurdo, »ich kenne ihn.«

Ein Murmeln des Erstaunens ging durch die Versammlung.

»Ich glaube, wir haben ihn in der Hand«, fuhr er mit einem sieghaften Lächeln auf seinen Zügen fort. »Wenn wir rasch und klug handeln, können wir diese Sache aus der Welt schaffen. Habe ich euer Vertrauen und eure Hilfe, dann brauchen wir wenig zu fürchten.«

»Was haben wir denn überhaupt zu fürchten? Was kann er denn von unseren Sachen wissen?«

»Das könnten wir sagen, wenn wir alle so unerschütterlich wären wie du, Councillor. Aber dieser Mann hat die Millionen der Kapitalisten hinter sich. Glaubst du nicht auch, daß es in unseren Logen irgendwo einen schwächeren Bruder geben könnte, der sich kaufen läßt? Er wird unsere Geheimnisse erfahren – vielleicht kennt er sie schon. Es gibt nur ein sicheres Mittel.«

»Daß er nie das Tal verläßt«, sagte Baldwin.

McMurdo nickte.

»Du hast recht, Bruder Baldwin«, sagte er. »Wir haben schon Meinungsverschiedenheiten gehabt, aber diesmal stimme ich dir zu.«

»Wo ist er denn? Wie erkennen wir ihn?«

»Verehrungswürdiger Meister«, sagte McMurdo ernst, »ich halte das für eine zu wichtige Sache, um sie in offener Loge zu besprechen. Natürlich bezweifle ich nicht die Loyalität der hier Versammelten, aber wenn dieser Mann auch nur durch eine Unvorsichtigkeit etwas erfährt, ist unsere Chance verloren. Ich möchte die Loge bitten, einen vertrauenswürdigen Ausschuß zu wählen. Dich selbst, wenn ich das vorschlagen darf, Bruder Baldwin und noch fünf weitere. Dann kann ich offen über das sprechen, was ich weiß, und wir würden beraten, was geschehen muß.«

Der Vorschlag wurde sogleich angenommen und der Ausschuß gewählt. Ihm gehörten außer McGinty und Baldwin der Archivar Harraway, Tiger Cormac, der brutale junge Mörder, Carter, der Schatzmeister, und die Brüder Willaby an, die vor nichts zurückschreckten.

Die übliche Zecherei der Brüder verlief in etwas gedrückter Laune und wurde abgekürzt, denn es lag eine düstere Stimmung über der Versammlung, und viele Männer erkannten zum erstenmal, daß ihnen eine Gefahr drohte. Die Schrecken, die sie anderen Menschen bereitet hatten, waren so alltäglich für sie geworden, daß ihnen der Gedanke einer ausgleichenden Gerechtigkeit immer ferner gerückt war, und es überraschte sie nun, daß sich das Blatt vielleicht wenden könnte. Sie brachen bald auf und überließen ihre Führer der Beratung.

»Nun, McMurdo«, sagte McGinty, als sie allein waren. Die sieben Männer saßen wie angefroren auf ihren Stühlen.

»Ich sagte vorhin, daß ich Birdy Edwards kenne«, erklärte McMurdo. »Ich brauche euch nicht zu sagen, daß er hier nicht unter seinem richtigen Namen weilt. Ich möchte wetten, daß er ein tapferer Mann ist, aber kein Verrückter. Er trägt den Namen Steve Wilson und wohnt in Hobson's Patch.«

»Woher weißt du das?«

»Weil ich mit ihm ins Gespräch geriet. Damals fiel mir nichts auf, aber ich bin jetzt sicher, daß er der Mann ist. Ich traf ihn in der Bahn, als ich am Mittwoch damit fuhr – er ist ein schwieriger Bursche. Er sagte, er sei ein Zeitungsmann. Im Augenblick glaubte ich es ihm. Er wollte alles wissen, was er über die Scowrers erfahren konnte und über das, was er ›die Verbrechen‹ nannte. Er sagte, er arbeite für die ›New York Press‹. Er stellte mir alle möglichen Fragen, wie um etwas für seine Zeitung zu erfahren. Ihr könnt euch darauf verlassen, daß ich nichts ausgeplaudert habe. ›Ich würde dafür bezahlen, und gut bezahlen‹, sagte er, ›für einen Stoff, mit dem ich etwas anfangen kann‹. Ich erzählte ihm, was ihm gefiel, und er gab mir einen Zwanzigdollarschein. ›Sie können zehnmal soviel haben‹, sagte er, ›wenn Sie mir alles beschaffen, was ich brauche.‹«

»Was hast du ihm denn gesagt?«
»Was mir gerade einfiel, natürlich nur Ausgedachtes.«
»Woher weißt du, daß er kein Zeitungsmann war?«
»Das kann ich euch sagen. Er stieg in Hobson's Patch aus und ich ebenfalls. Ich ging zufällig ins Telegrafenamt, und er verließ es gerade. ›Sehen Sie mal‹, sagte der Mann am Schalter, ›dafür müßten wir eigentlich doppelte Gebühren nehmen.‹ – ›Das glaube ich auch‹, sagte ich. Er hatte das Formular mit etwas ausgefüllt, das Chinesisch hätte sein können. ›Jeden Tag schickt er so ein Ding fort‹, sagte der Schaltermann. ›Ja‹, sagte ich, ›es sind Spezialnachrichten für seine Zeitung, und er hat Angst, daß andere sie ihm klauen könnten.‹ Das dachte ich damals, und der Mann am Schalter glaubte es auch, aber jetzt denke ich etwas anders!«
»Donnerwetter, ich glaube, du hast recht!« sagte McGinty. »Aber was sollen wir denn deiner Meinung nach dagegen tun, McMurdo?«
»Warum gehen wir nicht hin und machen ihn kalt?« schlug einer vor.
»Klar, je eher, desto besser.«
»Ich würde noch in dieser Minute losgehen, wenn ich wüßte, wo wir ihn finden könnten«, sagte McMurdo. »Er ist in Hobson's Patch, aber ich kenne nicht das Haus. Ich habe einen Plan und bitte euch, meinen Rat anzunehmen.«
»Und der wäre?«
»Ich werde morgen früh nach Hobson's Patch gehen. Ich werde ihn durch den Telegrafenmann finden, denn dieser wird wohl wissen, wo er wohnt. Dann sage ich ihm, daß ich selber zu den Scowrern gehöre. Ich werde ihm all unsre Geheimnisse für einen guten Preis anbieten. Darauf wird er sicher hereinfallen. Ich werde ihm sagen, daß die Papiere in meinem Haus sind und daß er dort um keinen Preis gesehen werden darf. Das wird er begreifen und bereitwillig um zehn Uhr abends kommen.«
»Und?«
»Das übrige könnt ihr euch selber zurechtlegen. Das Haus der Witwe MacNamara steht einsam. Sie verrät nichts und ist völlig taub. Außer mir wohnt nur noch Scanlan dort. Wenn Birdy Edwards verspricht zu kommen – ich würde euch das wissen las-

sen –, kommt ihr alle um neun Uhr zu mir. Wir lassen ihn hinein – und wenn er je lebendig herauskommt, dann kann er sich glücklich schätzen.«

»Es wird wohl bald eine freie Stelle bei Pinkerton geben«, sagte McGinty, »oder ich müßte mich sehr irren. Bleiben wir dabei, McMurdo. Morgen um neun sind wir da. Mach nur die Tür hinter ihm zu, dann kannst du uns alles andere überlassen.«

Wie McMurdo gesagt hatte, lag das Haus, in dem er wohnte, einsam und war für das geplante Verbrechen sehr geeignet. Normalerweise hätten die Verbrecher ihren Mann einfach herausgerufen und ihn vor seiner Tür erschossen, wie sie es viele Male zuvor auch getan hatten. In diesem Fall aber war es unbedingt notwendig, herauszufinden, wieviel er wußte, wie er es erfahren hatte und was er an seinen Auftraggeber weitergegeben hatte. Es schien möglich, daß sie schon zu spät kamen. Sollte das der Fall sein, konnten sie sich wenigstens an dem Mann rächen, der ihnen diesen Schaden zugefügt hatte. Aber sie hofften, daß noch nichts Wichtiges bekanntgeworden war, denn sonst hätte er die belanglosen Informationen, die McMurdo ihm gegeben hatte, nicht aufgeschrieben und weitergeleitet. All das wollten sie jedoch aus seinem Munde hören. War er einmal in ihrer Gewalt, dann würden sie ihn schon zum Sprechen bringen. Sie hatten Erfahrung mit widerwilligen Zeugen.
McMurdo begab sich wie verabredet nach Hobson's Patch. Die Polizei schien sich an diesem Morgen besonders für ihn zu interessieren, und Captain Marwin sprach ihn sogar an, als er auf dem Bahnsteig wartete. McMurdo wandte sich ab und weigerte sich, mit ihm zu sprechen. Am Nachmittag kehrte er zurück und ging zu McGinty.
»Er kommt«, sagte er.
»Gut!« sagte McGinty. Er war in Hemdsärmeln, und die dicke Goldkette mit den Anhängern schimmerte auf seiner wohlgefüllten Weste. McGinty war nicht nur ein mächtiger, sondern auch ein sehr reicher Mann.
»Glaubst du, er weiß viel?« fragte er besorgt.
McMurdo nickte mit düsterer Miene.
»Er ist eine Zeitlang hier gewesen – mindestens sechs Wochen. Er wird sich nicht damit die Zeit vertrieben haben, die schöne Aussicht zu bewundern. Wenn er die ganze Zeit hier gearbeitet hat, mit dem Geld der großen Unternehmen in der Tasche, dann ist anzunehmen, daß er einiges erfahren und weitergegeben hat.«
»Es gibt nicht einen einzigen schwachen Mann in der Loge«, rief

McGinty. »Die halten alle dicht, jeder von ihnen. Allerdings haben wir Morris. Wie ist es mit ihm? Wenn uns einer verrät, dann er. Ich hätte Lust, ein paar von den Jungs zu ihm zu schicken und zu sehen, was sie aus ihm rausprügeln.«

»Das könnte nichts schaden«, antwortete McMurdo, »obwohl ich nicht leugnen will, daß ich ihn ganz gern habe und es mir um ihn leid tut. Er hat ein paarmal mit mir über Logenangelegenheiten gesprochen, und wenn er auch nicht die gleichen Ansichten darüber hat wie du oder ich, so ist er doch bestimmt kein Verräter. Aber ich will mich natürlich nicht vor ihn stellen.«

»Ich werde es ihm eintränken«, sagte McGinty. »Ich habe ihn schon lange im Auge.«

»Du wirst es am besten wissen«, antwortete McMurdo. »Aber dann tue es erst morgen, denn wir müssen uns ruhig verhalten, bis die Pinkertongeschichte erledigt ist. Wir dürfen nicht riskieren, daß sich ausgerechnet heute die Polizei um uns kümmert.«

»Du hast recht«, sagte McGinty. »Und wir werden von Birdy Edwards selbst erfahren, woher er alles weiß, dafür laß mich nur sorgen. Schien er eine Falle zu wittern?«

McMurdo lachte.

»Ich habe ihn bei seinem schwachen Punkt gepackt«, sagte er. »Wenn er große Enthüllungen über die Scowrers wittert, kann er nicht widerstehen. Ich ließ mir von ihm Geld geben«, McMurdo zog lächelnd ein Paket Geldscheine aus der Tasche, »und ich bekomme noch viel mehr, wenn er alle meine Papiere gesehen hat.«

»Was für Papiere?«

»Es gibt natürlich keine Papiere. Aber ich habe ihm viel von der Satzung und von Vorschriften und solchem Kram erzählt. Er hofft, alles zu erfahren, was nur möglich ist.«

»Da kann er recht haben«, sagte McGinty grimmig, »aber anders, als er denkt. Hat er nicht gefragt, warum du ihm nicht die Papiere bringst?«

»Als ob ich solche Sachen mit mir herumtragen würde, wo ich sowieso unter Verdacht stehe und Captain Marwin mich heute auf dem Bahnhof angesprochen hat!«

»Davon habe ich gehört«, sagte McGinty. »Ich schätze, du wirst diese Sache eventuell ausbaden müssen. Wir können ihn in einen verlassenen Schacht werfen, wenn wir mit ihm fertig sind, aber wir kommen nicht an der Tatsache vorbei, daß der Mann in Hobson's Patch wohnte und daß du heute dort warst.«

McMurdo zuckte die Achseln.

»Wenn wir alles richtig machen, können sie niemals beweisen, daß wir ihn umgebracht haben«, sagte er. »Keiner kann ihn sehen, wenn er in der Dunkelheit kommt, und ich wette, daß ihn auch keiner gehen sieht. Nun höre, ich werde dir meinen Plan erklären und bitte dich, den anderen ihre Stelle anzuweisen. Ihr alle seid rechtzeitig vorher da. Sehr gut. Er kommt um zehn und klopft dreimal, damit ich ihm öffne. Ich trete hinter ihn und schließe die Tür. Dann können wir mit ihm machen, was wir wollen.«

»Das ist alles klar.«

»Ja, aber der nächste Schritt erfordert einige Überlegungen. Der Mann ist kein Dummkopf und dürfte schwer bewaffnet sein. Ich habe ihn zwar hereingelegt, aber er wird trotzdem auf der Hut sein. Wenn ich ihn in ein Zimmer führe, in dem sieben Mann sitzen, während er nur einen erwartet, gibt es eine Schießerei.«

»Stimmt haargenau.«

»Und der Lärm zieht die ganze Polizei der Stadt herbei.«

»Klarer Fall.«

»Ich würde es so machen: Ihr seid alle in dem großen Zimmer, in dem wir gesessen haben, als du mich besucht hast. Ich mache ihm die Tür auf und führe ihn in das kleine Zimmer neben der Tür. Dann lasse ich ihn dort allein, um die sogenannten Papiere zu holen. Dadurch habe ich Gelegenheit, euch zu sagen, wie er sich benimmt, bewaffnet ist und so weiter. Dann gehe ich mit ein paar gefälschten Papieren zu ihm zurück, und während er sie liest, greife ich plötzlich nach seiner rechten Hand und halte sie fest. Wenn ihr mich rufen hört, eilt ihr mir zur Hilfe. Je schneller ihr seid, um so besser, denn er ist kaum schwächer als ich. Aber so lange, bis ihr kommt, werde ich ihn schon halten.«

»Der Plan ist gut«, sagte McGinty. »Ich denke, wenn ich den Vorsitz in der Loge aufgebe, weiß ich, wen ich als Nachfolger vorschlage.«

McMurdos Miene zeigte seine Dankbarkeit.
Als er heimgekehrt war, traf er seine eigenen Vorbereitungen für den Abend. Zuerst reinigte, ölte und lud er seinen Smith & Wesson-Revolver. Dann prüfte er das Zimmer, in dem der Pinkerton-Mann überfallen werden sollte. Es war ein großer Raum mit einem langen Tisch in der Mitte und einem großen Ofen in der Ecke. An den Außenwänden befanden sich Fenster ohne Läden. Vor den Fenstern hingen leichte Gardinen, die sich zuziehen ließen. McMurdo betrachtete sie gedankenvoll. Das Zimmer war ziemlich exponiert für eine geheime Sache, aber da es recht weit von der Straße entfernt lag, spielte das keine große Rolle. Schließlich sprach er mit seinem Mitbewohner. Scanlan war auch ein Scowrer, aber ein etwas zaghafter kleiner Mann, zu schwach, gegen die Meinung seiner Genossen aufzutreten. Insgeheim fürchtete er sich vor den Bluttaten, an denen er manchmal noch mitwirken mußte. McMurdo unterrichtete ihn kurz von dem, was geplant war.
»Wenn ich an deiner Stelle wäre, Mike Scanlan, würde ich heute nacht nicht hierbleiben. Noch vor morgen früh fließt hier Blut.«
»Du hast recht, McMurdo«, antwortete Scanlan. »Es fehlt mir nicht am Willen, sondern an Nerven. Als der Ingenieur im Bergwerk zusammenbrach, war das mehr, als ich aushalten konnte. Ich bin nicht dafür gemacht wie du oder McGinty. Wenn es kein Aufsehen in der Loge gibt, werde ich tun, was du gesagt hast, und euch das Haus ganz überlassen.«
Die Männer kamen rechtzeitig. Äußerlich glichen sie achtbaren Bürgern, sie waren sauber und wohlgekleidet, aber ein Menschenkenner hätte von ihnen keine glimpfliche Behandlung für Birdy Edwards erwartet, denn ihr Mund und die gnadenlosen Augen sprachen deutlich genug. Nicht ein Mann befand sich in dem Zimmer, dessen Hände nicht schon ein dutzendmal Blut berührt hatten. McGinty überragte alle seine Kameraden, was den Wuchs und auch was die Zahl der Verbrechen betraf. Nicht viel besser war Ted Baldwin. Harraway, der Archivar, war ein langer dünner Mann mit einem hageren Hals und nervös zuckenden Gliedern – ein Mann von unverbrüchlicher Treue, was die Geschäfte

der Loge betraf, aber ohne die geringste Gerechtigkeit oder Anständigkeit außerhalb der Loge. Der Schatzmeister, Carter, war ein Mann mittleren Alters mit einem leidenschaftslosen, ziemlich verdrossenen Gesicht und einer pergamentgelben Haut. Er war ein begabter Organisator, und die Einzelheiten nahezu jeden Verbrechens wurden von seinem Gehirn erdacht. Die beiden Willabys waren Männer der Tat, große bewegliche junge Burschen mit entschlossenen Gesichtern, und ihr Gefährte, Tiger Cormac, ein untersetzter, schwärzlicher junger Mann, wurde wegen seiner Wildheit selbst von seinen Genossen gefürchtet. Das waren die Männer, die sich in jener Nacht bei McMurdo zur Ermordung des Pinterton-Detektivs versammelten.

Ihr Gastgeber hatte Whisky auf den Tisch gestellt, und sie beeilten sich, ihm zuzusprechen. Baldwin und Cormac waren schon halb betrunken, und der Alkohol brachte all ihre Grausamkeit zum Vorschein. Cormac legte für einen Augenblick seine Hände an den Ofen – es war geheizt worden, denn die Nächte waren noch sehr kalt.

»Der ist gerade richtig«, sagte er.

»Ja«, sagte Baldwin, der ihn verstanden hatte, »wenn er daran festgebunden wird, hält er mit der Wahrheit nicht lange zurück.«

»Wir werden schon die Wahrheit aus ihm herausbekommen, keine Sorge«, sagte McMurdo. Er schien Nerven aus Stahl zu haben, denn obwohl die ganze Verantwortung auf ihm lastete, benahm er sich ruhig und unbeteiligt wie immer. Die anderen vermerkten es mit Befriedigung.

»Du wirst die Sache in die Hand nehmen«, sagte McGinty. »Nichts wird ihn warnen, ehe deine Hände seine Kehle packen. Schade, daß keine Läden vor den Fenstern sind.«

McMurdo ging von einem Fenster zum anderen und zog die Vorhänge dichter.

»Jetzt kann niemand hereinsehen. Nun müßte er bald kommen.«

»Vielleicht kommt er nicht. Vielleicht wittert er die Falle«, sagte der Archivar.

»Keine Sorge, er kommt bestimmt«, antwortete McMurdo. »Er kommt so gern, wie ihr ihn sehen möchtet. Hört doch!« Sie saßen wie erstarrt, manche mit dem Glas auf dem halben Weg zu den Lippen. Es hatte dreimal laut geklopft.

»Still!«

McMurdo hob warnend die Hand. Sein beschwörender Blick ging in die Runde. Die anderen packten ihre Waffen.

»Um Himmels willen kein Geräusch!« flüsterte McMurdo ihnen zu, als er hinausging. Er schloß vorsichtig die Tür hinter sich.

Die Mörder warteten mit gespitzten Ohren. Sie zählten die Schritte ihres Genossen bis zur Haustür. Dann hörten sie ihn diese öffnen. Es folgten ein paar Worte der Begrüßung, dann wurde ein unbekannter Schritt im Hause laut und eine fremde Stimme. Einen Augenblick später fiel die Haustür zu, und der Schlüssel drehte sich im Schloß. Ihr Opfer saß in der Falle. Tiger Cormac fing an zu lachen. McGinty hielt ihm mit seiner großen Hand den Mund zu.

»Still, du Idiot!« flüsterte er wütend.

Aus dem Nebenzimmer drang leise das Geräusch der Unterhaltung. Sie schien endlos. Dann ging die Tür auf, und McMurdo erschien, den Finger auf den Lippen.

Er trat an das Ende des Tisches und sah die anderen an. Mit ihm war eine Veränderung vorgegangen. Seine Miene war die eines Mannes, der ein großes Werk vor sich hat. Seine Züge waren wie versteinert, und seine Augen leuchteten hinter seiner Brille. Die anderen starrten ihn an, aber er sagte nichts.

»Na«, rief endlich McGinty, »ist er hier? Ist Birdy Edwards hier?«

»Ja«, antwortete McMurdo langsam. »Birdy Edwards ist hier. Ich bin Birdy Edwards!«

Es vergingen zehn Sekunden nach seinen Worten, während deren der Raum hätte leer sein können, so tief war die Stille. Das Singen eines Kessels auf dem Ofen war das einzige Geräusch. Sieben weiße Gesichter, alle dem Mann zugewandt, der sie mit den Augen beherrschte, waren im höchsten Schrecken erstarrt. Dann klirrte plötzlich das Glas, und schimmernde Gewehrläufe wurden in die Fenster gestoßen, die Vorhänge abgerissen. Bei diesem Anblick brüllte McGinty auf und machte einen Satz zu der halboffenen

Tür. Dort ließen ihn ein Revolver und die hellen Augen Captain Marwins zurückprallen. McGinty sank wieder auf seinen Stuhl.
»Dort sind Sie sicherer, Councillor«, sagte der Mann, den sie als McMurdo kennengelernt hatten. »Und Sie, Baldwin, wenn Sie Ihre Hand nicht von der Pistole lassen, betrügen Sie nur den Henker. Legen Sie die Pistole auf den Tisch, oder, bei Gott ... So ist es gut. Um das Haus stehen vierzig bewaffnete Männer, und Sie können sich ausmalen, welche Chance Sie noch haben. Sammeln Sie die Pistolen ein, Marwin!«
Unter der Drohung dieser Gewehre war kein Widerstand möglich. Die Männer wurden entwaffnet. Benommen und verwirrt saßen sie um den Tisch.
»Ich möchte noch ein Wort sagen, ehe wir uns trennen«, sagte der Mann, der sie hierher gerufen hatte. »Ich glaube, wir werden uns erst wiedersehen, wenn ich als Zeuge gegen Sie aussage. Sie wissen nun, wer ich bin. Endlich kann ich die Karten auf den Tisch legen. Ja, ich bin Birdy Edwards von Pinkerton. Ich wurde aufgefordert, Sie zur Strecke zu bringen. Kein einziger Mensch kannte meine Rolle, keiner außer Captain Marwin und meinen Vorgesetzten. Aber jetzt ist das Gott sei Dank vorbei.«
Die sieben bleichen, erstaunten Gesichter sahen ihn an. In ihren Augen las er die Drohung unauslöschlichen Hasses.
»Vielleicht denken Sie, daß das Spiel noch nicht aus sei. Sie dürften sich irren. Jedenfalls sind einige von Ihnen bestimmt erledigt, und sechzig weitere Männer werden noch heute nacht das Gefängnis von innen kennenlernen. Als ich den Auftrag erhielt, wollte ich nicht glauben, daß es einen solchen Verein gäbe; ich glaubte, Journalisten hätten sich alles ausgedacht, und ich hoffte, es zu beweisen. Es hieß, Sie hätten mit den Freimaurern zu tun; deshalb ging ich nach Chikago und wurde Freimaurer. Ich war dort mehr denn je überzeugt, daß es sich nur um Gerüchte handeln müsse, denn an den Freimaurern fand ich nichts Schlechtes, sondern nur viel Gutes. Ich hatte aber meinen Auftrag auszuführen, und deshalb kam ich hierher. Hier erfuhr ich, daß ich unrecht hatte und daß es keine unbegründeten Gerüchte waren. Ich blieb hier, um alles näher zu ergründen. Ich habe nie einen Mann in Chikago

getötet. Ich habe nie einen falschen Dollar hergestellt. Die Dollars, die ich Ihnen gab, waren echt, aber ich habe noch nie gutes Geld besser angelegt. Ich wußte, wie ich mich bei Ihnen einschmeicheln konnte.

Ich trat Ihrer Loge bei und nahm an Ihren Beratungen teil. Vielleicht wird es heißen, daß ich nicht besser war als Sie. Das ist mir egal, Hauptsache, ich habe Sie zur Strecke gebracht. Aber wie sieht die Wahrheit aus? An dem Abend, an dem ich der Loge beitrat, haben Sie den alten Stanger verprügelt. Ich konnte ihn nicht warnen, denn dazu war keine Zeit mehr, aber ich hielt ihre Hand auf, Baldwin, als Sie ihn beinahe totschlugen. Wenn ich Ihnen je etwas vorschlug, um nicht aufzufallen, dann waren es alles Dinge, die ich verhindern konnte. Ich konnte die Ermordnung des Bergingenieurs und des Steigers nicht verhindern, denn dazu wußte ich nicht genug, aber ich werde dafür sorgen, daß ihre Mörder hingerichtet werden. Ich warnte Chester Wilcox, so daß sein Haus leerstand, als ich es in die Luft sprengte. Es gab viele Verbrechen, die ich nicht verhindern konnte, aber wenn Sie zurückdenken und sich überlegen, wie oft Ihr Opfer eine andere Straße benutzte oder nicht zu Hause war, wenn Sie hingingen, oder im Hause blieb, wenn Sie dachten, der Mann würde herauskommen – das war alles mein Werk.«

»Du verdammter Verräter!« knirschte McGinty.

»Ja, John McGinty, so dürfen Sie mich nennen, wenn Ihnen das wohltut. Sie und Ihresgleichen waren der Feind Gottes und der Menschen in diesem Lande. Es mußte jemand kommen, der sich zwischen Sie und die armen Männer und Frauen stellte, die Sie in Ihrer Gewalt hatten. Es gab nur eine Möglichkeit dazu, und ich wählte sie. Sie nennen mich einen Verräter, aber Tausende werden mich einen Befreier nennen, der in die Hölle ging, um sie zu retten. Es hat mich drei Monate gekostet, wie ich sie um keinen Preis der Welt noch mal erleben möchte. Aber ich mußte bleiben, bis ich alles wußte und jeden Mann und jedes Geheimnis in der Hand hatte. Ich wäre noch etwas länger geblieben, wenn ich nicht erfahren hätte, daß ich mein Geheimnis nicht würde bewahren können. Ein Brief war in die Stadt gelangt, der mich verraten hätte.

Ich mußte handeln, und zwar rasch. Weiter habe ich Ihnen nichts zu sagen. Nur eins noch: Wenn meine Stunde kommt, werde ich leichteren Herzens sterben, weil ich an die Arbeit denken darf, die ich in diesem Tal geleistet habe. Und jetzt, Marwin, will ich Sie nicht länger aufhalten. Kassieren Sie die Burschen!«

Es ist nicht mehr viel zu berichten. Scanlan hatte einen versiegelten Brief erhalten, den er Miß Ettie Shafter übergeben sollte, ein Auftrag, den er mit einem Augenzwinkern und einem wissenden Lächeln übernommen hatte. In den frühen Morgenstunden stiegen eine sehr schöne junge Frau und ein vermummter Mann in einen Sonderzug, den die Eisenbahngesellschaft gestellt hatte, und verließen in rascher und ununterbrochener Fahrt das gefährliche Land. Es war das letztemal, daß Ettie und ihr Bräutigam im Tal der Furcht weilten. Zehn Tage später wurden sie in Chikago getraut. Der alte Jacob Shafter war Trauzeuge.

Der Prozeß der Scowrers wurde an einem entfernten Ort abgehalten, damit ihre Anhänger nicht das Gericht terrorisieren konnten. Sie kämpften vergebens. Vergebens wurde das Geld der Loge – Geld, durch Erpressungen der ganzen Gegend erworben – ausgegeben in dem Versuch, sie zu retten. Die kühle, klare und leidenschaftslose Aussage des Mannes, der alle Einzelheiten ihres Lebens, ihrer Organisation und ihrer Verbrechen kannte, war durch keinen Winkelzug ihrer Verteidigung zu erschüttern. Schließlich wurden sie, nach so vielen Jahren, zerschlagen und vernichtet. Die Wolke hob sich für immer vom Vermissa Valley. McGinty endete auf dem Schafott, winselnd in seiner letzten Stunde. Acht seiner Hauptanhänger teilten sein Schicksal. Etwa fünfzig andere erhielten hohe Zuchthausstrafen. Birdy Edwards hatte ganze Arbeit getan.

Und doch war, wie er vermutet hatte, das Spiel noch nicht aus. Ted Baldwin entging dem Schafott, ebenso die Willabys und verschiedene andere der wildesten Mitglieder der Loge. Zehn Jahre lang saßen sie hinter Gittern, aber dann kam der Tag, da sie wieder frei waren – ein Tag, der für Birdy Edwards, der diese Männer richtig einschätzte, das Ende seines friedlichen Lebens bedeutete. Sie hatten bei allem, was ihnen heilig war, geschworen, ihre

Genossen zu rächen. Und sie scheuten keine Mühe, ihren Schwur zu halten. Aus Chikago floh er, weil zwei Versuche, ihn umzubringen, so dicht den Erfolg streiften, daß er fürchten mußte, beim dritten Versuch zu unterliegen. Von Chikago aus ging er unter einem anderen Namen nach Kalifornien, und dort traf ihn das Unglück, daß seine Frau Ettie starb. Noch einmal wurde er beinahe ermordet. Unter dem Namen Douglas arbeitete er mit einem englischen Partner namens Barker und erwarb ein Vermögen. Schließlich erreichte ihn eine Warnung, daß die Bluthunde wieder auf seiner Spur seien, und er floh – gerade rechtzeitig – nach England. Hier heiratete John Douglas zum zweitenmal und lebte fünf Jahre lang als ein begüterter Gentleman – ein Leben, das mit den seltsamen Geschehnissen endete, von denen wir hörten.

Epilog

Als das Schwurgericht John Douglas mit der Begründung freigesprochen hatte, daß er in Notwehr gehandelt habe, schrieb Sherlock Holmes an dessen Frau: »Schaffen Sie ihn um jeden Preis aus England heraus. Hier sind Kräfte am Werk, die viel gefährlicher sein können als jene, denen er bis jetzt entkommen ist. Es gibt keine Sicherheit für Ihren Mann in England.«

Zwei Monate waren vergangen, und der Fall war unserem Gedächtnis ziemlich entfallen. Dann fanden wir eines Morgens einen rätselhaften Brief in unserem Briefkasten. »Mein Gott, Mr. Holmes, mein Gott!« lautete die einzigartige Mitteilung – ohne Anrede, ohne Unterschrift. Ich lachte darüber, aber Holmes war ungewohnt ernst. »Es ist schlimm, Watson«, sagte er und saß dann lange in düsteres Brüten versunken.

Spät an diesem Abend kam Mrs. Hudson, unsere Wirtin, und teilte uns mit, daß ein Herr Holmes zu sprechen wünsche, und es sei äußerst wichtig. Ihr auf den Fersen folgte Cecil Barker, unser Freund aus Birlstone. Sein Gesicht wirkte hager und erschöpft.

»Ich habe schlechte Nachrichten – schreckliche Nachrichten, Mr. Holmes«, sagte er.

»Das habe ich gefürchtet«, sagte Holmes.

»Haben Sie ein Telegramm bekommen?«

»Ich bekam einen Brief von jemandem, der ein Telegramm erhielt.«

»Der arme Douglas! Es heißt, sein Name sei Edwards gewesen, aber für mich bleibt er immer Jack Douglas aus dem Benito Canyon. Ich sagte Ihnen, daß die beiden vor drei Wochen mit der ›Palmyra‹ nach Südafrika abgereist sind.«

»Richtig.«

»Das Schiff hat gestern abend Kapstadt erreicht. Heute morgen erhielt ich von Mrs. Douglas dieses Telegramm: ›Jack vor St. Helena im Sturm über Bord verschwunden. Niemand weiß, wie der Unfall passiert ist. Ivy Douglas.‹«

»So kam es also?« sagte Holmes nachdenklich. »Nun, ich zweifle nicht, daß es gut inszeniert war.«

»Sie glauben nicht an einen Unfall?«
»Absolut nicht. Es war ein Überfall.«
»Er wurde ermordet?«
»Bestimmt!«
»Ich glaube es auch. Diese verdammten Scowrers, dieses rachsüchtige Verbrechergezücht...«
»Nein, nein«, sagte Holmes, »hier ist die Meisterhand zu spüren. Hier spielen keine abgesägten Gewehre und ähnliche Schießeisen eine Rolle. Sie erkennen einen alten Meister am Pinselstrich. Ich erkenne einen echten Moriarty, wenn ich ihn sehe. Das Verbrechen wurde in London geplant, nicht in Amerika.«
»Aber aus welchem Grund?«
»Weil es ein Mann getan hat, der es sich nicht leisten kann, danebenzutreffen – ein Mann, dessen einzigartige Position von der Tatsache abhängt, daß er bei allem, was er tut, Erfolg hat. Ein großer Kopf und eine riesige Organisation haben sich damit befaßt, einen Mann auszulöschen. Wie wenn eine Nuß mit einem Hammer zerschlagen wird – eine absurde Energieverschwendung, bei der aber die Nuß sehr wirkungsvoll vernichtet wird.«
»Wie kommt es, daß dieser Mann überhaupt etwas damit zu tun hat?«
»Ich kann nur sagen, daß das erste Wort, das ich von der ganzen Sache hörte, von seiner rechten Hand stammte. Diese Amerikaner haben sehr geschickt gewählt. Sie hatten eine Sache in England zu erledigen und wählten diesen großen Spezialisten des Verbrechens zum Partner – wie es jeder ausländische Verbrecher tun kann. Von diesem Augenblick an war das Opfer dem Untergang geweiht. Zuerst begnügte sich der große Verbrecher damit, seinen Apparat zu benutzen, um das Opfer zu finden. Dann zeigte er, wie die Sache gemacht werden könnte. Als er schließlich erfuhr, wie der Agent der Loge versagt hatte, befaßte er sich selbst damit und führte seinen Meisterstreich. Sie haben meine Warnung gehört, daß die künftige Gefahr größer sei als die der Vergangenheit. Hatte ich recht?«
Barker schlug sich mit der geballten Faust in ohnmächtigem Zorn an die Stirn.

»Wollen Sie damit sagen, daß wir das einfach hinnehmen müssen? Kann es denn niemand mit diesem Erzteufel aufnehmen?«
»Nein, das sage ich nicht«, rief Holmes, und seine Augen schienen weit in die Zukunft zu sehen. »Ich sage nicht, daß er nicht zur Strecke gebracht werden kann. Aber man muß mir Zeit lassen – ich brauche Zeit!«

Inhalt

Die Warnung 5
Sherlock Holmes doziert 14
Die Tragödie von Birlstone 23
Dunkelheit 33
Die Personen des Dramas 45
Es dämmert 57
Die Lösung 70
Vermissa Valley 86
Der Meister vom Stuhl 94
Loge 341, Vermissa 110
Bruder Morris 126
Die dunkelste Stunde 137
Gefahr 149
Die Falle 159
Epilog 169

Sir Arthur Conan Doyle

Sherlock Holmes' Abenteuer

Ullstein Buch 2630

Dr. Watson findet auch als Ehemann und praktizierender Arzt noch Zeit, dem Meisterdetektiv bei der Aufklärung besonders schwieriger Fälle wertvolle Dienste zu leisten. Ob es sich um einen Juwelenraub, einen dreifachen Mord oder um das rätselhafte Verschwinden der jungen Amerikanerin handelt, die nach vollzogener Trauung mit Lord St. Simon die Hochzeitsfeier unter einem Vorwand verließ und seither nicht mehr gesehen wurde – stets ist das Amateurgespann Sherlock Holmes/Dr. Watson den Professionals von Scotland Yard um Längen voraus.

ein Ullstein Buch

Sir Arthur Conan Doyle

Im Zeichen der Vier

Ullstein Buch 2744

Captain Morstan ist in London spurlos verschwunden. Vier Jahre später stirbt Major Sholto, der einzige Freund, den Morstan in der Riesenstadt hatte. Nimmt der Major ein Geheimnis mit ins Grab? – Eines Tages erhält Morstans Tochter Mary ein Päckchen. Es enthält eine ausgesucht schöne Perle – Absender unbekannt. Dasselbe wiederholt sich im nächsten Jahr und in den darauffolgenden, immer am gleichen Tag. Insgesamt sechsmal. Doch dann trifft ein Brief ein, der sie auffordert, sich zu bestimmter Stunde an einem bestimmten Ort einzufinden. Sie folgt der Aufforderung, aber sie geht nicht allein...

ein Ullstein Buch

Sir Arthur Conan Doyle

Der Hund von Baskerville

Ullstein Buch 2602

Seit Sir Charles' plötzlichem Tod ist die Sage von Hugo Baskervilles schaurigem Ende wieder in aller Mund: ihn, der sich dem Teufel verschrieb, zerfleischte ein glühäugiger Höllenhund. Zwar starb Sir Charles an einem Herzschlag; auf der Taxusallee jedoch, wo ihn der Tod ereilte, entdeckte man Spuren, die von den Pfoten eines riesigen Hundes herrührten... Sir Henry, der junge Erbe, kann von Glück sagen, daß er Sherlock Holmes zu Rate zog. Die verdächtigen Vorkommnisse auf dem düsteren Landsitz der Baskervilles sowie das sonderbare Verhalten einer Reihe zu den dort Beschäftigten zählender Personen bringen den Meisterdetektiv auf die richtige Fährte und in letzter Minute dorthin, wo sich der Höllenhund bereits anschickt, Sherlock Holmes' Klienten das gleiche Ende zu bereiten wie weiland Hugo Baskerville.

ein Ullstein Buch